바람의 끝자락을 보았는가

바람의 끝자락을 보았는가

초판인쇄일 | 2012년 6월 21일
초판발행일 | 2012년 6월 30일

지은이 | 김인배
펴낸곳 | 도서출판 황금알
펴낸이 | 金永馥

주간 | 김영탁
디자인실장 | 조경숙
편집 | 칼라박스
인쇄제작 | 칼라박스
주 소 | 110-510 서울시 종로구 동숭동 201-14 청기와빌라2차 104호
물류센타(직송 · 반품) | 100-272 서울시 중구 필동2가 124-6 1F
전 화 | 02) 2275-9171
팩 스 | 02) 2275-9172
이메일 | tibet21@hanmail.net
홈페이지 | http://goldegg21.com
출판등록 | 2003년 03월 26일 (제300-2003-230호)

값 13,000원

ISBN 978-89-97318-17-9-03810

바람의 끝자락을 보았는가

김인배 장편소설

황금알

무려 20년 가까이 소설은 절필한 상태로 지냈다. 그 대신 주로 역사연구에 전념하며 관련 논문을 발표하거나 한·일韓日 고대관계사에 얽힌 학술서적을 출간하는 등, 나는 소설 이외의 엉뚱한 분야에 정력을 쏟아왔다. 그 오랜 시간에 걸쳐 비록 나 자신의 소설 창작은 중단하고 있었지만, 남이 쓴 소설들은 그래도 부지런히 읽은 셈이다.

한편으로 생각하면, 그 침묵의 긴 세월은 기실 나만이 쓸 수 있는 소설이 어떤 것일지를 모색하고 있었던 기간이랄 수도 있다.

지금 와서 새삼스레 다시 소설을 쓴다는 것 자체가 어쩌면 무모한 일인지도 모르겠다. 무엇보다 우선 소설 문장의 감각을 회복하는 일이 힘들었으니까. 그동안 연구서의 집필 과정에서 어느 틈에 길들여진 논문 투의 내 글쓰기는 소설의 그것과는 달리 무미건조하고 거친 느낌을 주는 게 사실이었다. 이것을 내 나름대로 소설문체로 바꿔보려고 노력하며 꽤 애를 먹었다.

일단 완성된 초고草稿를 주변의 문학하는 지인들에게 먼저 보이고, 그들의 기탄없는 조언들도 귀담아 들었다. 이후, 나는 시간에 구애받지 않고 두고두고 고치고 다듬고 하기를 되풀이한 끝에, 마침내 이 한 권의 장편소설을 세상에 내어놓는다.

한국 소설에서 지금껏 '기억' 그 자체를 문제 삼아 정면으로 다룬 작품이 있었는지는 잘 모르겠다. 나는 인간의 삶을 불안하게 만드는 공포의 근원이 무엇인지, 그리고 누구나 소중히 생각하는 사랑의 실체란 어떤 것인지, 이런 문제들을 기억의 렌즈를 통해 들여다보고 싶었다.

자꾸 나이를 먹어갈수록 덧없이 흘려보낸 시간들만큼 쌓여온 기억의 의미에 대해 깊이 생각하게 된 것이 이번 소설을 쓰게 된 동기였다고 할 수 있다.

전통적인 소설 개념으로서의 플롯보다는 기억이라는 틀을 빌려 3인의 주요 등장인물의 의식이 당대 사회와 어떤 구조적 연관을 맺고 있는가, 또 나아가서 각각 의식의 주체로서 개인이 굴곡진 한국 현대사와는 어떤 관계를 이루고 있는가를(이야기 속 세 인물의 기억을 통해) 탐색해 보고자 했다. 소위 문학 사회학적 측면에서 이런 이야기 형식을 취한 것도 한 가지 내 나름의 창작 시도였던 것으로 이해되었으면 한다.

화려한 장미덩굴의 한 철 꽃피움과 생기에 찬 잎사귀들의 무성함을 보는 것이 때로는 왜 서글플까? 그것은 종종 무성한 그 잎새 밑에 숨겨둔 가시 돋친 줄기를 잘못 건드려 사정없이 찔리어 상처를 입는 데서 우리가 미리 두려움의 근원을 감지하고 있기 때문은 아닐까?

투명한 유리창 너머 푸르른 하늘이 왜 사람의 마음을 들뜨게 하면서도 일말의 근심을 떨쳐내지 못하게 하는 것일까? 그것 또한 하늘가에 걸린 어두운 구름들을 우리의 의지만으로써는 걷어낼 수 없기 때문은 아닐까?

요컨대 세상사의 모든 것은 예측하기 힘든 자연 현상이나 날씨처럼 변덕스럽다는 사실을 이야기하고 싶었다.

꽃을 피우게도 하고, 시든 잎사귀를 다 날리게도 하고, 청명한 하늘을 만들기도 하는 바람과 시간의 끝자락을 뒤좇아 가노라면, 그 모든 것이 단지 유한한 인생에서 우리가 한 때 느끼는 일순간의 아름다운 자연 현상일 뿐이라는 결과에 이르게 된다. 실은, 그 이면에 숨겨진 공포나 불안의 근원과 맞닥뜨릴 때의 아픔과 혼란은 무엇으로 어떻게 치유할 것인가? 그 와중에 필연적으로 발견하게 되는 대인관계의 불완전한 사랑과 그 허망한 실체에 접한 자들의 슬픔을 그려보고 싶었다. 유한한 삶 속에 인간은 본질적으로 슬픈 존재가 아니던가! 어쩌면 모든 것은 시간의 부드러운 손길이 위무하고 해결해 줄지도 모른다. 아니다. 문제는 마음이다.

뭐 어쨌거나, 한번 작가의 손을 떠난 작품은 오로지 독자들의 평가에 달린 셈이니, 작품으로서의 성공과 실패 역시 그들의 몫으로 남겨둘 수밖에 없다.

임진년(壬辰年: 2012) 남은재嵐垠齋에서

차례

한갓진 섬에 유배되어

세상의 현실과 담을 쌓고 지낸 경험이 있던

추사秋史는 이런 글씨를 남기기도 했다.

一『寫蘭不可有法 亦不可無法』

(난초를 그리는데 정해진 법칙이 있을 수 없고,

또한 그 나름의 필법이 없을 수 없다.)

제1장 고향 앞바다: 기억의 입구

　기억은 마구 흩어놓은 그림판의 퍼즐 조각 같다. 아스라한 곳에서 허공을 울리며 술렁이는 바람처럼 어슴푸레 꼬리를 감추고 마는 상념들, 그 흩어진 조각들이 어디쯤에선가 만나 옛날의 일들을 시도 때도 없이 그립게 하는 것일까.

　흩어진 기억의 조각들을 맞춰보는 것은 나에겐 단순히 과거로의 회귀가 아니다. 잃어버려 찾지 못한 어렴풋한 조각들도 있고, 아무리 의식 속에 떠올리려 노력해도 아예 망실되어 끝내 되살릴 수 없는 조각들도 있다. 그것은 대체로 문맥의 의미를 갈피잡기 힘든 문장들같이 지리멸렬이다. 더욱이 과거가 순서대로 기억되는 것도 아니었다. 기왕이면 떠올리고 싶은 순간만 생각하려 해도, 토막 난 기억의 그 숱한 흔적들은 제멋대로 체계도 없이 뒤죽박죽 뒤섞여, 시공을 파괴하며 불쑥불쑥 떠오르게 마련이었다.

　그래도 나는 알고 있다. 흘려보낸 시간 속에 묻어둔 추억의 어질러진 조각들을 애써 꿰맞추려는 것은 지나온 삶의 의미가 무엇이었는지, 막연히 전체의 밑그림을 유추해서 과거의 형상들이 만들어내는 그 이미지를 통해, 존재의 본질에 도달하려는 안타까운 나의 의식행위나 다름없다는 것을.

　기억을 상실하면 존재도 사라진다. 기억은 그나마 나에게 과거와 현재를 이어주는 유일한 고리였다…….

❖

어느 날 나는 서재를 정리하다가 우연히 펼쳐든 해묵은 잡지 속에서 조시우曹施雨의 글을 발견했다. 그동안 책장 구석구석에 먼지 낀 채 쌓여 있던 잡동사니들을 내다버리려고 한 권씩 골라내던 중이었다. 우선적으로 처분해야 할 것들이 월간잡지였다. 그것들은 시간이 지날수록 애물단지 취급을 당하기 일쑤다. 폐휴지로 다루자니 아깝고 장서용으로는 별 가치가 없어서 아무렇게나 쌓아두고 있다가 적당한 때 한꺼번에 폐기처분을 하곤 했다. 특히 집을 이사할 때면 나는 그것들을 몽땅 버리고 떠났다.

그날 발견한 조시우의 글도 그런 월간잡지 속에서였다. 나는 버려야 할 책은 먼저 목차부터 훑어보고 난 뒤에 결정하곤 했는데, 내 손에 들린 그 잡지에서 조시우의 이름이 눈에 띈 것이다. '소설가의 에세이'라는 기획 특집으로 실은 몇 편 에세이들 속에 시우의 글도 있었다. 〈고향 앞바다〉란 제목이었다.

조의 소식을 모른 지 십여 년의 세월이 흐른 것만큼 그에 대한 그리움도 꽤 깊어진 탓이었던가 보다. 나는 야릇한 감회에 젖어 얼른 그 페이지를 펼쳐들었다. 전에 읽은 기억이 없는 것으로 보면 잡지사에서 부쳐온 책을 받아만 놓고는 아예 펴보지 않았던 게 틀림없었다.

어느 날 문득, 그대의 영혼이 "바다가 보고 싶다"고 속삭이는 목소리를 듣는 적이 있는가?

그땐, 한반도의 남녘 끝 거제도로 가보라. 그곳에 가면, '바람의 언덕'이라 불리는, 그 섬의 남쪽 끄트머리 해안에서 그대는 대한해협의 망망대해를 만날 수 있다. 거기 서면, 삶의 괴로운 순간에, 차라리 즐거웠던 날을 반추하는 시간이 된다.

거센 바람은 쉼 없이 파도를 몰아다가 그대의 가슴 벽을 때린다. 오래 부접하기 더넘스러운 바람받이라도 보짱 버티고 있다 보면 어느새 마음도 느즈러지기 마련.

누구의 발상이었을까? 그 언덕배기엔 동양풍 해안에 어울리지 않게 커다란 유럽식 풍차를 만들어 세워두었다. 순전히 관상용 건조물인 그 풍차의 날개는 줄곧 쉬지 않고 기계의 힘으로 돌아간다. 간혹 돌풍의 전조 같은 세찬 맞바람이 들이칠 경우에 한해서만 이따금씩 삐걱거리며 공허한 소리를 낼 뿐이다.

하지만 그곳은 ― 낙화암이나 로렐라이 언덕의 전설처럼, 최소한 '이야기가 담긴 언덕'으로 꾸밀 줄 아는 발상과는 전연 거리가 먼 ― 황량한 해안가의 벼랑에 불과했다. 이 바람받이에 기왕 구조물을 세울 거라면, 북방의 본향을 그리워하며 고개를 북쪽으로 돌린 기러기나 청둥오리형상을 조각한 솟대들을 세워둠직도 하다. 그것이 오히려 한국 민속전통에 어울릴 법하였다.

난간이 달린 목조 통로가 계단식 구릉을 따라 벼랑 아래까지 이어져, 맨 아래쪽 언덕 발치에 우뚝 솟은 초록색 무인등대로 내려가도록 설치돼 있다. 그 너머 활처럼 길게 휘어진 만灣의 동쪽 해상에는 드러누운 섬들의 중첩으로 시야가 차단된다.

만 안쪽에 있는 내도, 그리고 '바람의 언덕' 쪽에서 보면 내도에서 한두 뼘쯤 건너뛰어 가장 남쪽에 떠 있는 섬이 외도다. 그 섬의 어깨 너머 바다를 꿰는 긴 산줄기의 곶[串] 쪽에는 ― 쥐 주둥이 끝처럼 생긴 기슭의 형상을 따서 이름 붙였다는 ― '서이말' 등대鼠끼末燈臺와 하얀 부속건물들이 주변의 푸른 빛깔 속에 확연히 눈부시다. 그밖에 멀리서 보면 수면에 돌올한 바위산과 기암들이 몇 개 띄엄띄엄 늘어서 있을 뿐…… . 그 오른쪽으로는 대한해협이 태평양과 맞닿아 있는 망망대해였다.

그렇게 끝을 모를 그 묘망한 바다와 맞대하고 있어 보라.

하얀 물보라를 흩날리며 파도를 몰아오는 해풍을 쐬고 있는 동안, 그대의 머리칼과 옷자락을 휘휘친친 감아 돌리며, 바람은 거짓말처럼 온갖 구접스런 잡념까지 말끔히 씻어낸다.

하기야 거제도는 이름과 달리 이젠 섬이 아니다. 육지와 연결된 웅장한 대교가 놓인 지 오래다. 만약 섬과 육지를 잇는 다리의 아름다운 경치를 감상하고 싶다면, 이번엔 방향을 바꾸어, 남해 연안의 소도시 삼천포로 가라.

거기서는 전혀 다른 공법으로 가설된 다섯 개의 기막히게 멋진 다리들을 볼 수 있다. 이름도 다양하게, 조교弔橋, 사장교斜張橋, 홍예교虹霓橋, 운형교雲形橋, 현수교懸垂橋 등……

바다 위에 징검다리 형태로 띄엄띄엄 솟은 섬들을 차례차례 연결하며, 그것들은 허공 높이 떠 있다. 그로 인해, 삼천포와 남해군의 창선도 사이에 걸쳐, 그와 같은 연륙교로 이뤄진 그 길이 왜 전국에서 가장 아름다운 길로 선정되었는지, 그대는 충분히 느낄 수 있으리라.

그러나, 혹 삼천포에 가더라도, 그 웅장한 궁륭형의 조형물들이 허공에 걸쳐진 바다 위를 지나면서 일대의 멋진 풍경들을 구경삼아 둘러보곤 곧장 떠날 일이다. 시간이 넉넉하면 그곳 청정수역에서 잡아 올린 싱싱한 횟감을 맛보거나, 대방동의 유명한 장어구이나 먹을 일이지, 대교에서 오릿길 상거에 있는 '실안 마을' 쪽으론 가급적 가지 말라. 아니, 설령 가긴 가더라도, 해질녘엔 삼가는 게 좋다.

하늘과 바다가 경계를 허문 해질녘의 실안 앞바다에 서면, 누구나 가슴이 먹먹해진다. 그냥 이유도 없이 울고 싶어 못 견디는 것이다. 그 희한하고 묘한 감정의 마술적 조화는, 거제도의 도장포 마끝[南端]에 있는 '바람의 언덕'에 섰을 때와는 진정 판이한 느낌을 자아낸다.

남아있는 것들보다 잃어버린 것들이 가슴 아프게 저밀 때라면, 사람들은 대개 바다를 보러 간다지만, 그런 때엔 더더욱 실안 앞바다의 그 황홀한 석양은 보려들지 말 것이다.

매일 다른 모습과 색채를 띠는 그 바다의 표정……. 하기야, 잘 보면 세상엔 무척이나 아름다운 것들이 존재한다는 것을 그 '실안 낙조'가 또한 잘 증명해준다.

거기선 시각적인 것이 정신을 압도한다. 물 빠진 포구의 고요한 개펄이 낙조 속에 아스라이 실제보다 더욱 멀어 보인다. 역광 속에 검은 섬들은 점점이 실루엣으로 떠 있다. 밀물이 다 차기 전에 진펄 위에서 조개를 파던 사람들이 서둘러야 하는 시간대다.

물살이 빠른 조류의 길목을 막고 대나무로 울타리를 엮어 발처럼 드리웠다

하여 속칭 죽방렴竹防簾으로 통하는 정치망定置網에 가득 갇힌 물고기 떼를 부지런히 쪽대로 건져내던 어부들의 전마선도, 이윽고 해안선까지 가득 차오른 밀물과 함께 돌아온다. 깃들이기 직전의 수많은 새떼가 하늘에서 풍문風紋을 그리듯이 한참을 활공하다가 저녁먹이를 찾아 일제히 내려앉는다.

그 시간대의 바다는, 마지막 석양의 마술적 색채의 조화로 인해, 가히 현란함과 황홀의 극치를 연출한다. 그런 것들을 보고 있으면 그대의 가슴은 소름이 끼치도록 움츠려 들 것이다.

두렵건대, 땅거미 질 때는 실안에 가지 마라. 저녁 바다를 보다가 바다로 뛰어들고 싶은 충동 때문에, 그대의 심란한 마음은 바야흐로 거미줄에 얽혀 바둥거리는 나비나 잠자리 꼴이 되기 십상이니까. 삼천포 8경의 하나인 '실안낙조實安落照'는 이 무렵엔 가히 '살인 낙조殺人落照'로 돌변하기 여반장如反掌인 것이다.

오감으로 느낄 수 있는 것 중에 가장 빼어난 것을 일컬을 때, 시쳇말로 '죽여준다'고들 한다. 어쩌다가 그와 같은 살벌한 표현이 요샌 유행인 것 같이 됐지만, 하여튼 감각적 표현의 천박함을 단적으로 드러낸 그 말이 '실안 낙조'를 설명할 때만큼은 제격이다.

부디 당부하건대, 언젠가 해질녘에 거기 와보고 싶다면, 그대여, 삶의 모든 걸 다 버린 뒤끝에나 찾아올 일이다.

자연은 인간의 삶 바깥에 있는 것이 아니다. 그것은 사람의 삶을 포괄하는 것이다. 눈부시게 반사하는 해수면의 그 불타는 황홀이 자칫 그대를 엉뚱한 생각 쪽으로 유혹할 수도 있다. 자연은 그처럼 아름답고도 잔혹하다.

죽음은 인간의 삶에서 가장 아름다운 최후의 일탈 행위일지도 몰라. 만일 그렇다면, 그 일탈을 참으로 행복하고 평화스런 심정으로 받아들일 수 있는 빈 마음이 되거들랑 그제야 비로소 그대는 실안의 낙조를 보러 가도 좋으리.

그때 와서 보면, 끊임없이 들고나기를 반복하는 바닷물에 고요히 조응하는 갯벌의 긴 둑에서, 내 어릴 적에 보았던 것처럼 해안선의 모래톱이 아직 남아있는 한, 그대는 사구식물인 갯메꽃, 해당화, 갯방풍, 갈퀴나무, 갯완두 외에도 모래톱에 납작 엎드린 순비기나무 등속을 간혹 찾을 수도 있을 것이다.

발견하면 행운이라는 네 잎 클로버를 찾듯이, 늘쩡거리며 해동갑하도록 찾아보라. ― 그동안 시뻘겋게 타는 물빛깔이 한소끔 끓어 넘치고, 이윽고 거대한 수면이 낙조의 그 붉은 빛을 머금고 있는 풍경마저 차츰 잿빛으로 변하리라.

그리하여, 수평선 저 너머로 저녁 이내[嵐]가 우련히 스러질 때까지. — 그런 다음, 최후의 결단을 내린다 해도 결코 늦지는 않으리라.

어느 땐가 삶이 힘겨워 놀빛마저 서러운 저녁 바닷가를 서성대는 그대여!

말없이 집을 나온 뒤, 그냥 정처 없이 나선 그 길 끝에, 언젠가 그렇게 마주칠 그 막막한 바다 앞에 앉아, 조용히 혼자 울어라.

결코 서둘지 말라. 뒤둔 채 생각에 잠겨 그대가 이드거니 갯둑에 앉아 있으면, 어느새 슬그머니 찾아드는 땅거미처럼 그대의 영혼 속에 시나브로 깃들이는 생명에의 미련을 아직 떨쳐내지 못하고 있음을 깨달을 수 있을지!……

오직 일회성의 유한한 생애에 한번 목숨 지면 다시는 볼 수 없는 아쉬움을 남기는 저 한 때의 황홀함. 그것들이 있기에 힘겨운 삶에 위안이 되는 저 아름다운 자연에의 도취감. 그런 것들을 뒤에 남겨두고 쉽사리 눈을 감을 수 있을까?

아니, 그럴 수는 없다. 인간의 의식 경험의 본질을 정하는 자연환경과의 관계를 생각해 보라. 그러면 우리를 둘러싸고 있는 이 세계에 대한 의미 있는 발견이 바로 우리의 정신을 형성하고 또한 성숙시킨다는 사실을 깨닫게 되는 순간이 온다. 자연은 우리에게 사유할 수 있는 능력을 주었다. 그것은 인간의 직감이 잘못됐을 때를 조절하라고 하늘이 내린 사유능력이다. 그렇지 않은가? 잘 모르긴 해도, 아마 자연의 아름다움 앞에서 깨닫는 그 예상치 않은 반전反轉의 경험에 그대는 도리어 안도하고 기뻐하리라. 삶의 여정이든 윤회의 과정이든 인간은 늘 대자연과 맞닥뜨린다. 피하려 해도 소용없다.

그 사실을 깊이 깨달은 뒤 주변을 살펴보면, 세상엔 정말로 아름다운 것들이 실재한다는 걸 믿게 된다. 그걸 느끼고 있으면 소름이 끼쳐, 내 가슴은 절로 겸허함으로 움츠러든다.

매일 다른 모습과 색채를 띠는 저 바다의 표정이 우리 곁에 있다는 사실을 항시 잊지 말라. 한국어의 '바다'는 천상의 빗물과 지상의 모든 강줄기로부터 흘러드는 물을 전부 받아들이는 포용의 의미였을 것이라고 나는 생각해왔다. 말장난으로서가 아니라, '바다'가 받아들임의 '받아'와 같은 소리임은 결코 우연이 아니다. 그것은 언어적 유추로 보건대 충분히 가능한 해석일 수 있다. 지부해함地負海涵이란 옛말도 이래서 생겨났을 터이다.

해녀의 섬인 제주도의 방언에선 바다를 '바당'이라 했다. 이것은 '바닥'의 고어이기도 하다. 바다는 섬사람에게 생의 기저이자 바탕이 되는 일상의 일터가 아니던가! 그래서 삶의 근본이며 모태인 그 품안에서 노는 제주해녀들이 물일을 하러 나가거나 돌아올 때 늘 배 위에서 노질하며 부르는 〈이어도 타령〉을 들어 보라. 그 마지막 구절에 나오는 '바당'은 그런 의미였을 것이다. 삶도 죽음도 다 포용하는, 존재의 기초가 되는 밑바닥으로서의 그 바다……

강남 바당 비지어 오건 제주 바당 배놓지 말라.
멩지 바당 씰바람 불엉 넋이 부모 돌아나 오게.
(강남 바다에서 비를 지어 오면 제주 바다에 배 띄우지 마라.
명주 같이 잔잔한 바다에 실바람이 불어 넋이 된 부모 돌아나 오게.)

이 노래에는 바다에서 항상 죽음과 마주칠 수밖에 없었던 해녀의 심정과 그리운 임을 향한 슬픔이 어우러져 있다. 떠난 뒤에 오지 않는 임을 애타게 그리면서 삶의 고달픔을 토로한 그 바다의 비가悲歌 속에, 다만 제주사람들이 낙원으로 생각하는 상상의 섬인 '이어도'에서나 그 떠난 임이 살고 있으려니 하고 자위하고 있는 셈이다.

한번 그 물길에 실리면 다시는 돌아올 수 없는 곳으로 가버린다는 전설 속의 해류인 '미려沈濾'가 저마다 마음속에 흐르고 있는 것일까?

시간은 죽음에 이르는 '미려'였다. 아무리 애써 노력해도 지나가버린 과거를 되살릴 길은 없다. 남아있는 것보다 잃어버린 것들이 더 많아서 가슴 아플 때면, 다시는 돌아올 수 없는 것들에 대한 그리움에 잠겨, 나는 습관처럼 변화무쌍한 바다를 본다. 저 아득히 드러누워 출렁이는 시간 위에 나의 의식을 띄우고 먼 곳을 떠도는 내 마음 잠재우지 못해 물결처럼 뒤척인다. '미려'는 우리네 삶의 주변 곳곳에서 보이지 않게 흐르고 있었다.

나의 할아버지와 할머니, 그리고 아버지와 어머니, 그 분들은 삶의 처음과 끝을 이곳 바닷가에서 했고, 여전히 이곳 언덕에 누워 있다. 이제 그 가족묘지에 내 아내의 비석 하나를 더 세웠다. 서른일곱 살에 덧없이 세상을 떠난 가련한 여인! 늘 병든 시어머니를 뒷바라지하느라고 정작 제 몸 하나 돌볼 겨를이 없었던 그녀!……

아내는 병석에 누워 생이 얼마 남지 않았음을 깨달은 직후부터 가끔 내 귓가에 속삭이듯 말하곤 했다.

"……어차피, 우리 서로를 소유한 이상,…… 나의 이 사랑을…… 이승에서만 끝내고 싶진 않아요.……"

산소마스크를 쓴 채 이런 말을 헐떡이듯 하고 나면 이상하게 아내의 눈동자엔 희미한 기쁨의 빛이 떠돌곤 했다. 그 표정이 그렇게 온화할 수가 없다. 마음이 서글프고 괴로운 건 오히려 내 쪽이었다. 아내의 손을 내 두 손으로 꼭 맞쥐고서 말없이 그냥 고개만 연신 끄덕거렸을 뿐이었다. 사랑은 결코 연속적인 것이 아니다. 그걸 알면서도 나는 그랬다. 긍정적 자기기만은 스스로를 위해서도 이롭기에, 그저 고맙고 부끄럽고 또한 죄스러워, 그래, 알았어, 알았어, 하고 고개만 끄덕였다.

그리고……,

오늘은, 그런 내 아내의 기일忌日이다.

나의 조부가 왜 사천만泗川灣 하구 쪽 실안 앞바다의 푸른 물결이 보이는 곳에 가족 공동묘지를 조성하여 대물림해 누울 자리를 잡게 했는지 고개가 끄덕여진다.

이곳에서 보는 바다의 풍광은 내게 사색의 실마리를 던져준다. 물안개가 아침 햇살에 자오록이 김을 피워 올리며 흩어지는 이른 아침이면 좋다. 또는, 거대한 수면이 낙조의 붉은 빛을 머금고 있는 오후 어스름 때면 더욱 좋다. 특히 그런 시간대일수록 무덤가를 찾아와 앉아 바다를 보면 내 의식은 도리어 명징해진다.

그 바다를 향해, 오늘 쉼 없이 무덤가의 억새덤불을 흔들며 불어내리는 바람의 끝자락을 나는 무연憮然한 눈길로 더듬는다. 이런 때 내가 발견할 수 있는 건 모든 걸 다시 시작하고 싶다는 간절한 욕구였다. 생명이 꺼져가는 순간에도 아내가 이따금 왜 입버릇처럼 내게 그런 말을 했는지 이젠 알 것 같다.

언젠가 당신은 그 언젠가 해거름에 놀이터의 으슥한 구석 벤치에서 쓸쓸히 나를 기다리며 앉아있던 당신을 내가 그리워한 줄도 모른 채 떠났고, 오늘 이 무덤가에서 세상을 옛날의 추억으로 뒤덮고 있는 저녁놀을 보며 애처로이 또 당신 생각하는 줄도 이젠 영원히 알지 못하겠지……

조시우는 자기의 고향 앞바다를 두고 언젠가 그와 같은 글을 썼다. 나는 뒤늦게 그 글을 읽었다. 회상하는 지금은 그 기억이 과거에 속하는 '언젠가'에 해당한다.

'언젠가'라는 말은 참 모호하다. 이 경우엔, 이전의 어느 때인가를 가리키는 막연한 과거의 시간개념의 낱말임이 분명하다. 하지만 반대로, 앞으로 있을 '어느 때에 가서는' 이라는 미래의 시간개념을 나타낼 때도 두루 사용되는 말이기에 그렇다. 그것은 '기억'과도 밀접한 어휘였다.

내가 시우의 글을 언젠가 읽었다는 것은 두말할 필요 없이 '이전의 어느 때'를 말한 것이다. 이것은 그의 아내가 서른일곱의 이른 나이에 급성위암으로 죽은 때를 생각하며 쓴 글임이 분명한데, 그가 전문의의 말을 빌려 설명한 그 정확한 병명은 지금 생각나지 않는다. 단지 그 위암은 조기발견의 시기를 놓치면 암세포가 급속히 전이轉移되어 불과 한두 달 안에 사망한다는 치명적인 위암이라고 했다. 초기증상은 체중감소와 잦은 피로감이라던데 환자는 이 체중감소의 신체적 신호를 두고 굳이 다이어트를 안 해도 되는 몸의 변화를 오히려 반겨하는 우愚를 범하기 쉽다는 거였다.

한데, 조시우가 언젠가 그 글을 쓴 적이 있다는 것은 과거의 어느 때를 말함과 동시에, 그런 글을 쓰는 순간에 그는 미래에 일어날 어느 때를 염두에 둔 표현으로 자기의 문장 속에 이 말을 사용하고 있었던 게 아닐까?

내겐 그렇게 느껴진다. 그의 글 속에는 '나' 아닌 누군가도 역시, 언젠가 '내가 옛날에 그랬던 것처럼', 미래의 그 어느 때에 거의 동일한 경험을 가질 수 있다는 것이고, 그런 점에서 두 가지 시간개념이 다 들어 있다.

그렇다. 시공일여時空一如 — 다른 시간, 다른 공간에서, 각기 다른 인물들에 의해 일어난, 전혀 다른 두 개의 사건이 그 본질 면에서 유사한 성격을 지닐 수도 있다는 논리를, 나는 시우의 글들이나 그의 소설에서 종종 발견하곤 했던 것이다.

제2장 첫 상봉

소설가 조시우를 지칭할 때마다 나는 왠지 본명을 밝히기가 꺼려진다. 그 이유를, 실은 나도 잘 모르겠다. 아니, 내 스스로는 알고 있지만 더 깊은 무의식 속에서는 그를 굳이 익명으로 처리하고 싶을 만큼 부담스러운 연유랄까, 자세히 분석되지 않은 원인이 감춰져 있는 것은 분명하다.

내가 아는 바로, 그는 남명南冥 조식曹植 선생의 먼 후예였는데 태어나긴 삼천포에서였다. 그의 증조부 때 그리로 이주했기 때문이라고 직접 시우한테서 들은 바 있다.

막상 그에 대해 이야기하려는 뚜렷한 동기를 나는 아직 밝힐 수 없다. 그러나 그를 알게 된 계기는 명확하다.

나의 어휘 개념 속에서, '동기'와 '계기'는 그 뉘앙스가 명확히 구별되는 낱말이다.

계기는 어떤 일이 일어나거나 변화하고 결정되는 근거나 기회라고 흔히 해석한다. 하지만 더 엄밀히 말하면, 그것은 어떤 현상과 관련된 '상황적 용어'이다. 그에 비해, 동기는 어떤 일이나 행동을 직접 일으키게 되는 계기로 해석된다. 이는 '심리적, 실천적 용어'이다.

예를 들어, 시우는 우연한 기회에 내게 그의 고향인 삼천포 앞바다를 이야기한다. — 물론, 실제로 그런 적이 있기도 했는데 — 그와 같은 상황을 먼저 상정想定해 보자. 그럼으로써 나는 그 고장 출신인 박재삼 시인이 바로 그 바다를 즐겨 소재로 삼아 노래했던 그 많은 아름다운 서정시들을 다시 떠올린다. 떠올릴 뿐만 아니라 막연히 그곳에 가보고 싶다고도 느낀다. 그것은 어디까지나 내가 삼천포를 재발견케 되는 '계기'일 뿐이다.

그러나 나는 아직 삼천포까지 직접 가볼 엄두를 못 내고 있는 것이다. 이런저런 일상적 여건이 허락하지 않기 때문이다. 어느 날, 홀연히 바람이 그쪽으로 불어, 내 스스로도 주체할 수 없을 만큼 버거운 뭔가에 떼밀리듯 그 바람의 끝자락을 찾아서 훌쩍 삼천포 앞바다로 향했다면 그것은 '동기'가 된다.

❖

하여간, 나는 조시우에 대해 글을 쓸 수도 있고 안 쓸 수도 있다. 그런데 지금 쓰고 있다. 글을 쓰는 분명한 동기가 있기 때문이다. 동기가 있으면서도, 쉽게 한마디로 딱 부러지게 말할 수 없다는 것이, 우습게도 또한 이 글을 쓰게 되는 동기인 것이다.

사실을 말하자면, 나는 여태 시우의 출생지인 그 삼천포엘 한 번도 가보지 못했다.

나 역시 거제의 둔덕면에서 태어나 열한 살 때까지를 거기서 자라고, 초등학교 5학년부터 중학교까지는 아버지의 일터를 따라 옮겨간 통영의 한산면에서 보냈다. 나중 그 사실을 알게 된 시우는 곧잘 그의 고향인 삼천포를, 나와 연관된 거제도나 한산도와 비교하며 말하길 은근히 즐기는 눈치였다.

그와 나는 둘 다 출생지가 바닷가라는 것 외엔 별다른 공통점도 없었다. 아, 또 하나 있다면, 그도 나도 부산이라는 동일 공간에서, 각자 다른 시기에, 따로따로이긴 해도 같은 대학을 다녔고, 내가 몇 년 먼저 졸업했다는 사실 정도일 것이다. 이렇게 따지면 우리는 대학의 선후배 사이가 된다.

그는 나보다도 문단에 몇 해 일찍 얼굴을 내밀었다. 그의 등단 작품을 두고 선자選者가 평하기를 '대기大器의 가능성을 숨겨온 신인新人'이라고 극찬했던 것만큼이나 예사롭지 않았던 그의 소설적 재능을 — 당시로선 아직 독자의 신분에 불과할 뿐 한낱 무명의 작가 지망생이었던 내가 부러움 반, 시샘 반의 눈으로 — 접한 것이 그의 이름을 처음 알게 된 계기였다. 따라서 연령은 내가 두 살 위인데도 그가 문단 선배인 셈이다.

✤

조시우에 대해 이야기할 때 결코 빠뜨려선 안 될 사실이 있다. 그는 베트남 참전 용사였다. ROTC 출신 소위로 임관되면서 배치 받아간 수색대에서 군 생활을 시작한 그는 얼마 후 베트남 전선으로 지원해 갔다. 거기엔 분명 그 나름의 무슨 목적이 있었을 터였다. 나는 그가 쓴 소설들 속에서 받은 느낌으로는 아마 체험의 깊이를 얻기 위한 의도 때문이 아니었을까 하고 막연히 생각해 본다.

그의 등단작품을 비롯해서 잇달아 발표한 몇 편의 소설들도 그가 직접 체험한 전쟁을 소재로 쓴 것들이다. 그 전쟁 체험을 통해 죽음과 직면했던 극한상황의 문제들을 작품 속에 다루고 있었다. 죽음이야말로 그에겐 인생에서 가장 아름다운 일탈행위로 인식되었던 모양인데, 그가 베트남전 파병을 지원한 것도 그런 까닭이 아니었을까.

내가 읽은 바, 그의 소설 속 문맥에서, 이따금 그런 암시가 묻어났다. 그의 참전을 내 멋대로 해석한 것도 아마 그 때문이지 싶다. 그래서 훗날 내가 그를 처음 만났을 때의 질문도 그에 관한 의문이 먼저였다.

"월남전의 파병에 내가 자진自進한 이유 말인가? 단순히 소설을 쓸 의도로 참전하는 사람이 어디 있겠어? 군이 이유를 말한다면, 내 경우엔 공포의 근원을 보러 간 거지. 전쟁터의 공포 이전에 어릴 적부터 내 머릿속에 심겨진 공포가 있었는데, 그건 머나먼 남국南國으로 가는 바닷길에 있다고 들었거든. 옛날에 내 조부님은 한학漢學에 밝으신 유학자였지. 초등학교에 입학하기도 전부터 어린 내게 한문을 억지로 가르치신 분이었어. 암튼, 내가 한문에 좀 능하게 된 것은 그 할아버지 덕분이긴 해⋯⋯."

시우의 설명에 따르면, 철들기 시작한 다섯 살 무렵부터 거의 '우격다짐으로' 옛날 서당 수준의 한문을 학습케 한 조부한테서 그는 〈천자문〉, 〈동몽선습〉, 〈소학〉 따위를 익혔고, 〈명심보감〉이며 기타 한문고전들을 배웠다고 했다. 그 힘든 '억지공부'는 그가 중학교 3학년 때 조부의 별세와 함께 중단되었다는 것이다.

어쨌든 시우는 일찍이 그의 조부로부터 흑조黑潮라는 해류의 존재를 알게 됐다고 한다. 이른바 '쿠로시오'라고 널리 알려진 물길이다.

〈장자莊子〉 제17편 '추수편秋水篇'에, 이 물길을 일컬어 '미려泥閭'라고 했다는 이야기를 듣고 나서였다는 것이다. 이미 기원전인 춘추전국시대에 흑조의 존재가 알려진 것인데 고대인들이 인식한 이 물길은 항해자에겐 공포의 대상이었다는 설명과 함께.

"우리 할아버지의 말씀으론, 한참 후대인 12세기 말엽, 더 정확히는 1178년에 송宋나라 주거비周去非가 지은 〈영외대답嶺外大答〉에 '미려'라는 물길의 공포에 대해 언급한 내용이 나온다는 거야. 어떤 거냐 하면, 미려가 흘러 들어간 곳은 사람이 다시는 돌아올 수 없는 세계라고.

'미려'라는 말 자체가 우주의 배설강排泄腔, 또는 바닷물이 쉴 새 없이 새는 곳이란 의미를 내포하고 있거든. 이런 점만 미뤄 봐도, 옛사람들의 쿠로시오에 대한 두려움과 동지나해東支那海의 수평선 너머에 대한 공포감을 엿볼 수 있었다는 거지. 한번 그 물길에 실리면 예측할 수 없는 혼돈의 세계로 가버리고 만다는 거야.

헌데, 우리 조부께선 이 미려의 정체를 무시무시한 괴물과도 같은 해룡의 존재에 비유하더군. 한 번씩 거대한 몸뚱어리를 비틀며 소용돌이치다가 불쑥 승천하는 '용오름' 현상을 보일 때면 바닷물이 회오리바람처럼 용솟음쳐 오르지. 바로 그 물기둥에 휩쓸린 수많은 물고기 떼가 허공에 솟구쳐 올랐다가 사방에 비처럼 쏟아져 내린다는 거야. 쉽게 말해, 물고기 비[鱻雨:선우]가 내린다는 거지. 상상해 봐. 그건 장관壯觀이기 이전에 공포 그 자체의 괴기한 현상일 테지. 안 그런가?······"

좀 엉뚱스럽게도, 어린 시절 마음속 깊이 각인됐던 바로 그런 공포의 근원에 대한 두려움 못잖게 그는 점점 커지는 억누를 수 없는 호기심을 품었고 이를 확인하고 싶었다고 했다. 그래서 그는 동지나해를 건너가는 파월장병의 함선을 탔다는 것이다. 그리고 놀랍게도, 또한 실제로, 그는 베트남으로 가던 함선 위에서 정말 운 좋게 그 용오름 현상을 목격하게 됐다는 거였다.

"용오름 현상, 그건 이제 신비도 아니고 전설도 아니지. 얼마든지 과학으로 설명 가능한 자연현상일 뿐이야. 고온다습한 상층부의 기후와 하층부의 저온이 충돌하며 대기권의 불안정이 지속될 때 일어날 수 있다던데, 해수면에서 발생하는 일종의 토네이도 같은 거래. 무시무시한 바람의 끝자락이 스쳐간 뒤에 과연 뭐가 남을지······ 글쎄, 아무도 모르겠지. 결국 내가 깨달은 건, 공포란 인간의 상상력의 산물이란 거지."

하지만, 그는 소설 바깥의 현실 세계에서는 일절 베트남전의 추억 따위를 입에 올린 적이 없다. 자기 생애의 그 부분은 회상하기조차 싫은 모양이었다.

❖

나는 시우보다 2년 늦게 등단했다. 대개 작가 지망생들의 일차적 꿈이었던 신문사의 신춘문예 응모를 통해 소설이 당선된 것을 계기로 나도 작가의 길로 들어섰다.

그와 내가 '친구 사이'로 가까워진 것은 1979년을 막 넘기던 그해 겨울에서 80년대 초반에 걸치던 그 무렵이다. 내 또래의 문청文靑들이 한두 해의 시차를 두고 앞서거니 뒤서거니 하며, 각자 제 나름의 문단데뷔 방식을 택하여 신진작가로 첫 선을 보이던 그 시기였다.

지금 생각해 보니, 그때가 소위 '신군부新軍部'의 유혈 진압작전으로 — 훗날 우리가 '광주光州 학살사건'이라 부르게 된 — 5·18민주화운동이 처절한 결과를 가져온 그 역사적 사건이 터지기 얼마 전이었다. 그 끔찍한 비극적 사태 이후, 지상에서 흔적도 없이 영영 사라져버린 지인들로 인해 한번 그 물결에 실리면 다시는 우리 곁으로 돌아오지 못하는 '미려泥濾'가 저마다 마음속에 흐르고 있다는 사실을 깨닫게 되었다.

그 무렵, 우리들 세대의 몇몇 작가들이 의기투합하여 동인同人을 결성하면서 나도 시우도 회원으로 가입한 것이 '친구 사이'로 된 직접적 동기였다. 모두들 문학에 대한 열정과 패기로 가득했던 젊은 시절이었다.

제3장 청류항靑柳閣 시절

지금은 사라졌지만, 1980년대 종로 뒷골목에 '청류항靑柳閣'이란 이름의 카페가 있었다.

낮에는 커피를 비롯해 각종 음료수와 경양식을 주된 메뉴로 하고, 밤엔 술을 팔던 곳이었다. 거기서 자주 만나던 친구들이 그 카페의 상호를 따서 동인 이름으로 삼자고 농담 삼아 한 것이 그냥 굳어져 버렸다.

청류항동인. — '청류항'의 어감도 좋고, '푸른 버들 골목'이라는 뜻도 괜찮다고 정해버린 것이다. 오랜 세월이 흐른 뒤에도 우리는 그 당시를 가리켜 회상할 때면 대개 '청류항 시절'이란 말로 통하곤 한다.

동인들 사이에서 제일 연장자와 연하 사이가 네 살 차였다. 대개는 동갑내기거나 한두 살 위아래였는데, 오래지 않아 모두 너나들이로 격식 없이 터놓고 지냈다.

당시 동인들 중 유일하게 시우만 지방에 살았다. 그를 제외한 우리는 모두 서울에서 생활했다. 그런데 알고 보면 진짜 서울토박이는 하나도 없다. 모두가 시골 태생이었다. 어릴 적부터 아예 서울로 이주한 뒤 오래 살다보니 서울사람처럼 된 친구, 고등학교까지는 지방에서 살다가 대학을 서울서 다녔던 친구, 또는 등단을 계기로 상경하여 나름대로 잡지사나 출판사에 직장을 갖게 된 친구, 대학에서 전임강사 자리를 얻어 교수가 되려는 친구 등등. 각자 나름대로 이젠 말씨까지 서울토박이와 다름없는 표준말을 쓰며 어엿한 서울시민으로서 제법 터를 잡아가고 있었다.

어느덧 각자의 시골 고향은 한갓 추억의 대상으로 남겨진 공간이었다.

그 시절, 시우는 그의 고향인 삼천포로부터 팔십 리 북쪽에 상거한 진주에서 고등학교 교사로 재직하고 있었다. 국어와 문학, 그밖에 한문도 가르치고 있다는 것은 뒤에 알았다.

'청류항' 동인지 제3집을 펴낼 무렵 그를 동인으로 영입하자는 의견이 나왔고, 회원들은 대체로 찬성이었다. 누구보다 내가 적극적인 의사를 표명한 만큼 그를 만나 의사를 타진하러 가는 역할도 내가 자청했다.

때마침 부산에 볼일이 생겨 내려가는 길에 그를 찾아보려 했었다. 그런데 실상은 그가 나랑 같은 대학을 다녔다는 지극히 막연한 정보만 갖고 나선 길이었다. 여기저기 수소문한 끝에, 그가 부산에 있을 것이란 예상과는 달리, 진주에 거주한다는 사실을 그때 처음 알았다.

나는 부득이 일정을 바꾸었다. 부산에서 내 개인 볼일을 끝마치고 곧바로 상경하는 대신, 내친 김에 하루 더 묵어갈 생각으로 진주까지 그를 만나러 간 것이다. 그런 우여곡절을 겪고, 마침내 그와 대면했다.

✤

조시우를 처음 본 그 인상을 설명하기란 쉽지 않다. 생사를 넘나드는 전선에서 장기간 총격전에 노출된 전투부대 출신들이 겪는 후유증을 당시에 그도 앓고 있는 듯이 보였다 ─ 고 하는 것은 내 느낌이긴 하나, 그 관찰은 사실에 가까운 것이었다.

첫 대면에서 그가 한 말들도 내 직감을 뒷받침했다. 그는 귀국 직후 곧 제대했지만 한동안 머릿속이 마비된 것처럼 멍해지는 경우를 종종 겪었다는 것, 밤에는 도저히 잠을 이룰 수가 없어 고통스러운 나날이 오래 지속됐다는 것 등 ─ 그가 들려주는 예사롭지 않은 체험 이야기에 나는 귀를 기울였다.

　신비한 물길인 '미려', 즉 쿠로시오 난류와 파월장병을 태운 함선 위에서 봤던 '용오름' 현상 같은 이야기도 이때 들려주었다. 공포라는 괴물도 결국 인간이 만들어낸 상상력의 산물이라는 말을 하면서도 전선에서는 특히 '정글의 밤과 울창한 숲의 괴물' 때문에 통 잠을 이룰 수가 없었다고도 말했다. 인간 내면의 어둠과 악의가 넘실대던 정글에서 보낸 그 불안했던 밤들…….

　그가 하는 말들이 사실임을 증명해주듯이, 캬캉한 그의 얼굴은 누가 봐도 잠을 제대로 못 잔 사람 같이 핼쑥했고, 오직 눈빛만이 살아서 반짝였다. 진주에서 첫 만남이 있던 그날 밤, 술집에서 시우는 내게 전쟁의 와중에서 느낀 인간에 대한 근본적인 의문이 소설을 쓰게 된 동기라고 말한 것 같은데, 이미 그도 나도 만취하여 정확한 대화는 기억나지 않는다. 단지 의기투합한 우리는 밤새 통음痛飮했다.

　당시 그는 결혼한 지 2년째 된 아내와 함께 홀어머니를 모시고 삼천포에 살며 진주까지 통근하고 있었다. 그런데 그날은 퇴근 후 나랑 함께 지내느라 끝내 귀가하지 못했다. 우리는 여관에서 밤을 함께 보냈다. 이튿날 아침, 내가 눈을 떴을 때는 먼저 간다는 쪽지만 한 장 남겨놓고 그는 이미 출근한 뒤였다.

　그는 한국문인협회나 소설가협회 같은 단체에는 일절 가입하지 않고 있었다. 아예 모임 자체에 나가는 것을 싫어하는 성미였던 것이다. 그런 그가 선뜻 동인회에 참가하겠다는 의향을 보인 것은 의외였다. 아마도 비슷한 또래의 뜻이 맞는 붕우朋友 관계만큼은 예외로 생각했던 것 같다.

　이후에도 본격적인 작가활동을 하려면 서울로 옮겨오는 게 아무래도 유리하지 않겠느냐는 친구들의 질문을 받으면, 시우는 그때마다 단번에 고개를 저었다. 시골집을 지키며 고향에 계신 노모 때문에 결코 멀리는 갈 수 없다는 대답이었다.

　또 다른 이유로, 그는 시골 고향이 단순히 추억의 공간으로만 남겨지는 게 싫다고도 했다. 그의 말을 뒤집어놓고 보면, 사랑하는 것, 그리운 것들이 도리어 더 나은 성취를 위해 떠나고 싶은 발목을 붙드는 아이러니를 말하고자 한 의도였던 것으로 해석된다.

시골 고향을 우리는 때가 되면 가급적 출세를 위해 벗어나야 할 일종의 걸림돌처럼 여긴 채 어느새 서울 중심적 사고방식에 길들어 있었던 것이다. 그런 우리에게 그 말은 적잖이 씁쓸함을 안겨주었다. 그랬거나 말거나, 그 역시 한 달에 한 번 꼴로 모임을 갖던 동인회에 누구 못잖게 열심히 참석하느라 거의 빠짐없이 상경하는 열정을 보였다.

정기모임은 마지막 주의 토요일 오후로 정해 두었다. 시우는 그 정기모임만큼은 가급적 얼굴을 내밀었다. 모처럼의 회합이래야 으레 초저녁 '청류항'에서부터 시작되는 2차, 3차로의 술집 순례가 정해진 코스였다. 그리고는 한밤중이나 돼야 끝이 났다.

그는 한두 번 내 집에서 묵어간 적도 있으나 대개는 친구들과 헤어진 다음 여관에 숙박하는 것이 마음 편하다며 늦은 밤 혼자 돌아서곤 했다. 서울에는 그의 유일한 혈육인 누이동생이 결혼하여 불광동에 살고는 있지만, 시댁 식구들과 함께여서 아예 그쪽으로는 갈 처지가 못 되기에 차라리 하룻밤 여관 신세를 지는 것이 속편함을 이해할 만했다.

❖

시우는 상당히 과묵한 편이었다 ─ 라고 말하는 것은, 그가 여간해선 먼저 입을 여는 법이 없는 데서 해본 표현이다. 그가 불광동의 누이동생을 굳이 '유일한 혈육'이라고 했을 때만 해도 나는 그런가, 하고 예사롭게 생각했다. 그러나 오래 전, 파독派獨 간호부로 나간 뒤 끝내 귀국하지 않고 독일 남자와 살고 있는 그의 누나가 있었다는 사실을 내가 알게 된 건 아주 훗날의 일이다.

시우가 태어나기도 전에 장남이었던 형이 어릴 때 폐렴으로 죽었다는 얘기도 우연히 대화 도중에 들은 것이었다. 그때는 페니실린 주사약을 구하기도 힘들었던 일제강점기로, 일본이 일으킨 태평양전쟁의 막바지쯤에 해당하던 시절에 있었던 일이라고 했다.

이래저래 그는 사생활에 관한 한 깊은 속내를 좀처럼 드러낸 적이 없다. 그것은 성격 탓일 수도 있는데 그 때문에 왠지 비밀이 많은 사람처럼 보였다. 그 점은 예나 지금이나 한결같다. 특히 정신이 맨송맨송할 경우 더욱 그렇다. 묵묵히 앉아서 남의 얘기를 주로 경청하는 편이다. 한데, 술기운이 돌아 좌중의 분위기가 무르익을 쯤에 어쩌다 짬나서 그가 한번 입을 열면 의외로 달변인 점에 주변 사람들은 새삼스레 놀란다. 이른바 그의 현하구변懸河口辯에 먼저 놀라게 마련이고, 또한 그의 박학다식에 다시금 놀라고 만다.

바로 이 점은 첫 대면에서도 일찌감치 내가 간파한 그의 특성이랄 수 있다.

언젠가 한 번은 동인들 모임에서 이런 사례가 있었다.

시골에서 그날 상경한 시우가 오랜만에 대하는 친구들에게 술잔을 권하자 그 자리의 누군가가 말했다.

"에이, 촌놈처럼 요즘 누가 술잔을 돌리냐? 언론이나 방송 매체에서 B형 간염이 한창 유행이라고 떠드는 소리 못 들었어? 하기야, 그런 걸 떠나서 자기 주량만큼 각자 알아서 자작自酌하는 게 요즘 술자리 추세야. 그런 줄도 모르니, 역시 넌 촌놈 소릴 듣지."

"촌놈이라? 그건 맞는 말이네. 촌에 살고 있으니까. 그런데 술잔을 돌리는 한국고유의 '수작酬酌 문화'에 대해 서울 놈들은 아는 게 전혀 없구면."

"무슨 수작이야?"

"그래. 바로 그 수작 거는 행위의 어원이 된 역사가 천년도 넘었단 걸아냐? 가장 오래된 수작 문화의 흔적이 신라시대 서라벌에 있는 포석정鮑石亭이야. 알다시피, 전복[鮑] 형상의 좁은 석구石溝를 두르고 한쪽에서 계류를 끌어들여 다른 쪽으로 흘러 나가게 만든 구조였기에 이름도 포석이지. 거기 술잔을 띄워놓고 빙 둘러 앉아 차례대로 마셨잖아. 이른바 포석정이 곡수유상曲水流觴의 연회가 베풀어진 장소였던 건 이미 다 아는 거고…….

역사수업 시간에 배운 대로 신라의 경애왕景哀王이 비빈妃嬪과 종척宗戚들을 데리고 거기서 연회를 벌여 놀다가 견훤甄萱의 후백제 군사들 내습으로 살해당한 때가 정확히 서기 928년이야. 그러니까 그 연대만으로 계산해도 '수작'의 유래는 벌써 천년이 넘은 거야. 경주 남산의 서록西麓에 가서 한 번쯤 포석정을 구경한 적들은 있겠지?"

"그야 뭐, 옛날 수학여행 때 가본 적은 있지만……. 그렇다고 그걸 수작 문화의 유래니 뭐니, 공식적으로 일반화하는 건 무리지."

"하긴 그래. 하지만, '수작'을 규정하여 공식화한 건 고려 인종 때의 일이야. 군신君臣과 지기知己 사이에 수작이 행해졌는데, 그 뒤 조선조 성종 때에 와서 비로소 일반화했다고 보는 게 옳아. 조선조에 승정원承政院이란 기관이 있었단 건 다 알지? 오늘날로 치면 대통령 비서실에 해당하는데, 그 승정원에서 임금께 문서를 올리는 날, 왕이 신하에게 술과 음식을 내렸다 했고, 이때 대폿잔大匏觴으로 돌려 마셨다는 기록이 나오지.……"

"………………"

이쯤 되면, 우리들 중 아무도 그의 말에 더 이상 딴죽을 걸 수가 없었다. 그냥 멍하니 듣고 있게 마련이다.

"아무튼, 수작 문화의 의의는 대략 세 가지로 볼 수 있어. 첫째는 왕실의 호사스런 생활 반영이고, 둘째는 왕과 신하들 사이의 결속을 뜻하는 행위, 셋째는 그 이면에 공동체 의식을 다진다는 의미가 담겨 있지."

그는 어디서 주워들었는지 일반인은 잘 모르는 이런 일화들을 놀라울 만큼 많이 알고 있었다. 그래서 그날 우리들 중 누군가가 우스갯말로 그를 '잡학雜學의 대가大家'라고 칭했다.

"하여간 그런 말 들으니, 수작 한번 안 할 수도 없구먼. 그래, 한잔 따라 봐. 주는 술은 받아야지. 뭐, 별 수 있나?"

"청류항동인의 결속을 다지는 의미에서. 자, 건배!"

모두들 왁자하게 웃고는 결국 술잔을 돌리는 것으로 끝났다.

✤

조시우와 나와의 관계를 한마디로 규정할 적당한 말이 없다.

친구 사이? 동료? 동인의 한 사람? 그 어느 것도 사실 적절한 말은 아니다. 필연이나 운명이라고까지 비약할 건더기는 더더욱 없다. 차라리 인연이었다고 나는 생각한다. 문학, 그 중에서도 소설이라는 공통점으로 엮여지고, 비슷한 또래끼리 의기투합하여 동인을 결성해서 어울렸다 해도, 따지고 보면 우리는 저마다 각자의 문학관도 개성도 다 다른 특성을 가진 개인들의 조합에 지나지 않았던 것이다.

서로 말을 터놓고 지내는 사이라도 시우는 내가 두어 살 연장자라는 걸 늘 의식하는 듯했다. 그는 언제나 깎듯이 '하 형!', 또는 '두호斗昊 형!'하고, 성이나 이름 뒤에 그 놈의 '형'이란 호칭을 꼭 넣어서 부르곤 한다.

그것은 예의 바르다는 말로서 간단히 설명될 수 있는 건 아니다. 설령 그게 예의를 갖춘 호칭이었다 하더라도 말이다. 도리어 그 때문에 나 역시 그를 '조 형!'하고 부를 수밖에 없도록 만들어, 더 이상 다가가기 곤란한 개체거리個體距離의 울을 치는 호칭으로 느끼곤 했다.

그럼에도 불구하고 조시우가 나와 같은 부류의 인간이라고 믿게 된 근거는 무엇일까?

그의 생활 근거지였던 진주는 실은 나의 본적지였다. 내 윗대의 먼 조상 때부터 이미 그곳을 떠나 살게 되었지만, 여전히 거기 나의 종친들인 진주 하씨晉州河氏들이 많이 사는 지리적 친연성親緣性을 그에게서 느꼈다는 것은 그다지 타당한 이유일 순 없겠다.

조선왕조 철종 임금 재위 13년(1862)에 봉기한 최초의 농민폭동을 일컬어 '진주민란'으로 역사는 기록하고 있다. 진주 병사(兵使:병마절도사 · 지방의 군사령관) 백낙신白樂莘의 가혹한 탄압과 착취가 민란의 직접적인 동기였다. 그는 부임한 이래 갖은 방법으로 횡령, 약탈, 공갈을 자행하여 재산을 모으는 한편, 6만여 냥兩의 거액을 호별戶別로 징수하는 등 가혹한 민폐를 조장했다.

당시 조정으로부터 핍박받는 처지로 깊은 산골짝에 숨어 들어가 은둔해 있던 영남 선비들은 대개 남인 계열에 속했다. 그 후손이었던 우리 윗대 집안 어른들도 때마침 그 농민봉기에 적극 가담했다고 한다. 그러다가 차후 민란의 사태수습 여파로 후환을 염려한 일가가 그 무렵 고향을 등진 채 타지로 떠난 것이라고 나는 대충 듣고 있었다.

이른바 '경신대출척庚申大黜陟'으로 역사에 기록된 남인의 몰락과 함께 정권이 서인의 손아귀에 들어간 숙종조肅宗朝 이래로 무려 2~3백년 가까이 그늘에서 지내야 했던 남인들이었다. 조선조 당쟁의 역사에서 서인은 뒷날 노론과 소론으로, 동인은 남인과 북인으로 갈렸고, 이를 일컬어 흔히 사색당쟁四色黨爭이라 한 것은 역사적 상식에 속한다.

따지고 보면, 시우도 나도, 윗대 조상들이 조선조 당쟁의 여파로 권력층에서 밀려나 박해받고 은둔해야 했던 남인 계열의 후손으로 태어났다는 공통점에서 묘한 인연을 느꼈던 것일까? 아니다. 그에게서 내가 왠지 같은 부류의 인간이라고 믿게 된 근거는 다른 데 있다. 그것은 어디까지나 자연환경이 인간의 의식을 형성, 결정한다는 사고방식을 공유하고 있다는 점일 것이다.

제4장 다사랑茶舍廊

"거 참, 신기하네. 시골에 사는 자네가 이 드넓은 서울 한 모퉁이에 이런 곳이 있는 줄을 어떻게 알았지?"

1984년 가을 어느 날, 모처럼 서울에 온 시우가 퇴근시간 무렵쯤 나를 마포에 있는 〈다사랑茶舍廊〉이란 전통 찻집으로 불러냈을 때, 전화상으로 설명해준 그 장소를 찾느라고 나는 꽤 애를 먹었다.

찻집의 외관부터 특이했다. 통나무로 골격을 짜고 황토와 자연석을 주재료로 지은 흙벽집이란 인상을 주었다. 출입구의 유리문 위에 아치형 처마를 만든 이른바 캐노피 양식의 현관 구조로 지어졌는데, 그 위엔 때마침 단풍 빛깔을 띠기 시작한 담쟁이덩굴로 온통 뒤덮여 있었다. 서울이란 대도회의 상가商街 밀집구역의 한구석에 이런 곳이 있다는 것만으로도 아주 이색적인 건물이었다.

가게 안으로 들어서자, 홀의 벽면에 찬장처럼 만든 진열장에는 갖가지 도자기며 찻잔, 주전자 등 차와 관련된 도구들이 가득 눈에 띄었다. 이곳에선 다기들과 각종 전통차傳統茶의 판매도 이뤄지는 모양이었다. 바깥에서 볼 때와는 딴판으로 내부가 꽤 넓었다. 몇몇이 둘러앉아 차를 마실 수 있도록 꾸며진 호젓한 분위기의 방들이 서너 개, 그밖에 홀에는 병풍처럼 두른 칸막이들을 각각 설치하여 옆자리에 방해받지 않도록 독립된 구역들로 나뉘어져 있었다.

특히 홀 안의 한쪽 벽면에는 제법 큰 게시판이 붙어 있었다. 그 게시판의 용도가 상당히 재미있어 손님들의 눈길을 끌었다. 1980년대 초에는 휴대전화기가 아예 없던 시절이었다. 연락이 쉽게 되지 않는 누군가를 꼭 보고 싶을 때 메모지를 작성해 붙여두는 그런 용도였다. 집 전화번호도 몰라서 약속 장소나 시간 등을 정할 수 없으니, 혹시 이곳에 들러 이 쪽지를 보게 되면 어디로 연락하라는 식의 내용이 대부분이었다. 간혹 심심풀이로 낙서를 적은 것도 있고, 되잖은 시詩 나부랭이를 끼적거려 붙여둔 것도 있고, 모월 모일 아무개가 이곳을 다녀가다, 라는 글귀 밑에 간략한 소감을 적은 것도 있었다.

한마디로, 그것은 메시지판 혹은 낙서판이라고 말하는 게 더 적합하다.

"여기 몇 번 와 본 적이 있거든. 거 왜, 하 형도 알잖아? 내가 등단한 '창작세계'란 문학잡지사의 사무실이 이곳 마포에 있잖은가. 서울 온 김에 한번쯤 잡지사에 들르는 길이면 차 마시러 여길 몇 번 오기도 했지. 그동안 발표한 소설들을 모아 이번에 두 번째 창작집을 내기로 돼 있어 올라온 거야."

"아하! 거 잘 됐구먼. 축하할 일이네. 헌데, 주말도 아니고 평일에…… 직장은 어떡하고? 하루 빼먹은 거야?"

"결근한 셈이지 뭐. 이틀 연가年暇 신고서를 내놓고 왔어."

아무렇지도 않다는 듯 빙그레 웃는 시우의 얼굴엔 뭔가 몹시 기쁜 일을 애써 숨기려고 할 때의 어색한 침착함이 엿보였다.

"말 안 해도 싱글벙글하는 네 표정 보니, 뭔가 아주 흡족한 일이라도 있는 모양인데……"

"그렇게 느껴져? 응. 실은, 내 소설을 영화로 만들겠다는 감독이 있어서 오늘 충무로에서 계약을 했지. 사실은 그 일 때문에 약속 날짜에 맞춰 올라온 거야. 벌써 원작료까지 두둑이 받았거든. 그래서 하 형한테 한턱내려고……"

"야! 그거 잘 됐네. 그럼 우리 동인들한테도 연락해야지."

"물론이지. 그런데, 서울 오면 하 형 생각부터 나니까, 먼저 알리고 싶었던 거야."

"그것도 고마운 일이지. 우선, 친구들한테 전화부터 해야겠지."

나는 진심으로 기뻐해 주었다.

"어머머, 조 선생님의 소설이 영화로 만들어져요? 정말 축하드려요."

옆에서 묵묵히 차를 따라주고 있던 일하는 여자가 몹시 놀란 듯 덩달아 즐거운 표정을 지으며 우리 대화에 처음으로 끼어들었다.

"아, 참! 소개가 늦었네. 하 형, 여기 계신 이 분은, 이 찻집 '다사랑'의 주인 마담이신 이 여사李女史님이시고…… 또, 이쪽은 소설가 하두호 씨에요. 서로 인사하시죠."

아이고, 반갑습니다, 처음 뵙겠습니다. 아무쪼록 잘 부탁드립니다. 등등 ― 처음 대면한 자리에서 오가는 판에 박은 인사말을 나눈 뒤에 비로소 나는 찬찬히 그녀를 훑어보았다.

내가 찻집에 도착하기 전부터 이미 자리를 잡고 앉아 시우와 이야기를 나누고 있을 때만 해도 나는 그다지 그녀를 눈여겨보지 않았다. 나의 도착과 동시에 차를 준비해 오겠다며 여자가 잠시 자리를 뜨자 나는 그저 여기서 일하는 여자거니 여겼을 뿐이었다.

좀 있다 그녀가 다기일습茶器一襲을 챙겨들고 다시 왔다.

시간을 절약하기 위한 것이라며 화로 대신 포트에 물을 끓이고 있을 때도 나는 전혀 신경을 쓰지 않았다. 그런데 그녀는 얼른 나가지 않고 손수 찻잔을 씻고, 찻숟갈로 양을 조절하여 주전자에 담는다. 응당 그래야 하는 절차를 따르듯 끓인 물을 주전자에 붓고 말없이 이것저것 준비하는 그녀를 예사로 보았다. 그럴 동안에도 역시 내 눈길은 일부러 엉뚱한 곳을 향한 채였는데, 단지 그녀가 은근히 팁을 바라고 뭉그적거리고 있는, 좀 뻔뻔스런 여종업원 정도로 여겼던 탓이다.

그런데, 그녀가 주인 마담이라는 말을 듣자 새삼스레 그녀와 시우의 관계가 궁금해졌다.

나는 비로소 자세히 살펴봤다. 개량한복을 곱게 차려입은 마담은 실은 점잖고 우아한 모습이다. 당시 30대 후반에 갓 접어들던 우리 또래보다 마담은 많아봐야 불과 댓살쯤 더 돼 보이긴 했다. 실제 연령은 아마 40대 후반 정도, 시골에 계신 내 큰누님뻘은 됐을 듯하다. 그러나 여자 나이란 외모만으로는 가꾸기에 따라 실제보다 훨씬 젊어 보일 수도 있어 가늠하기 쉽지 않다. 대놓고 물어볼 수도 없었다.

"이 여사님과 여기 조 형과는 전부터 잘 아시는 사인가요?"

나는 에둘러 넌지시 그렇게 묻는다. 마담한테서 돌아온 대답은 뜻밖이었다.

"아다마다요. 아주 친해요. 게다가 연령을 떠나 제가 조 선생님을 존경하고 있는걸요."

환하게 웃으며 활달하고 거침없이 내뱉는 이 여사의 표정만으로는 농담인지 진담인지 분간을 할 수가 없다. 어쩌면 나더러 선입견을 갖고 두 사람 사이를 이상한 눈으로 본 게 아니냐고 꾸짖듯이, 바보 같은 질문을 한다고 놀리는 말투 같기도 하다. 순간, 머쓱해져서 나는 얼른 변명하듯 다시 물었다.

"제가 무얼 잘못 말한 건가요?"

"아뇨. 묻는 말에 사실대로 답한 거예요. 척 보면 호감이 가는 사람이 있잖아요. 조 선생님이 그런 느낌이었죠. 처음 우리 찻집에 들른 게 한 4년 전인가, '창작세계사' 편집장님이 우리 집 단골이신데 함께 차를 마시고 식사도 할 겸 오신 때가……"

"여기서 식사도 돼요? 전, 여기가 처음이라서……" 나는 얼른 말꼬리를 돌렸다.

"그럼요. 나중 메뉴판을 보시면 마음에 드실 거예요. 자세한 건 여기 조 선생님께 물어보시면 틀림없이 보증하실 테니까."

그러면서 이 여사는 시우에게 나의 온갖 궁금증을 대신 풀어주기를 부탁하는 눈길을 보냈다. 그때까지 그냥 빙그레 웃기만 할 뿐 말없이 지켜보고 있던 시우가 자세한 설명을 거들었다.

❖

　찻집 마담인 이 여사는 전형적인 서울 토박이였다. 부군은 육군사관학교 출신의 장교였고, 두 사람은 연애결혼을 했다. 훗날 베트남전에서 무공을 세우기도 한 부군은, 장성 진급에 두 차례 누락되자 대령으로 예편한 뒤, 1970년대 말부터 건축업에 발을 들여놓은 이래 굉장한 재력을 쌓았다.

　당시 중동지역 산유국들의 호황에 따른 건설 붐에 편승하여 한국도 중동지역 수출로 대단한 호경기를 맞았다. 이에 덩달아 서울을 위시하여 전국 각지에서 소용돌이처럼 일었던 소위 아파트 건설 바람을 타고 이 여사의 부군이 운영하던 건설회사는 한국 굴지의 사업체로 발돋움했다는 것이다. 특히, 육군대령 출신의 그가 수월케 관급공사의 발주를 따낼 수 있었던 것도 군부정권의 비호와 혜택이 상당수 작용한 때문이었다. 그런 관례가 당시엔 예사로 묵인돼 온 일이기도 하였다.

　그렇게 모은 재산들로 여기저기 목 좋은 곳에 땅을 매입해, 장래를 내다보고 기획한 콘도미니엄 사업을 한창 진행하던 중 그는 예상하지 못했던 장애에 부딪쳤다. 몸속에 병이 확산되고 있었던 것이다. 그런 줄도 모르고 부부는 그동안 돈벌이에 전념하며 아등바등 살아왔던 것이라 했다. 정밀검사 끝에 대장암 4기란 진단을 받고 장腸의 일부를 잘라내는 수술을 받았으나, 벌써 어느 정도 전이된 상태여서 서둘러 봉합했다고 한다.

　그때부터 삶의 의욕을 잃어버린 부군은 50대 초반에 이미 낙백落魄한 사람처럼 변해갔다. 아예 일손을 놓고 그저 하루하루 실성한 듯 무료히 죽음만 기다리고 있었다. 이 여사가 남편 대신 전면에 나서 모든 가산을 정리

한 뒤, 부군의 고향 땅인 경남 하동에 함께 내려가 섬진강이 내려다보이는 산자락에 토담집을 짓고 차밭을 일구었다.

그녀에겐 말기 암환자의 얼마 남지 않은 여생을 뒷바라지할 심산으로 내려간 전원생활이었다. 남편이 죽으면 그곳에 묻어주려는 의도였다. 모든 걸 포기한 채 물 좋고 공기 좋은 시골 산림山林에 묻혀 지내는 생활에서 도리어 남편은 점점 소생의 기미를 보이기 시작했다는 거였다. 그 전까지만 해도 간간이 병원 치료도 병행할 겸 몸 상태의 호전 여부를 점검하러 서울에는 3개월에 한 번 꼴로 다녀가곤 했다. 그러다가 뜻밖에도 거의 완치단계에 이르렀다는 의사의 최종판정이 나온 것이 몇 해 전이었는데, 지금은 기적과도 같이 회복되었다는 이야기였다.

시우는 이 여사 집안의 그런 사정을 전한 뒤에,

"은둔이란 결코 현실도피만을 의미하진 않아. 세상과 연緣을 끊고 칩거하는 이유가 뭐겠어? 동면冬眠하는 짐승들이 죽기 위해 몸을 숨기는 게 아니지. 오히려 살기 위해서지. 안 그래? 멀리 섬진강이 아스라이 내려다보이는 깊은 산자락에 숨어 들어가, 죽는 그날까지 만이라도 조용히 은둔하려 했던 부군의 경우처럼……. 그래서 살아난 거지. 생각해 보면 이게 묘한 이치거든. 역사적으로 봐도 그런 예는 얼마든지 있었지. 조선조의 억불숭유 정책으로 인해 승려들이 심산유곡의 절간이며 암자에 깊이 은둔했던 시절을 생각해 봐. 그 옛날 삼한시대의 '소도蘇塗'와 같이 외부의 침해로부터 안전한 그런 공간이 필요했던 사람들……. 그들은 대개 현실에서 밀려난 자들이야. 당시 초의선사艸衣禪師께서도 해남의 땅끝 가까운 절집에 은거한 채 그곳에 유배를 와 있던 다산茶山 정약용 선생과 교유하면서, 오히려 거기서 마음의 평안을 얻고 《동다송東茶頌》과 《다신전多神傳》을 짓던 이치와도 같은 거지. 안 그래?"

라고 내게 동의를 구했는데, 듣고 보니 설득력이 있는 그 어법에 나도 고개를 주억거렸다.

"암튼, 여기 이 여사님 부군의 경우는, 물질적 소유가 미덕이던 시대에 존재의 문제를 심각하게 제기한 하나의 실례實例가 될 만한 에피소드지. 어때? 그럴 법한 얘기 아냐?"

이번에도 역시 동의를 구하는 어법으로 시우가 그렇게 이야기를 끝맺자, 곧바로 이 여사가 뒷말을 받는다.

"우리 집주인 아저씬 이젠 누구보다 열심히 차밭을 가꾸고, 도자기도 굽고, 그렇게 오직 농부로서의 삶에 자족하고 있어요. 이 찻집의 모든 재료들은 다 하동에서 올라오는 거구요. 전국에서 녹차재배 규모로는 전남 보성이 제일이지만, 품질 면에서는 역시 하동녹차가 최고라는 품평이거든요."

그러더니 이 여사는 과거 재산정리 때 미처 처분하지 못했던 땅이 여기 마포의 상가지역에 일부 남아 있어 그 터에 지은 게 지금의 이 찻집이라고 한다.

서울에 살고 있는 자녀들 중에 딸은 이미 출가했지만, 현재 큰아들은 대학에, 막내는 고등학교에 각각 재학 중이라 서울과의 연고를 완전히 끊을 수 없었던 것은 그런 까닭이라고 이 여사는 말했다.

✤

처음 가게를 열고 이름붙인 상호는 〈다도원茶道苑〉이었단다. 그것을 지금의 〈다사랑茶舍廊〉으로 바꾸는 게 어떻겠느냐고 제안한 사람이 바로 조시우였다.

이 찻집을 몇 번 드나드는 동안 마담과 얼굴을 익힌 시우가 한번은 조심스럽게 '다사랑'을 상호로 제안한 이유에 대해 이런 설명을 하더라고 그녀는 덧붙인다.

"한자 뜻만으로는 '찻집'인데, 그 어감에서 오는 울림으로는 '모두 다 사랑하는 곳'일 뿐만 아니라, '차 마시는 사랑방'과 같이 다양한 의미의 함축성이 있다고 하더군요. 그 설명이 금세 제 마음에 와 닿았어요. 그래서 별

망설임 없이 찻집 이름을 바꿨지요."

이 여사는 마냥 즐거운 내색을 감추려 하지 않고 시종 쾌활하게 웃고 지껄였다. 마치 오랜만에 동생들을 만난 큰누님 같은 활달함과 솔직함을 지닌 여자였다. 나는 왠지 푸근한 느낌으로 오히려 이젠 그녀가 옆에 있는 것만으로도 안심이 되었다.

그녀는 우리에게 손수 차를 따라주고는, 자기의 찻잔을 들어 마시기 전에 두 손에 받쳐 든 잔을 습관처럼 좌로 돌리고 우로 돌리면서 식히고 있었다.

"습관인지 모르지만 그렇게 격식을 차리는 건 일본식이겠죠, 아마? 찻잔을 좌로 우로 돌려가면서 마시는 거……" 내가 그렇게 지적했더니,

"일본인들이 차 마시는 걸 TV에서 본 거겠지." 시우가 웃으면서 옆에서 받는다.

"그야 사실이지만, 일본의 사극에서 사무라이들이 차를 마시는 장면이나 다도회茶道會의 광경에서 흔히 볼 수 있더구먼. 난 상식적으로 그게 일본식 찻법茶法이라고 알고 있는데……" 내가 말했다.

"하긴, 지금은 그게 일본식 찻법이 되긴 했지. 헌데, 일본의 다도는 원래 그 정신이 한국에서 건너가, 나중 일본 스타일로 변화된 것일 뿐이야." 라고 시우가 말했다.

"초의선사의 다도정신을 얘기하는 건가?" 내가 물었다.

"아니, 그건 아냐.…… 초의선사의《동다송》에서 노래한 다도정신의 핵심은 한마디로 '차건수령茶健水靈'이지. 이게 무슨 뜻이냐 하면, 계절에 맞춰 제 때 딴 찻잎이 활기를 잃지 않아 건강하고, 물이 신령스런 작용을 나타내는 최적의 상태를 나타낼 때라는 의미지. 그때 비로소 차와 물과 불이 중정中正의 상태가 되면 다신茶神이 작용하여 지선至善의 경지에 이른다는 거야. 어쨌든, 초의 스님의 이 다도정신은 외관적 격식과는 별로 상관없는 이야기야. 또, 일본의 다도가 제 나름의 격식을 갖추고 난 지 훨씬 뒷날에 나온 조선식 찻법일 뿐이고……. 하긴 우리나라에선 고대로부터 왕실을

중심으로 궁중다례宮中茶禮가 전해 내려오긴 했어. 그렇지만, 서민들한테까지 널리 퍼지게 된 건 그리 오래지 않아. 하여간 요약하면, 한국의 다도는 형식보다 내용을 더 중시했던 셈이고 사람들끼리의 사귐의 예절에 초점을 맞춘 거야. 헌데, 일본의 다도는 검소와 절제, 평등정신의 고취라는 철학의 구현과 생활화를 위해 형식적 세련미를 추구한 것이랄까……."

그는 잠시 뜸을 들이더니,

"그런데, 일본 다도의 근본정신은 '차선일미茶禪一味'로 요약돼. 차와 선이 동일한 묘미란 거지. 일테면, 다도정신과 참선의 원리가 같다는 뜻인데……"

그리곤 잠시 뒷말에 여운을 두었다. 곧 이어, 그 특유의 달변을 쏟아내기 시작한 것은 이때부터였다.

"거 왜, '금오신화金鰲新話'란 소설을 쓴 매월당梅月堂 김시습金時習 있잖아? 그 분이 세상과 연을 끊고 중이 된 사연을 알아? 소위 오세신동五歲神童이란 칭송을 듣던 천재였던 김시습은 세종 임금의 총애를 받기도 했대. 그런데 훗날 세조가 조카인 단종을 영월로 유배 보내고, 마침내 사약을 내려 죽인 다음 왕위를 찬탈한 사건을 본 이후로는 그만 벼슬살이에 환멸을 느꼈지. 그리고는 아예 환로宦路에 나아갈 생각을 접어버리고 중이 돼버린 거야. 고독한 칩거를 택한 거지…….

그 김시습이 경주 금오산金鰲山의 용장사龍藏寺에 있을 때였어. 일본의 승려로 외교관이었던 슌소(俊楚 · 준초)가 1460년대 중반 이후인 어느 때 김시습의 소문을 듣고 용장사를 방문하게 됐지. 이때, 김시습의 찻법을 '선차禪茶'라 불렀는데, 이것이 슌소에 의해 일본으로 건너간 뒤로 암자 이름을 딴 '소안챠'(草庵茶 · 초암차)가 된 거야. 이 초암찻법이 바로 차선일미茶禪一味의 정신을 표방하고 있거든.

김시습의 찻법인 '선차'의 정신이 일본에선 '차선일미'로 살짝 명칭만 바꾼 셈이야. 바로 이 슌소의 찻법으로 알려진 '소안챠'는 무라타 츄코村田光에 계승되고, 그 다음엔 다케노 쵸竹野町가 물려받고, 마침내 일본다도의 대가인 센노 리큐千利休에 의해 완성되면서 한층 외관적 격식을 갖춘 형태로 오늘에 이른 거지……. 결국, 한국의 다도는 그다지 격식에 구애를 받지 않은 반면, 일본은 까다로운 격식을 정형화하는 방향으로 나갔지. 심지어 다실茶室의 구조며, 다실에 들어올 때의 수칙까지 각자의 찻법으로 정해놓을 만큼 절차나 격식을 중요시한 거야. 아무튼, 한국의 다도정신에서 출발한 일본의 그것은, 좋게 말해 내용과 형식의 조화를 꾀했다고 보면 돼. 그리고 또 하나 다른 점은, 한국에선 예나 지금이나 전통적인 '덖음차'를 선호하는 데 비해, 일본에선 송나라에서 배워온 말차抹茶를 마시는 게 일반적이란 점이지."

나는 시우의 설명을 듣고는 아무 할 말이 없었다. 다만, 그의 박식함에 속으로 탄복했을 따름이다. 세간에 잘 알려지지 않은 이런 지식들을 도대체 어디서 주워 모았는지 신기할 정도였다.

이때, 이 여사도 나랑 똑 같은 생각을 했던 모양이다. 그녀는 즐거운 나머지 큰소리로 웃고는 고개를 설레설레 흔들었다. 그리고는 이렇게 말한다.

"거 봐요. 이렇다니깐. 조 선생님이 얼마나 해박한지 알 만하죠? 이러니 내가 안 좋아 할 수 없다니까."

그래서 아까 연령을 떠나 존경하고 있다던 말이 결코 농담이거나 과장된 칭찬이 아니라는 걸 그녀는 말하고 싶어 하는 듯했다. 하지만 나는 비로소 이해가 됐다기보다 오히려 너무 쉽게 감탄하는 그녀의 단순성과 그 말투가 왠지 마음에 들지 않았다. 속으로는 대뜸 에이, 유치하게시리, 하고 고깝게 반응했지만, 그래도 하여간 시우의 친화력에는 놀라운 데가 있다고 생각한 것도 사실이다.

"더더구나, 우리 집주인께서는……" 하며, 이 여사는 아직도 할 말이 미진한 양 덧붙여 말한다. "조 선생님과는 월남전에서 같은 맹호부대에 있었다는 사실만으로도 엄청나게 반겨하면서 좋아했죠. 정말 묘한 인연이죠? 세상이 넓고도 좁다는 말은 이래서 나온 거겠죠."

"그게 사실이야?"

나 역시 그 기묘한 인연에 놀라 새삼 시우를 다시 보며 확인하고 싶었다.

"응. 그 당시 내가 이 여사님 부군의 휘하에 있었던 수색대 소대장이었으니까. 그러니 결국 맞는 얘기지. 내가 속했던 육군 맹호부대는 베트남 중부지역인 빈케와 푸캇에 각기 나뉘어 주둔했거든. 하긴, 북위 17도선 이남의 중부지역엔 우리 부대뿐 아니라, 캄란 만灣을 통해 상륙한 여러 한국군 부대가 다 들어와 있었어. 다낭에는 십자성지원단이, 청룡부대 소속의 해병대는 호이안과 출라이에, 그리고 한국군 주월사령부가 있던 닌호아엔 백마부대가 주둔했지. 하여간 우리 군 참전지역이었던 그 중부지방에서 꽝남성省 일대는 당시 민간인 피해가 가장 컸던 곳이야. 특히 한국군한테 무지하게 당했거든. 아마 살아남은 주민들에겐 회상하기조차 싫을 만큼……. 다낭에서 차편으로 두 시간 정도 거리지. 거긴 이미 곳곳에 참혹했던 전쟁의 한恨이 서린 장소들이 돼버렸어."

좀처럼 월남전에 관해 자신에게 얽힌 세세한 이야기를 하지 않던 시우한테서 그날 이런 말을 들은 것도 처음이다.

내킨 김에 나는 그를 자극하여 뭐든 좀 더 듣고 싶은 궁금증과 충동을 억누를 수 없었다. 그러나 직설적으로 묻기보다 에둘러서 이렇게 운을 뗄 때었다.

"이번에 영화로 만들어진다는 소설도 혹시 그 월남전 이야기 아냐? 데뷔 작품부터 초창기에 쓴 몇 편 소설들이 다 그랬지. 월남전 내용이 주조主調를 이루고 있었으니까."

"응. 맞아. 감독 얘기로는, 〈진실의 그늘〉이란 소설을 중심 줄거리로 삼고, 나머지 작품들을 종합해서 시나리오로 각색하겠대. 난 그냥 좋을 대로 하라 그랬지."

그제야 나는 퍼뜩 생각이 났다. 읽은 지 상당히 오래 되어 아까까지만 해도 얼른 제목이 떠오르지 않았던 것이다.

내 기억의 저편에 강한 인상으로 각인돼 꽤 오래 남아있던 시우의 그 소설 제목이 〈진실의 그늘〉이었다. 그렇다. 이제 생각난다.……

✤

그 소설에서 내게 가장 뚜렷이 떠오르는 장면이 하나 있다.

월맹 정규군이 주둔해 있다는 정보를 입수한 맹호부대가 베트남 중부 지역인 꽝남성의 깊숙한 곳으로 진격해 들어갔을 때의 이야기였던 것으로 기억된다. 그때 수색대원들이 '푸닝'이란 마을 근처까지 접근하여 드넓은 들판과 우거진 수풀 저 너머로 적진의 수상쩍은 낌새를 정찰하던 도중에 벌어진 사건이 주요 내용이었다.

숲 그늘에 몸을 숨기고 건너다보고 있던 수색대원들의 시선을 가득 채우는 것은 오직 따갑게 쏟아지는 눈부신 햇볕, 허름한 농가의 집들, 마을에서 조금 떨어진 습한 논두렁에서 오리를 몰고 가는 농부, 그리고 근처의 개울에서 빨가벗은 아이들이 단단하고 휘어진 뿔을 가진 물소를 씻기며 물장난을 하고 있는 게 전부였다. 또한 그들이 크게 내지르는, 알아들을 수 없는 지껄임과 깔깔대는 웃음소리가 허공에 높이 퍼지고 있었다.

외관상으로는 그 어디에도 전쟁의 그림자나 흔적과는 상관없는 한가로운 풍경이었다. 입수한 정보가 정확하다면 그 한가롭고 평온한 풍경의 뒤쪽 어느 그늘 속에 분명 월맹군의 감춰진 진지陣地가 있어야 했다.

일행은 가까운 개울에서 놀고 있는 아이들의 눈에 띄지 않도록 수풀에 몸을 감춘 채 천천히 마을 쪽으로 이동해 갔다. 전방을 주시하며 마을의 동태를 살피기를 꽤 오랜 시간 꼼짝 않고 기다렸다. 마을은 고요했다. 사방이 너무 조용한 것이 도리어 불길한 느낌이 들 정도였다. 소대장의 지시로 일행은 일개 분대씩 나뉘어 다시 정찰조를 편성하고 각자의 임무를 부여받고는 이제 막 행동으로 옮겨가기 시작했다.

소대장이 포함된 한 조組가 마을로 이어지는 길 위로 나서는 순간, 물소를 몰고 오는 어떤 소년과 딱 마주쳤다. 아까 개울에서 놀고 있던 아이들 중의 하나인지는 알 길이 없었다. 소년은 바로 자기 눈앞에 불쑥 나타난 한국군 병사들을 보자 그만 얼어붙은 듯 그 자리에 우뚝 서버렸다. 꼼짝 않고 선 채 말문도 닫힌 듯 어쩔 줄을 몰라 했다. 겁에 질린 소년의 얼굴은 대번에 형용할 수 없는 공포의 그림자로 일그러졌다.

"어떻게 할까요? 소대장님." 누군가가 다급하게 물었다.

"어떻게 하면 좋겠어?"

"그냥 돌려보내면 우리 위치가 금방 탄로 날 텐데요."

"그러니 어떡하면 좋겠냔 거야?"

"이 녀석들은 애나 어른이나 믿을 수 없는 놈들이야. 그냥 눈 딱 감고 해치워야죠."

"아무리 그래도 저런 어린애를……."

"아냐, 어린 녀석들이 더 무서운 법이야. 거짓말을 못하니까. 이제 마을로 돌아가는 즉시, 우릴 봤다고 곧이곧대로 어른들께 일러바칠 게 빤해. 그러면 작전이 실패하는 건 둘째고 우리 목숨까지 위태로워져."

"투이호아, 퀴논, 심지어 사이공 도심에서까지도 베트콩 게릴라의 지시를 받은 애들한테 우리 군이 몇 번 당한 적도 있다던데."

"하지만, 양민과 게릴라는 엄격히 구분하라는 우리 사령부의 지시는 어떡하구요?"

"어차피 월맹군은 그걸 역이용하잖아? 한국군의 손발을 묶으려고 주로 어린애들을 맨 앞에 내세워 공격해오는 작전을 구사하는 걸 뻔히 알면서……."

"하긴……. 그 말이 맞아."

— 대원들은 저마다 한마디씩 내뱉었다.

"수풀 속으로 데려가 조용히 처리해." 이윽고 소대장은 결심한 듯 나직이 지시했다. "총소리 내지 말고, 대검으로……."

그 즉시 일행 중 덩치 큰 한 병사가 소년의 뒷덜미를 움켜쥐었다. 도망

치려다 붙잡힌 토끼처럼 아이는 뜻 모를 소리를 지르며 버둥거렸다. 병사가 얼른 손으로 입을 틀어막은 채 근처의 수풀 속으로 끌고 들어갔다. 아이는 발버둥을 쳤다. 모처럼 한 줄기 바람이 땀을 식혀주기라도 하듯 휘익 불어왔다.

바람은 그들이 사라진 수풀을 흔들며 지나가는 것이었다. 그리고 이제 막 그 바람의 끝자락이 너울거리는 숲을 훑으며 스치는 동안, 풀떨기와 나무 잎사귀들은 마지막 희미한 몸부림으로 파르르 떨었다. 그처럼 한 순간을 스쳐간 바람의 여파에도 병사들은 여전히 땀이 배는 뜨거운 태양의 열기를 온몸으로 흡수했다.……

문장까지 정확히 옮길 수는 없어도 대략 그런 내용의 줄거리였다.

이게 과연 정의로운 전쟁인가? 〈진실의 그늘〉에서, 소설 속 주인공인 소대장은 그 사건 이후 그렇게 스스로 반문하며 깊은 고뇌에 빠져들기 시작한다.

❖

"하여간, 난 그 소설을 읽으면서 '정의와 진실'의 문제를 제기하고 있었던 것으로 기억해."

나는 조심스럽게 시우의 표정을 살피며 말했다.

"중요한 임무를 띤 병사들이 물소를 몰고 가던 적국의 소년을 살려서 보내는 것이 정의인지, 대의大義를 위해 부득이 작은 희생을 감내해야 하는 것이 정의인지, 딜레마에 빠지는 상황설정을 통해 그렇게 읽었거든. 빨리 결론을 내려야 하는 그 다급한 순간에, 소대장과 대원들은 소년을 무사히 돌려보내면 자신들이 안전하지 못하리란 걸 직감으로 느낀 거지. 그래서 당연히 맡은 바 임무의 중요성을 생각했고 그것이 상식적이고 합리적 판단이라 믿은 셈인데……. 하지만, 진실은 그게 아니었지."

말하고 나서 나는 다시금 시우의 반응을 살폈다. 그는 싱긋이 웃으며 고개를 끄덕였으나 다른 말은 없었다. 다만 자기의 소설을 두고 이러쿵저러쿵 입질에 올리는 게 약간 쑥스러운 모양 같았다.

"그 작품의 의도로 보건대, 진실은 무성한 수풀 속 그늘에 가려졌던 인간의 무자비한 잔인성과 폭력성이었다고 작가는 말하고 싶었던 게 아닐까? 난 그렇게 읽었는데……. 무고한 한 소년을 끔찍하게 살해한 사건을 통해 인간의 직감과 상식이 얼마나 엄청난 실수를 저지를 수도 있는가를 보여준 이야기……. 한마디로 요약하면, 진실은 비합리적 직감이나 상식 너머에 있다고 해석돼. 그 이야기의 주인공은 작전이 끝난 뒤에야 도덕적 회의감에 빠져, 죄 없는 아이를 기어이 죽여야만 했던가, 그렇게 두고두고 후회하고 있었으니까. 살려주는 대신, 다만 고함치지 못하도록 입에 재갈이라도 물려 나무 밑둥치에 묶어두는 정도로만 처리하고 떠났더라면 좋았을 걸, 하고 나중에 몹시 가슴 아파하는 장면이 있었지. 그런 걸로 봐서, 인간은 이성적 주체라기보다 스스로 모순에 빠지는 비합리적 존재임을 보여주더군. 또한, 상식과 직감이란 게 얼마나 어리석은 판단인지를 가늠케 해주었어."

"그 점은 하 형이 읽은 대로 정확한 분석이야. 난, 단지……" 시우는 뒷말을 흐렸다.

"말하지 않아도 알 것 같네." 나는 재빨리 그가 얼버무린 뒷말을 가로챘다. "일테면, 그 소설 속 주인공의 고민 말이야. 전쟁이 끝난 뒤까지 내내 자신의 내부에 드리운 그 진실의 그늘에서 보이지 않는 또 다른 전쟁을 치르는 과정……. 그 부분은 어쩌면 조형의 직접적인 체험일 수도 있겠구나, 했지. 어떤 대목은 허구가 아니라, 실화가 그 소설의 바탕일 수도 있겠다, 라는 생각이 들어. 나는 그 점에서 작가의 고뇌를 엿보기도 했는데…… 어때, 내 말이?"

"그건 결과론적 도덕 추론 아닌가. 게다가, 소설이 원래 그런 거잖아. 굳이 따진다면 사실과 허구의 문제일 뿐, 소설에서 굳이 그 둘을 구분해내는 건 중요한 게 아니지. 또 그럴 필요도 없고……."

시우는 내가 던진 질문의 요지를 일부러 벗어나듯 긍정도 부정도 아닌 말로 교묘히 피해갔다.

"……그래도, 전쟁의 기억은, 아무래도…… 괴로웠겠지."

"하지만, 지난 일들은 아무리 곱씹어도 되돌릴 순 없는 일이야."

"말은 그렇게 하지만, 귀국하고 나서도 이른바 외상 후 스트레스 장애 같은 걸 꽤 오래 겪은 건 사실일 테고……."

"물론, 그런 건 있었지. 한데, 오래 가진 않았어. 인간이란 참 묘해. 그런 괴로운 기억 때문에 자기의 인생이 완전히 변하리라고 생각하는 건 한갓 선입견에 불과해. 자가회복의 속도가 자신도 놀라울 만큼 빠른 거야. 상처는 금세 아물고, 아무렇지도 않게 돼. 이런 점으로 보면 사실 인간은 끔찍하달 만큼 비합리적인 존재야."

우리는 잠깐 선문답禪問答 같은 이런 대화로써 각기 상대방의 마음속을 이해한 것으로 치부했는지도 모른다. 그가 베트남전의 추억을 일상에서 굳이 입 밖에 내지 않으려 했던 까닭도 이로써 나는 이해했다고 생각했다.

✤

아마 그날이었는지, 지금 확실한 기억은 없다. 어쩌면 그 전에 진주에서 처음 그를 만난 때의 일이었던 것일 수도 있다. 대화 도중, 나는 그가 한 때 잠시나마 군문軍門에 아주 눌러앉을 생각을 했던 적이 있었다고 한 말을 들은 것 같기도 하다.

그가 제대를 얼마 앞두고 있을 무렵, 평소 그에게 특별한 관심을 갖고 있던 연대장으로부터 그런 종용을 받은 적이 있었다는 것이다. 그러나 그가 별로 오래 고민하지 않고 전역轉役을 결심할 수 있었던 건, 베트남전에서 겪은 참혹한 기억들 때문이었다고 했다.

당시 군부가 정권을 장악하고 있던 한국 사회에서 갈수록 점점 군의 입김과 권한이 막강해지리라는 예측으로 시류에 따라 미래를 계산해본

ROTC출신 장교들 중엔 더러 예비역으로 전역하는 대신 그냥 군에 눌러앉으려 애쓰는 경우도 있었던 모양이었다. 사회에 나와도 별 뾰족한 수가 없다면, 그대로 군문에 '말뚝을 박는' 것이 오히려 출세의 지름길일 수도 있었으니까.

그러나 시우는 제대 후엔 학생들이나 가르치며 일생을 그저 평범하게 살고 싶어 교직을 택한 것이라고 했다. 그러면서 그가 덧붙여 말한 내용은 이런 것이었다.

"아군이 적과의 교전 중에 총탄에 맞으면 어떻게 돼는 줄 알아? 한마디로 속수무책이야. 피범벅이 되어 나뒹굴어도, 몸뚱이에 박힌 총알을 빼내고 응급조치를 할 준비조차 우리 군은 돼 있지 않았거든. 모두 전투 중에 죽는 것은 응당 있는 일이려니 여기고들 싸웠지. 전쟁이 원래 그런 거니까……. 헌데, 미군은 우리와는 작전 개념부터 달랐어. 대규모 인원과 화력을 동원하여 B52의 지원을 받아 지상과 공중의 합동작전을 주로 펼치는 식이지. 그래도 몇 달 동안 마을 하나 장악하지 못하는 실정이었어. 그들과는 달리 우리 군은 중대中隊 위주의 전술기지 방어 개념을 도입해서 싸웠거든. 6·25전쟁 후 베트남전에서만은 처음으로 한국군의 독자적 작전권을 행사한 덕분에 우리 식의 전투를 치른 셈이야. 아마 한국군의 혁혁한 전과는 그래서 가능했던 것일 수도 있어. 늘 배수진을 치고 싸우듯이 죽기 아니면 살기로 임했으니까.

근데 말이야, 월맹군이나 베트콩 게릴라들에게 번번이 깨지던 미군들이 아무리 참혹한 전쟁 중이라도 인명을 무엇보다 소중히 하던 그 사고방식은 정말 본받을 만했어. 목숨이 위태로워진 동료를 어떻게든 살려보려고 구급헬기가 올 때까지 수혈을 하거나 생명을 연장시킬 응급훈련을 일반 야전병한테도 철저히 시키는 거야. 필요한 장비 지급은 물론이었고……. 중증의 총상을 입은 병사는 한 시간 내에 수술을 받지 못하면 생명을 구하기 힘들거든. 총알을 제거하고, 고인 피를 빼내고, 과다출혈에 대비해 수혈도 하면서 최소한 목숨을 연장시키는 거지.

한데, 우리는 그런 응급구조의 기본 개념조차 없이 마구잡이로 전선에 투입됐어. 참으로 무모했지. 제각기 죽지 않으려고 그냥 악에 받혀 싸우는 거야. 아마 지금도 그런 유사한 상황이 벌어지면 역시 마찬가지로 대응할 게 빤해. 예나 지금이나 이게 우리 군대의 실정이야. 인명의 소중함을 등한시한다고 해야 하나?……

후방의 병영이라고 다를 것도 없어. 그건, 너도 군대 생활 겪어봐서 잘 알겠지? 신병시절부터 걸핏하면 위계질서와 기강의 확립을 핑계로 알게 모르게 자행되는 고참병들의 잦은 구타와 가혹행위 같은 것 말이야. 예사로 인간의 존엄성이 훼손되는 병영문화의 그런 악습은 지금도 여전히 변함없을 테고……. 뭐, 하여튼, 베트남참전 당시로선 열악한 전투 장비에다 의무병이 옆에 있다 해본들 겨우 지혈제나 모르핀을 주사하고는 작전종료 뒤에 후송헬기가 올 때를 한정 없이 기다리다 그냥 죽어나갔던 거지. 아예 손쓸 겨를도 없었으니까. 내 말, 알아듣겠어? 그 당시 한국군의 월남전 파병을 직접 겪어본 내가 그 뒤에 어떤 회의감에 빠져 있었는지 말해줄까? 공산주의 체제에 대해 미국을 중심으로 한 자유민주주의 체제와의 대결이었다고 말하면…… 그건 정말 웃기는 얘기지. 그런 명분은 결코 역사적 진실일 수 없어. 모름지기 역사적 진실이란 대개 일정한 논의과정을 통해 부인할 수 없는 사실, 혹은 누구나 공감할 수 있는 사실에 가장 가깝게 수렴된 내용을 일컫지. 안 그래? 누가 뭐래도, 한국군의 베트남 참전의 역사적 진실은, 당시 박정희 군사정권이 조국근대화라는 명분 아래 수립한 정책의 일환이던 경제발전의 기틀을 위해 기획된 외화벌이였지. 이게 진실이야. 한데, 개인적 진실은 또 역사적 진실과도 차별화되고, 뭣보다 인간 개개인의 삶과 의식에 초점을 맞춰 논해야 하거든. 당시 참전한 대다수 일반 사병들에겐 이것저것 다 떼고 매달 미화 65달러 정도를 받았어. 바로 그 돈에 목숨을 담보한 전쟁이었다는 게 개인적 진실에 가깝지. 그러니 모두 작전에 나갈 때면 부디 치명상을 당하지 않기만을 각자 바랄 따름이었어. 어차피 개인적 진실을 논하고자 해서 하는 얘긴데, 그 당시 우리 같은 전투대원들은 한낱 소모품에 불과했어."

　딱 한 번, 그가 군대 시절에 대해 정직하게 속내를 드러낸 것은 그것이 처음이자 마지막이었다.

제5장 입[口]

찻집 '다사랑'을 주로 찾는 고객들은 단순히 한국고유의 전통차를 즐기러 오는 것만은 아니었다. 실은 이 가게에서 파는 음식의 매력 때문에 더 자주 들르는 거라고 이 여사가 말한 것처럼, 내놓은 음식은 정갈하고, 그 맛도 특이했다.

들깨칼국수, 팥죽칼국수와 같은 면류가 있고, 소갈비찜, 닭찜 등 동동주와 함께 안주용으로 내놓는 찜이 또한 유명했다. 사철 가능한 이런 메뉴 외에도, 계절에 따라 잡히는 물고기 종류에 따라 손님께 제공되는 찜과 구이의 내용이 달라지는 것도 이 가게만의 특색이었다.

그러나 그 중에서도 한 번 맛보고 나면 결코 쉽사리 잊을 수 없는 것은 이 집만의 비법으로 빚어낸 '양애갓국'이었다.

양하蘘荷라는 생강과生薑科의 여러해살이풀의 땅속줄기는 특이한 향기가 있는데 이를 향미료로 이용하여, 다른 재료와 섞어 넣어 끓인 된장국이었다.

남부지방의 시골사투리로 '양애갓'이라고 부르는 이 풀은 여름에 이삭으로 된 꽃이 핀다. ― (아마 '양하'를 '양애'로 잘못 발음한데다가, 풀의 생김새가 '갓'과 비슷한데서 비롯한 이름이 '양애갓'으로 되었을 법하다. 갓은 겨자과의 두해살이풀인데, 잎과 줄기는 식용하며, 씨는 겨자씨와 같이 쓰나 매운 맛이 적고 향기가 있지만, 어디까지나 갓과 양하는 다른 식물이다.) — 고 설명한 이 여사는 이 양하의 땅속줄기를 제 철인 여름엔 그대로 사용하고, 냉동하여 잘 갈무리하면 가을이나 겨울에도 얼마든지 '양하 된장국'의 제 맛을 우려낼 수 있다고 말했다. 특히, 된장은 장독에서 십 년 넘게 묵힌 것으로 이 집만의 비법으로 빚어낸 것이라 한다.

하여간 내가 '다사랑'에서 먹어본, 그 매콤하면서도 구수한 맛이 입안에 향기롭던 된장국은 지금도 잊을 수가 없다.

우리 주변엔 유달리 특이하고 까다로운 입맛을 지닌 사람들이 있긴 하다. 그런 몇몇의 경우를 제외하면 사람들의 식욕을 자극하는 입맛은 대개 어슷비슷하기 마련이다. 호사스런 식도락가의 입맛까지 충족시킬 수 있는 음식이라면 그건 누구한테나 환영받는 최고의 요리임에 틀림없으렷다.

내 연락을 받고 좀 뒤쳐져 찾아온 동인들 몇몇이 그 자리를 함께 했다. 그들은 이구동성으로 처음 맛본 그 양애갓국 맛을 칭찬했다. 음식 맛이 괜찮다느니, 서울에 이런 찻집이 있는 줄 몰랐다느니, 시우 덕분에 오늘 제대로 호강 한번 하는구나, 라는 등 공연히 너스레를 떨었다. 다들 시우가 한턱내는 데 대한 축하의 말들을 그런 식으로 얼버무린 셈이었다.

이 여사는 동인들이 모인 뒤로는 지리를 떴다. 이후 우리들끼리 앉은 그 자리에서 얼마 전에 펴낸 동인지 제3집에 대한 각자의 소회를 나름대로 표명하기도 했다.

입이 즐거우니 입담 역시 절로 풍성해졌다. 식사 후에 동동주를 나눠 마시며 자연스럽게 화제 삼아 시작한 그 얘기가 어느새 일종의 독후감 발표의 장으로 변했다.

한 보름 전쯤 동인지 제3집 출간이 있었을 때, 조시우만 시골에 있어 참석하지 못했었다. 그에겐 따로 우송해주기로 하고, 우리는 각자 그날 새로 나온 책을 한 권씩 나눠 가졌다. 정기모임 때까지 다 읽고 소감 발표는 그때 가서 하기로 했던 것이다.

그날 책을 받아든 나는 책장을 넘기며 제일 먼저 시우의 소설부터 찾아 읽었다. 왜 그랬는지는 알 수 없다. 유일하게 시우만 그 자리에 참석 못했기에, 가까이 없는 자에 대한 궁금증이 은근히 그의 작품에 대한 관심으로 이끌렸다는 설명은 타당하지 않다. 그렇다면 왜 그랬는지, 실은 나 자신도 정확한 까닭은 모른다.

〈등대 곶[岬]〉이란 제목이었고, 섬이 배경이었다. 소설의 기본 작법과 구조를 답습하기보다는 실험성이 꽤 짙은 소설이었다. 외지에서 건너온 한 젊은 등대지기에게 마음이 끌린 섬 소녀가 평생에 걸쳐 운명적인 사랑에 빠지는 줄거리였다.

그런데, 소설의 첫 장면과 끝 장면이 겹쳐지면서 시공일여時空一如의 상태가 되는 형국으로 그려지고 있었다. 다만, 첫 장면에서 열일곱 살이었던 소녀가 끝 장면에서는 사십대 여인으로 바뀌어 있는 것이다. 대체로 요령부득의 난해한 작품이었다. 뭘 이야기하려고 했는지 읽은 즉시에는 잘 이해가 되지 않았다. 나는 시우를 만나면 그러리라 생각한 대로 대관절 그 소설에서 작가의 의도가 뭣인지를 이 날 물었다.

"내가 아직 작품 보는 눈이 일천해서 그런지는 몰라도 시우의 이번 소설은 꽤 난해하던데. 도대체 작가의 정확한 의도랄까, 주제가 뭔지 잘 모르겠더라. 그리고 웬 '유령'이란 단어가 그처럼 빈번하게 나오던지, 전부 세어봤더니 열세 번이나 됐어."

"그렇게 많았어? 하긴 무의식중에 그리 된 것 같구먼, 그야 뭐, 유령이란 단어를 사랑의 메타포로 사용하다 보니 나도 모르게 그 낱말의 빈도가 높았나 봐."

"사랑의 메타포라?……"

"그래. 사랑이란, 형체도 없는 관념처럼 떠돌며 사람을 홀리는 유령이지. 그것은 사람들 사이에서 끊임없이 낯선 시간여행자처럼 유랑하지. 그러다가 어느 날 느닷없이 우리 마음속을 헤집고 들어와서는 잠결에도 종종 머리맡을 어른대며 꿈속에까지 비치는 허깨비 같은 존재 말이야. 하지만, 아무리 헤매도 결국 유령과 그림자만 좇는 막막한 거겠지. 참된 사랑이란 건……"

"그거 좀 진부한 얘기 아냐?"

부지불식간에, 그것도 별다른 악의 없이 내가 해본 소리였는데, 매사에 깐죽대기 좋아하는 P가 그 말에 맞장구를 쳤다.

"그래. 내 생각에도 별로야. 두호 말처럼 진부한 주제야."

그때 시우의 반응은 "글쎄, 뭐……" 하고 웅얼거린 게 전부다. 그는 몹시 쑥스러워하더니 그 뒤론 숫제 입을 다물었다.

결국 입이 화근이었다. 본의는 아니더라도 상대방이 듣기에 따라선 내 말이 고깝게 들릴 수도 있었다. 그럴 때 상대방은 공연히 트집 잡아 '씹는다'고 생각하기 마련인가. 말이란 자칫 입안의 독소로 작용할 때가 있는 법이다. 굳이 에둘러 얘기할 것 없이 꼬집어 표현하면 바로 이 대목에서 시우는 스스로 자존심이 '씹혔다'고 여길 만했다.

그런 시우가 특별히 내 작품을 지목해서 언급한 것은 친구들의 담화가 끝난 한참 뒤의 일이다. 나에 대한 일종의 반격이랄까. 속 좁게도 나는 그렇게 받아들였다.

동인지 제3집에 실린 내 소설은 〈돌담〉이란 제목의 단편이었는데 한산도를 배경으로 한 이야기였다.

시우는 나의 그 소설에 대해 그냥 넘어가질 않고 기어이 화제에 올리고 만다. 그의 화법은 대체로 완곡하다.

"이번에 발표한 하 형의 소설, 나도 잘 봤어. 제목이 〈돌담〉이었지. 그건 한국 현대소설에 나타난 소재의 유사성과 그 영향이랄까, 혹은 유사한 소재의 극적 형상화와 그 모방적 패턴이랄까, 뭐 그런 면에서 한번 살펴볼 필요가 있는 작품이던데……."

처음 그렇게 입을 뗄 때만 해도 나는 이야기의 방향이 어디로 튈지 짐작조차 못했다. 깐족대기 좋아하는 P가 그 얘길 듣는 즉시 또 빙퉁그러졌다.

"서두부터 꽤 거창하게 나오는데. 야, 거 무슨 굉장한 논문까지 쓰려고 덤비니, 그래?……"

그런데 놀라운 것은, 그날 시우가 피력한 소견이 그 자리에서 함께 들었던 Y에 의해 뒷날 진짜로 한 편의 논문이 되어 나왔다는 사실이다. Y는 당시 모 대학의 국문학과 전임강사였다. 그 논문의 제목까지도 그날 '다사랑'에 모였던 동인들의 입에서 한마디씩 던져진 소견들을 조합한 것이었다.

— 한국현대소설에 나타난 공간적 소재의 유사성과 그 영향
— 한국현대소설에서 유사한 상징공간을 통한 극적 형상화와 그 모방적 패턴
— 한국현대소설의 유사한 공간 소재를 다루는 이야기 기법의 전통성과 그 영향
— 한국 현대소설에 보이는 특정 공간에 대한 극적전환 효과의 유사성과 그 영향

중구난방으로 오간 말들을 대충 정리해보면 이 범위 안으로 좁혀지는데, 그래도 이 중에서 진짜 제목이 어느 것인지는 지금도 헷갈린다.

✿

화제의 시발점은 이효석의 〈메밀꽃 필 무렵〉이었다. 그 소설의 결말부에 나오는 '개울'은 허 생원과 동이가 혈육관계임을 암시해주는 상징 공간이다. 또한, 장돌뱅이로 평생을 떠도는 삶을 이어가는 허 생원 같은 이들에게 '길'은 인생행로의 상징이기도 하다. 특히, 허 생원이 그의 아들로 암시된 동이의 등에 업혀 '개울'을 건너는 장면은 혈육으로서의 신체적 교감을 나누는 대목임과 동시에, 둘 다 장돌뱅이라는 떠돌이 삶의 애환과 부자간의 정을 교환하는 극적전환의 공간으로 설정되어 더욱 인상적이다.

개울을 사이에 두고 이쪽과 저쪽, 두 세계의 다른 성격의 경계를 거쳐 등장인물들로 하여금 상징적 공간 이동을 꾀하도록 설정돼 있다는 것 —

그것이 그날 시우가 주장한 견해였다. 이를 통해 이제까지와는 다른 차원의 삶으로 이행해가는 주인공의 의식의 변화를 암시해주는 그런 이야기 기법은 황순원의 〈소나기〉에 그대로 계승돼 나타난다는 것이다.

발표연대 순으로 훨씬 뒤늦은 〈소나기〉의 '개울과 징검다리'도 '소년'과 '소녀'가 만나고 헤어지는 장소로서의 상징적 공간이다. 그곳은 소년의 옷에 묻었던 얼룩이 소녀의 블라우스에 배어들어 순정이 싹트는 정서적 공간 역할을 하기 때문이다. 비를 맞은 채 소녀를 업고 건너는 '개울'의 징검다리는 사춘기의 막연하면서도 순수한 이성적 경험에 대한 정서적 교감으로 연결되는 장소이다.

결국, 소년과 소녀는 이처럼 순수한 사랑에 어렴풋이 눈 뜨는 '성숙의 징검다리'를 건넌 셈이 된다. 더욱 놀라운 것은, 소나기에 흠씬 젖은 그날의 후유증으로 병이 도진 소녀가 폐렴으로 죽으면서 얼룩이 묻은 블라우스를 관 속에 넣어달라는 유언을 남긴다는 대목. 그것은 마침내 이승의 사랑을 저승으로까지 연장시키려는 의도가 함축돼 있기에 가히 극적전환의 효과를 극대화시킨다.

하근찬의 〈수난이대受難二代〉에서도 '개울과 외나무다리'는 이처럼 유사한 공간적 소재로 다시 등장한다. 한 팔을 잃은 아버지가 다리 한 쪽을 잃은 아들을 업고 개울 위에 걸쳐진 외나무다리를 건너는 모습은 한 가족의 비극인 동시에 우리 민족 전체의 수난을 두 세대에 걸쳐 압축해놓은, 역사의 비극적 현실을 그대로 보여준다. ― 그날 조시우는 말했다. ― "여기서 '외나무다리'는 앞으로 부자간에 겪게 될 위태롭고 힘겨운 장래의 삶과 행로를 상징한다고 볼 수 있지. 동시에, 아무리 힘든 현실이라도 서로 의지해서 살아간다면 그 어떤 어려움도 극복해낼 수 있다는 주제의식과 연관돼 있거든. 이것은 '개울'이라는 상징 공간을 거쳐 의식의 질적 변화로 이행해가는 의도적 장치로 봐도 좋다는 거지. 개울을 경계로 읍내로 나가는 바깥쪽은 언제나 개인의 삶을 역사적 흐름 속에 내몰아가서는 여지없이 망가뜨려놓는, 가혹한 시련과 수난의 공간이지. 반대로, 개울을 건너 집으로 향하는 쪽은 마음의 안식과 평화를 찾을 수 있는 곳으로 설정해놨다고 해석해도 되겠지.

소설작법의 기교면에서 보자면, 내 생각에, 이건 마치 가와바타 야스나리川端康成의 소설 〈유키쿠니雪國〉의 첫 문장을 연상시킨단 말이야. '터널'이라는 상징 공간을 경계로 이쪽과 저쪽, 상반된 두 세계를 설정해 놓고 이야기가 시작되거든. 그 첫 대목이 이렇지. ― 국경의 긴 터널을 빠져나오면 눈나라[雪國]였다. 밤의 밑바닥이 환해졌다. ― 도쿄東京 출신인 주인공 시마무라島村의 암울한 내면 의식이 '터널'이란 경계를 벗어나자 '환하게' 맑아져오는 심리상태를 '밤의 밑바닥이 환해졌다'로 표현해 놨거든. 이건 도회적 삶의 암담한 공간으로부터 벗어나 시마무라의 마음 한 편에서 자신을 이끄는 고마꼬駒子란 게이샤가 사는 그 눈고장에 들어서자마자 느끼는 감정이지. '밤의 밑바닥이 환해졌다'는 건, 물론 땅바닥이 온통 눈에 덮여 하얘진 그 밤풍경을 묘사한 것이긴 해도, 주인공의 심리상태까지 함축된 문장이란 건 누구나 알 수 있잖은가."

"얘기하려는 핵심이 뭐야?" Y가 중간에 말을 자르며 끼어들었다.

"〈메밀꽃 필 무렵〉에서 시작해 〈소나기〉, 〈수난이대〉를 거치면서 한국소설의 한 가지 전통적 기법이 형성된다는 게 내 이야기의 핵심이야. 똑같은 '개울'이라는 상징 공간을 활용해 그 경계를 통과함으로써 그 이전의 삶과는 분명히 차별화된 다른 차원의 의식 상태로 이행해가는 극적전환의 효과랄까, 뭐 그런 거지. 놀랍게도 이들 세 편 다 '등에 업는 행위'를 통해 심리적 교감이 이뤄지고 마침내 감정의 결정적 변화를 가져온다는 모티프도 똑 같거든. 거의 모방 수준에 가깝다 할 만큼. ― 이처럼 '업어주는 행위'는 황석영의 〈삼포 가는 길〉에서도 그대로 답습되고 있어. 예컨대, 뜨내기 영달이가 눈밭에 미끄러진 백화라는 술집 작부를 업어주는 대목 말이야. 바로 이 장면에서, 그 전까지 서먹했던 두 사람 사이의 경계심과 불신감이 해소되고 따스한 감정의 교류가 형성되는 설정은 앞의 작품들과 흡사하다는 얘기지."

"하긴, 듣고 보니 똑같구면.""그래, 놀랄 만큼 동일한 모티프야!" 하고 우리는 대체로 수긍했다.

"기가 막힌 것은, 연인끼리 '업어주는 장면'이 이젠 한국의 TV드라마나 영화에서 질리도록 흔하게 나온다는 점이야. 드라마나 시나리오 작가들의 그 무딘 감성과 몰개성적 상투성을 좀 봐. 이건 마구 베껴먹기 하듯이 '업는 행위'를 남용하고 있지. 그런 발상은 이젠 신선하긴커녕 식상할 정도가 됐어. 그런데…… 이번에, 하 형의 소설 〈돌담〉에서도 주인공인 '나'가 어릴 적부터 짝사랑해온 '연이衍伊'란 여자를 등에 업고 밀물이 들기 시작한 육계도陸繫島를 건너오는 장면이 나오데. 하긴, 그것이 두 사람 사이에 비로소 사랑의 교감을 확인케 하는 계기가 되고, 이 남모를 추억은 또 평생 서로를 그리워하게 된 원인으로 작용한다는 설정을 이해 못하는 건 아냐. 하지만, 아무래도 난 그 '업어주는 행위'가 자꾸 거슬려서 말이야……."

빙빙 돌던 말의 화살은 어느 틈엔가 나를 향한 과녁에 내리 꽂혔다. 나는 순간 허허허, 하고 헛바람 소리를 내며 웃었을 뿐, 그저 쑥스럽고 씁쓰레한 뒷맛에 잠자코 있었다.

"야, 조시우." 갑자기 Y가 눈을 빛내며 시우를 불렀다."지금까지 얘기한 거, 아주 독창적인 이론인데…… 그거, 어디 논문으로 발표된 적 없는 거지?"

"물론."

"그렇담, 내가 써먹어도 돼? 괜찮은 논문 하나 나올 것 같은데……."

"맘대로 해." 시우는 아무렇지 않게 대답했다.

제6장 돌담

섬에서 아주 흔하게 보는 것 중의 하나가 돌담이다.

1970년대 초반부터 시작된 '새마을운동'의 일환으로 농어촌의 주택개량이 본격적으로 전개되면서 초가지붕 대신 슬레이트나 함석지붕으로 말끔히 개조되던 시기에도 돌담만은 그대로 남아 있었다.

수만 년 파도에 씻긴 채 해안에 나뒹구는 그 숱한 자연석들은 섬사람들이 손쉽게 이용할 수 있는 건축 재료들이었다. 섬의 어디를 가도 차곡차곡 정성들여 쌓아올린 돌담들은 집의 울타리이자 자기 영역의 경계 표시였다.

하기야, 돌담도 각각의 쓰임새 나름이긴 하다. 바닷물 속에 잠기게끔 나지막한 돌담을 치고 밀물과 함께 들어온 물고기들이 썰물 때 빠져 나가지 못해 갇히는 원리를 이용해 잡는 원시적 돌그물[石網]을 '원담'이라 한다. 또, 섬에서는 사방 바다로 에워싸여 가축들을 방목해도 섬 밖으로는 절대 도망칠 수가 없다. 대체로 낮 시간에 들과 산으로 풀어놓아 먹이는 소나 염소 떼로부터 훼손을 막기 위해 무덤 둘레에 쌓은 돌담은 '산담'이라 하였고, 집둘레에 쌓은 돌담은 '울담'이라 하여 각기 구분해서 불렀다.

집에서 마을의 큰길까지 이어지는 골목골목을 이 울담들의 연결로 이뤄진 섬마을의 고샅 풍경 — 어른 눈높이의 그 경계는, 그러나 이웃과의 단절을 의미하는 게 아니라 오히려 소통의 매개체였다. 거기엔 집안의 대소사에 장만했던 이바지 음식들을 쟁반이나 보시기에 담아 이웃과 나누려고 얹어두는 공간이었다. 제삿밥과 나물, 잔칫날 떡이며, 하다못해 김장김치라도 이 돌담 위에서 오고갔다.

철따라 바다에서 캐낸 미역과 다시마 등속이 빨랫감처럼 거기 걸려 바람과 볕에 말려지기도 했다. 시래기를 만들기 위해 무청이나 배춧잎을 새끼줄에 주렁주렁 엮어 시렁에 얹듯 내걸어두는 건조대 역할을 하는 등, 돌담은 실로 다용도로 쓰였다. 이러한 〈돌담〉에 얽힌 이야기를 쓴 것이 이번 동인지에 발표한 내 소설이다.

외지 사람들에게 한산도라 하면 대뜸 이순신 장군과 연관해 떠올리는 섬으로만 인식되기 십상이었다. 그러나 초등학교와 중학교까지를 거기서 다닌 나에겐, 돌담 너머 이웃집에 살던 '하연'이란 소녀를 먼저 떠올리는, 그리운 추억의 섬으로 각인돼 있다. 소설 속에 등장하는 '연이'라는 인물도 바로 그 문하연文廈衍이 모델이다. 소설 속 이야기는 대부분 내 상상력에 의해 꾸며진 것이지만, 실제로 있었던 경험 또한 적잖이 밑바탕 되어 있다.

나의 아버지는, 내가 초등학교 5학년이던 1957년 당시, 선주였던 하연의 아버지 밑에서 대규모 멸치잡이 선단의 어로장으로 일했다. 그 전까지만 해도 우리 가족은 거제도의 둔덕면에서 살았고, 규모는 작아도 아버지는 연근해에서 삼치잡이 배의 선장으로 열심히 일했다. 부지런하고 성실했던 아버지는 차츰차츰 재산을 불려, 나중엔 소형저인망기선小形底引網機船 두 척을 부리는 어엿한 선주가 되었다.

저인망어선은 대개 두 척이 함께 조업하며 그물을 양쪽에서 끌어당기는 형태였다. 이곳에선 이른바 '쌍끌잇배'로 통했다. 해저 밑바닥까지 그물로 훑어 연근해의 치어까지 마구잡이 포획하는 바람에 어종의 씨를 말린다는 이유로 요즘엔 이미 불법이 된 지 오래지만, 당시로선 저인망에 대한 규제 법령조차 없던 때였다.

"하여간, 그래도 그때가 좋았지.……"라고 이따금 푸념하실 때의 아버지의 회고담처럼, 누구 말마따나 인생에는 좋은 시절도 나쁜 시절도 있는 법이었다. 깨닫고 보면 그런 게 인간의 보편적 삶이기도 한 것이다. 미래를 예측 못하는 생의 공포는 항해 중에 부딪치는 암초처럼 곳곳에 상존하고 있었다. 특히, 어로사업이란 게 그랬다. 재수 없으면 하룻밤 사이에도 만선滿船의 깃발을 펄럭이며 돌아오던 어선이 돌풍에 휩쓸려 폭삭 가라앉고 말기도 한다.

어느 해 야간조업을 나갔던 우리 배 두 척이 새벽녘에 귀환하다 조난을 당했다. 예기치 않은 안개와 풍랑을 만난 기선 한 척은 너울과 싸우며 그 짙은 안개 속을 헤매다가 때마침 지나가던 큰 화물선에 부딪혀 전복했다. 그리고 선원들 몇몇은 해상에서 실종된 채 끝내 살아서 돌아오지 못했다.

그 뒷감당에 아버지는 등이 휘었다. 그 이듬해엔 해일을 동반한 태풍이 섬을 휘몰아쳐, 나머지 배 한 척마저 거의 산산조각 나다시피 파손되었다. 살고 있던 집까지 빚더미에 묶여버렸다. 이렇듯 거듭된 재난에 가세家勢는 형편없이 기울었다.

섬에서는 한 번씩 수평선 너머 하늘에서거나, 바다 건너편 저쪽 먼 산들에 구름 같이 끼는 뽀얀 기운을 볼 때가 있다. 그것이 바람꽃이다. 그러면 대개 큰 바람이 인다. 어떤 땐 삶을 절단 내듯이 불어오는 무서운 계절풍에 직면하기도 한다. 그리하여 이제껏 쌓아온 모든 것을 앗기는 경우가 있더라도 마냥 넋을 놓고 있을 수만 없는 법이었다. 인생이 비록 바람받이 언덕 위에 선 것 같은 경우라 해도, 항시 비바람 들이치고 흐린 날씨만 있는 건 아니기 때문이다.

아버지가 고향인 거제 둔덕을 떠나 한산도로 이주한 것은 큰딸인 나의 누나가 그곳에 시집가 살고 있었던 것도 한 이유였다. 아버지에게 맏사위였던 내 자형은 그곳 면서기였는데 하연의 외가 쪽과 매우 가까운 친척이었다. 그 자형의 소개로 아버지는 과거의 경력이나 연륜이 참작되어, 문씨네 멸치잡이 선단의 어로장이란 직책에 시쳇말로 '스카우트'된 것이다.

하연의 집과 우리 집은 돌담을 사이에 두고 나란히 붙어 있었다. 거제 둔덕에서 바다 건너편에 빤히 보이는 좌도와 그 너머 좁은 해협을 하나 건너면 바로 한산도였다. 거기 소고포小羔浦의 염호리鹽湖里에 처음 정착했을 때, 우리 식구는 선주댁船主宅 담벼락과 나란히 맞붙은 자형의 집에 당분간 의탁하는 조건으로 살림을 부려놓았다.

자형은 부모를 꽤 일찍 여읜 외로운 사람이었다. 어부였던 부친을 풍랑에 잃고 홀로 된 모친마저 암으로 별세한 뒤부터 어른들이 안 계신 휑뎅그렁한 그 옛집에서 그는 처가식구들과 더불어 살기를 기꺼이 자청했다.

어쨌거나, 1957년부터 58년의 내 기억 속에, 자형은 출근길에 돌담 너머 옆집 선주네 외동딸인 하연을 자전거에 태우고 면소面所로 가는 중간에 있는 초등학교 교문 앞에서 그 애를 내려주는 것이 아침 일과였다.

소고포에서 면사무소가 있는 '나룻머리 마을'인 진두리津頭里까지는 20여 리였다. 초등학교는 딱 그 절반쯤, 10리 상거相距인 창동마을 근처에 위치하여, 각기 양쪽 끝에서 통학하는 학생들은 지름길인 산길을 넘더라도 50분은 좋이 걸리는 그 거리를 매일 두 차례 등하굣길을 걸어서 오갔다. 시내버스는커녕 자전거도 귀하던 시절이었다.

그 길을 매일 아침 자형의 자전거 뒤에 타고 등교할 수 있는 하연이 같은 초등학생은 당시 소고포에선 흔치 않은 일이었다. 진두리에 있는 한산중학교까지 자전거로 통학하던 학생이 겨우 한둘 있긴 했다. 그런 학생은 섬에서도 꽤 잘 사는 축에 속했다. 자전거가 집안의 재산목록 중 하나에 속할 정도였으니까.

1957년, 나는 5학년, 하연은 2학년이었다. 아침에 자형이 자전거로 태워준 다음, 방과 후의 귀갓길 10리는 내가 하연의 손을 잡고 안전하게 데려오도록 정해져 있었고, 그 일은 자형이 내게 부여한 임무였다. 내가 6학년이 된 그 이듬해인 1958년까지 2년간을 그렇게 함께 다녔다.

거리낄 것 없는 해풍이 섬을 가득 채우는 해저물녘, 더욱 두드러지는 사물들의 명암 속을 귀갓길의 정다운 오누이처럼 손을 잡고 돌아오던 그 기억 속에 오래토록 선명히 남아있는 그녀, 하연, 문 하연!

하연은 이미 그 시절부터 내 의식 속에 '공주' 같은 신분이나 다름없는 존재였다. 그렇게 말해도 전혀 과언이 아니다. 언제나 깔끔하고 단정한 옷차림에서부터 하얀 피부와 말쑥한 용모는 또래 애들의 시샘과 부러움을 사기에 충분했다. 그러나 주변의 시샘과 부러움에도 불구하고 누구 하나 감히 그녀를 해코지할 엄두도 못 냈다. 부잣집 외동딸이란 신분을 믿고 남을 업신여긴다거나 교만을 떨거나 별나게 굴지도 않거니와, 남한테 아예 미움 받을 짓도 하지 않는 아이였다. 하연은 그렇게 착했다. 결코 떠세를 부리지 않는 그 평범하고 조용한 성격이 그녀를 그처럼 착한 아이로 돋보이게 했던 것 같다.

그녀 위로 두 오빠가 있었지만 이상하게도 여섯 살을 못 넘기고 차례로 죽었다. 나라 전체가 거의 폐허가 다 된 상태로 6·25전란이 그친 지 얼마 안 된 시절이었다. 시국이 시국인 만큼 병원다운 곳에서 치료를 제대로 받아보지도 못한 채 하나는 콜레라로, 또 하나는 장티푸스로 문 씨 댁에선 아들 둘을 모두 잃었다. 그런 사연에서 비롯된 오랜 상심傷心의 세월 끝에 얻은 문 씨 집안의 유일한 혈육이자 외동딸로 남게 된 하연에 대한 뒤늦은 부성애는 가히 끔찍하달 정도였다.

❧

1958년 5월, 충무시(忠武市: 통영읍이 시로 승격된 뒤부터 바뀐 지명)에서 개최한 '한산대첩기념제전'의 예술행사 일환으로 미술사생대회가 열렸다. 우리 학교에선 몇몇 다른 애들과 함께 나도 하연이도 대표로 뽑혀 초등부 경선에 참가한 일이 있었다. 대회가 있기 보름 전부터 전교 학급에서 선발된 십여 명의 학생들은 정규수업이 파한 뒤에 따로 남아 특별활동 시간의 미술 담당 선생님께 지도를 받았다. 3학년까지 저학년은 크레용이나 크레파스로 그렸고, 4학년 이상 고학년은 수채화를 연습했다. 그 보름동안에 있었던 일은 — 교실이라는 한 공간에서 하연과 내가 같은 목적으로 함께 어울려 시간을 보낸 — 특별한 경험이기도 했다.

하연은 색채 감각이 아주 뛰어났다. 켄트지 전체를 연하게 칠하면서 크레파스의 은은한 질감을 살려내어 사물을 형상화했다. 인물이나 정물, 또는 풍경의 어느 것을 그리든 화면에서 풍기는 파스텔 톤의 오묘한 분위기가 예사롭지 않았다. 아마 물자가 귀하던 당시에 36가지 색깔이 담긴 고급화구인 일제日製 크레파스가 다분히 그런 질감의 효과를 만들어내었는지도 모른다.

그런 화구를 쓸 수 있었던 것은 일본에 살고 있던 그녀의 큰아버지 덕분이었다. 일제강점기에 징용으로 끌려갔다가 해방 후 귀국하지 못하고 눌러앉아 온갖 궂은일을 다 하다가 도쿄만東京灣에서 선박용 기름장수를 발판으로 출발하여 큰돈을 벌어 자수성가한 분이라고 들었다. 그 백부의 후원이 하연의 아버지로 하여금 현재와 같은 멸치잡이 대선단을 꾸릴 만한 어로사업의 자금줄이 되었다는 소문을, 섬에서는 모르는 이가 없었다.

어쨌거나, 우리를 지도했던 미술담당 선생님은 하연의 그림을 보고 입에 발린 소리인지는 몰라도 장차 멋진 화가가 될 소질이 있음을 칭찬하곤 했다. 훗날 그녀가 미술대학에 진학하게 된 동기가 이때부터 싹텄을지도 모르겠다. 하연은 그 사생대회에서 초등부 저학년 특상을 받았고, 내가 그린 수채화는 우수작에 뽑혔다.

나는 외부 사생대회에서 처음 큰 상을 받았다는 기쁨보다는 난생처음 큰 항구도시인 충무시내로 나가는 — 발동기장치의 소리 때문에 우리가 '통통배'라 불렀던 — 도선渡船에 하연이랑 함께 타고 갈 수 있다는 설렘, 그 가슴 벅찬 기대 때문에 전날 밤을 거의 뜬눈으로 꼬박 샌 일이 더 오래 기억에 남는다.

특히 미술사생대회를 준비하던 그 보름동안의 중간에 일요일이 두 번 낀 날이 있었다. 우리 둘만의 약속으로 어른들께 거짓말을 한 그 일은 두고두고 잊히지 않는다. 집안 어른들께는 일요일에도 미술연습을 하러 학교에 가야한다며 거짓말로 둘러대고, 내가 자형의 자전거를 빌려 하연을 뒤에 태운 채 학교 가는 길 쪽을 향해 바람을 가르며 쌩쌩 달려가, 해안가 어디쯤에서 놀다온 것이었다. 물론 스케치북과 화구는 미리 챙겨 나오긴 했으나 그림연습은 뒷전이었다.

그 기발한 일탈逸脫을 처음 제안한 것은 하연이었다.

열 살짜리 3학년의 머릿속에 어떻게 그처럼 당돌하고 깜찍한 생각이 떠올랐을까. "두호 오빠, 우리 집 대문 근처 비자나무가 솟은 울담 쪽을 잘 살펴봐. 거기 보면 청석도 있고, 또 그 옆엔 흑석도 보여. 내가 오빠한테 연락할 게 있으면 그 돌 틈 사이에 편지쪽지를 넣어둘게. 내일 아침 일찍 살펴보면 거기 접혀 있는 내 쪽지를 보게 될 거야. 이번엔 처음이라 말해 주지만, 다음부턴 알리지 않고 그냥 넣어 둘 거니까 아무 때라도 잊지 말고 살펴봐."

하연의 그런 엉뚱한 제안이 있던 그 이튿날이 첫 일요일이었다. 〈오늘은 일요일이라도 학교에 오빠랑 그림연습 하러 간다고 엄마한테 거짓말했어. 아침밥 먹고 나중에 나 데리러 와. 김밥 도시락 싸갖고 갈게.〉 3학년 글씨로 또박또박 써놓은 하연의 쪽지가 나비 리본처럼 접혀 돌담의 그 푸른 돌과 검은 돌 틈새에 끼워 있었던 것이다. 그날 이후 나는 매일 아침 세수하러 마당에 나오면 습관처럼 하연이네 마당가 비자나무 아래 돌담의 틈새를 살피고는 했다. 물론 번번이 쪽지는 못 찾고 말지만.

나는 오랜 훗날에도 세월의 울담 너머 그 비자나무 아래의 추억 속을 더듬어보고 있노라면 예쁘장하고 귀여웠던 그 시절 하연의 원형을 흐릿하게나마 느낄 수 있었다. 얌전한 한 편으로 매우 당돌하고 깜찍한 계집아이.

그 두 번의 일요일 ─ 우리는 바닷가에서 싸온 김밥을 나눠 먹고, 납작하고 작은 돌만 골라 수면을 향해 물수제비를 뜨곤 했다. 바닷게들을 잡아 수채화물통으로 가져간 유리병 속에 채우다가 그것도 싫증나면 물 빠진 암초에 다닥다닥 붙은 굴 껍데기를 까서 생굴 맛을 보기도 했던 일. 그도 심심하면 해안의 너럭바위에 나란히 드러누워 햇빛을 쐬며 하늘에 둥

둥 떠가는 구름들을 하염없이 바라보았다. ― 그 꿈결 같은 시간들…….

어디로 향해 가는 것인지, 새떼가 까맣게 나는 허공을 보고 누워있는 발치 아래서, 거품을 물고 해변으로 밀려드는 파도는 단조롭게 갯바위를 씻어내며 웅얼웅얼 쉼 없이 속삭인다. 그 소리에 귀를 기울이고 있는 동안 나는 왠지 곁에 있는 하연과 점점 멀어져, 어느 깊숙한 바다 밑의 구석진 곳으로 서서히 가라앉아 가는 것 같은, 서글픈 느낌이 들었다. 그것은 제 힘으로 어쩔 수 없이 마구 졸음이 덮치면 아무것도 귀에 들리지 않는 적막감에 사로잡힐 때와 비슷한 심정이었다.

……한산도는 내게 그런 곳이었다.

이순신 장군의 수군통제영水軍統制營이 있던 제승당이나 대첩기념비 같은 유적지는 소풍 때나 갔던 장소였을 뿐, 내 추억 속에 별로 자리매김 하질 못했다. 그곳이 하연과 직접 연관된 섬이란 사실을 빼고 나면, 나의 관심은 고작 내가 살았던 '소고포'와 그 이웃마을인 서쪽의 '대고포'에, 왜 흑염소를 뜻하는 '고羔'자가 들어있는가, 라는 의문 같은 것이었다. 임란시절 한산섬 전체가 자급자족할 수 있는 여건을 갖추기 위해 단백질 공급원인 염소 떼를 키운 데서 유래한 지명이었을 터였다. 그렇게 추리해 보면, '염호리'엔 아마 생필품인 소금을 얻으려고 일군 염전이 있던 곳이었을 게다.

❖

1959년, 나는 한산중학교에 입학했다. 입학 기념으로 자형은 그동안 타고 다니던 자전거를 내게 넘겨주었다. 원래는 새 자전거를 선물하려는 의도였다. 그래서 일부러 자형은 충무시로 건너가 점포에서 새것을 하나 구입해 왔지만, 그럴 수 없다고 누나가 끝까지 우겼다. 누나의 고집도 보통이 아니었다. 그 바람에 새 자전거는 자형이 타기로 하고 헌것이 내 몫으로 돌아왔다. 그것만으로도 나는 감지덕지했다.

아무튼 내 것이 된 그 자전거로 등하굣길에 하연을 내 뒤에 태우고 다닐 기회가 있었느냐고? 그랬다면 얼마나 좋았을까마는, 1959년 초봄 이래 나는 하연을 가까이서 볼 기회마저 거의 없었다. 그해 봄, 하연이네 가족은 진두리에 새 저택을 지어 이사를 가버린 것이었다.

이층으로 지은 빨간 벽돌건물의 신식양옥이었다. 아주 드넓은 마당엔 정원도 있고 각종 푸성귀를 가꾸는 남새밭도 있었다. 돌층계를 오르면 난간이 있는 테라스, 거기에 흔들의자를 배치하여 정원을 감상할 수 있게 꾸며져 있었다. 거실은 커튼을 걷으면 볕이 잘 드는 유리창을 통해 바깥을 한눈에 내다보게 돼 있었다.

모든 게 처음 접하는, 신기할 정도의 낯선 주택구조였으나 무엇보다 내 눈에 친근했던 것은 그리 높지 않은 돌담이었다. 그렇다고 해안에서 주워 온 아무렇게 생긴 돌들을 쌓아 올린 담벼락이 아니었다. 작은 것은 대개 어른 주먹만 하고 큰 것은 애호박만한, 반질반질한 몽돌들이 커다란 보석처럼 햇빛에 은은한 광택을 발하며 촘촘히 시멘트벽에 박혀있는 형상의 담이었다.

집의 입구 양쪽에 빨간 벽돌기둥을 세워 그 위에 스테인리스강鋼으로 만든 아치를 올려 장미넝쿨이 타고 오르도록 꾸며 놓았다. 거기서는 밖에서도 집의 안마당이 환히 들여다보이게 흰 페인트로 칠한 낮은 목책木柵 모양의 출입문 두 짝을 달아 여닫게 돼 있었다.

내가 가장 부러워했던 것은 이층에 베란다가 딸려 있는, 창문이 넓은 하연의 방이었다. 당시로선 섬 전체를 통틀어 이층집도 귀했다. 게다가 서재처럼 꾸민 그 방에서 책으로 그득한 서가書架와 피아노, 침대, 그리고 바로 옆에 전기스탠드가 설치된 책상 등 모든 것이 구비된, 오직 '자기만의 공간'을 가진다는 것은 꿈만 같은 일이었다.

베란다에서는 바다가 한눈에 들어왔다. 추봉도가 바로 눈앞에 펼쳐져 있었다.

'나룻머리'[津頭] 선창에서 그 섬의 맨 서쪽 끄트머리 물기슭과는 4백 미터쯤 될까 말까한 거리였다. 어느 해 여름방학 때 우리 가족은 노를 젓는 거룻배를 타고 그 섬의 봉암해수욕장으로 피서를 가, 해변에 무수히 널린 자잘한 몽돌 밭에서 놀다온 적이 있었다.

추봉도에는 거제포로수용소 안에서 특별히 죄질이 나쁜 인민군 포로들을 색출하여 따로 모아놓은 특별수용소가 두 군데나 있었다고 한다. 1953년에 휴전협정이 체결되어 판문점에서 포로교환이 이뤄지기 직전까지도 섬을 탈출하려는 자들이 있어 한밤중에 유엔군 소속 미군경비병들이 쏘는 총소리가 이따금 허공을 찢듯 들리곤 했다는 이야기를, 이곳 출신인 자형이 설명해주었다.

세상은 어둠과 악의로 가득 차, 밤이면 바깥출입이 무서웠고, 불길한 예감처럼 음산한 바람과 파도소리만 섬을 에워싸고 수런거리던 그 시절. 그런 특별수용소는 여기서 더 멀리 남쪽 용초도에도 한 군데 더 있었다고 했지만 하연의 집 이층 창가에선 잘 보이지 않았다.

어로사업자는 대개 출어시기에 맞춰 풍어제豊漁祭를 올리거나 길흉에 민감했다. 그래서 무속신앙을 신봉하는 편이었는데 그것이 하나의 문화적 습속으로 내림해 온 것은 예나 지금이나 변함없다.

선주였던 하연의 아버지도 어김없이 점占집에 가 길한 날을 받아서 집들이잔치를 벌였다.

자형을 위시하여 우리 식구 모두 초청을 받아 방문하는 길에 나도 한번 따라간 것 외에는, 이후로 달리 내가 찾아갈 일은 없었다. 내가 소고포에서 등교할 때 하연은 진두리의 새 집에서 초등학교를 오갔다. 그랬기에 출발지점이 다른 우리는 더 이상 등하굣길에 서로 마주칠 일도 없었던 것이다.

육지와 격리된 섬에서 중학교를 다니던 시절인 1960년과 61년, 두 차례 커다란 사회적 정변이 잇따라 터졌다. 자유당의 독재정권에 맞선 4.19학생봉기가 일어나 대통령이 하야下野하던 1960년에 나는 중 2학년이었다.

바야흐로 시민혁명의 기운이 무르익어 가던 바로 그 이듬해엔 또 군사쿠데타가 발발하여 비상계엄령이 내려졌다. 어수선한 시대에 나라 전체가 전에 없던 혁명의 소용돌이 속으로 휩쓸리고 있었다. 그러나 섬에 사는 우리에겐 사뭇 딴 나라 일처럼 느껴졌다.

1962년, 내가 중학교를 졸업하고 작은누나가 사는 마산에 있는 고등학교로 진학할 때, 하연은 충무시의 T여중에 입학했다. 이후로 우리가 더욱 만날 수 없게 된 이유는 한산도에 있던 우리 가족이 다시 고향인 거제의 둔덕으로 거주지를 옮겨왔기 때문이다. 그때쯤 아버지는 멸치잡이 선단의 어로장직을 그만두고, 둔덕 앞바다에 어장漁場을 허가받아 새 사업에 착수했던 것이다.

제7장 멀어져 간 사람들

'청류항' 동인지는 제6집을 끝으로 더 이상 발간되지 않았다. 그동안 각자 문단에서 유명작가로 입지를 굳히며 제 나름의 작품 활동들을 펼쳐갔다. 누구누구는 권위 있는 문학상 혹은 작품상들을 받았고, 또 누구는 베스트셀러 작가의 반열에 올라 전업소설가의 길로 나서기도 했다. 각자도생各自圖生의 길을 모색하는 과정에 제가끔 소원疏遠해진 관계로 변해 갔다. 따라서 정기모임도 흐지부지 되었고, 서로 연락도 끊기면서 청류항 동인 활동은 사실상 해체된 것이나 다름없었다.

다른 친구들에 비해 문단에서 유독 시우의 작품 발표가 뜸해진 것은 '88 서울올림픽'을 기점으로 한 그 이후부터인 것 같다. 기업체의 사보社報 같은 데서 청탁을 받고 쓴 그의 콩트나 수필이 간간이 실린 적은 있어도, 소설은 거의 절필 상태였다.

내 기억으로 그가 소설에서 멀어진 것은 아마 1987년에 있었던 그 사건도 하나의 계기로 작용했지 싶다. 나는 막연히 그렇게 추측하고 있었다.

그가 마지막 쓴 소설의 내용이 당시 보안사령부 수도지구 보안대의 검열에 걸렸다. 신군부정권에서 대통령직선제를 수락한 이른바 '6·29선언'이 있기 얼마 전이었던 때로 기억된다. 그 무렵은 시민들이 연일 '군사독재정권 타도'를 외치던 어수선한 정국이었다. 당시만 해도 서슬이 시퍼랬던 군부의 민간사찰이 여전히 자행되던 시절 탓이기도 하였다.

시우의 소설이, 검열관의 눈에는 당시 성역聖域처럼 비판이 금기시되던 군대의 비리와 부조리를 다룬, 일종의 풍자적 성격을 띤 작품으로 인식됐던 모양이다. 군부와 연줄이 닿는 소위 정재계政財界나 고위공무원 같은 사회지도층의 자제들은 미꾸라지처럼 요리조리 병역의무를 면제받는 실상을 꼬집은 내용이기도 했다.

이야기의 핵심적인 줄거리는 그런 상류계층에 속하지도 않고 사회적으로 내세울 만한 집안 배경이라곤 전혀 없는 한 병사에 관한 것이었다. 전방부대에 배치된 그 젊은 신병은 의병제대依病除隊를 목적으로 틈만 나면 스스로 자기 귓속에 주전자의 물을 들이부어 심한 중이염을 앓게 됨으로써 후송된다. 군대용어로 '나이롱 환자'였다.

후송병원에서 치료를 끝낸 후에 원대복귀 결정이 내려지자 그는 최전방의 GP로 되돌아갔다. 가서는 또다시 이쪽저쪽 귀에 물을 들입다 부어넣고 다시 후송되고, 이를 반복하는 과정에서 그 병사는 진짜 귀가 멀어 아무 소리도 못 듣게 돼버리는 어이없는 결말에 이르는 이야기였다.

그 글을 실었던 한 문예종합지의 편집장이었던 K가 보안대에 불려갔다. K는 우리 '청류항동인'이었는데, 시우의 이 작품이 문제가 되어 조사받는 동안 꽤 곤욕을 치른 뒤 각서를 쓰고 나서야 풀려났다. 편집장인 K에게 조사관이 한 말을 그대로 옮기면, 〈젊은이들에게 군대를 기피하도록 부추기는 고약한 발상에서 쓴, 사상적 저의가 의심되는 소설〉로 분류되었다는 것이다. 한데, 정작 이런 글을 싣도록 허락한 편집장의 저의는 또 뭔가, 하고 캐묻더라는 것이다.

나중에 알게 된 사실은, 당시 지방에 거주하던 시우도 그 지역 보안지구대에 호출돼 갔다는 거였다.

박대통령의 유신정권 치하에서는 중앙정보부 산하 지방조정관 제도가 있었다. 그런데 대통령시해사건 직후, 신군부가 정권을 장악한 후에는 보안사령부가 설치되어 현역군인들이 그 이전의 정보부 역할을 대행하였고,

이때 지방조정관의 임무도 각 지방 보안지구대가 떠맡았다. 지역 군구軍區의 번호를 따서 명칭들도 교묘하게 일종의 회사명會社名으로 눈가림하는 간판을 내걸었다. 가령, 제31군구 보안지구대라면 〈삼일공사三一公社〉라고 이름붙이는 식이었다. 마치 무슨 기업체의 지방 사무소처럼 위장함으로써 시민들로부터 군인의 민간사찰에서 오는 적대감과 위화감을 최소화해 보려는 꼼수를 부린 것이랄까.

"불려가서 별일 없었나?"

내가 전화로 안부를 물었을 때,

"뭐, 걱정 안 해도 돼. 별일 없었어."

라는 시우의 극히 짤막한 대답을 들을 수 있었다. 아무렇지도 않다는 그 대답이 되레 내 궁금증을 더 자극했을 만큼.

당연히 나는 K가 제법 곤욕을 치른 저간의 사정을 자세히 알려주었다. 그리고는 덧붙여, 정작 문제시된 글의 당사자에게 아무 일도 없었다는 게 말이나 되냐, 난 그게 믿기지 않는다고 말하고,

"혹시, 거기서 있었던 일, 밖에 나가면 일절 입 밖에 내지 말라고 협박이라도 받은 건가?"

라고 걱정했더니, 시우는 한참 웃기만 했다.

"그런 거 아니야." 그는 딱 잘라 말했다.

어찌된 영문인지 모르는 나에게 그가 아니라고 단번에 잘라 말한 사연은 이랬다. — 조시우가 조사를 받으러 간 보안지구대의 책임자는 현역 육군소령이었는데, 베트남 참전 연도로는 시우보다 위관급 후배장교로 같은 맹호부대에 배속돼 있었다는 거였다. 그래서였는지 이야기의 매듭이 아주 잘 풀렸다는 사실부터 전했다. 세상의 인연은 또 그렇게 상상도 못하는 데에서도 엮여지나 보았다.

조의 군복무 경력을 포함하여 모든 이력에 관해 샅샅이 뒷조사를 해본 그가 일단 조사보고서는 올려야 하는 업무상의 책임 때문에 호출하게 되었음을 양해해 달라고 말했다는 것이다. 아니, 순서가 바뀌었다. 처음부터

사건의 매듭이 그렇게 술술 풀린 것이 아니라 조사가 끝난 다음, 여담으로 보안대장은 시우의 군 경력에 대해 관심을 보이며 베트남에 참전하셨더군요, 당시 주둔지가 어디였죠, 라고 말한 것이 발단이었다고 한다.

그의 업무상 조사가 먼저였기는 해도 이미 시우에 관해 사전에 다 알만큼 안 뒤의 얘기는 달라질 수밖에 없었을 터였다. 아무튼, 그날로 사건을 일단락 지으며 보안대장이 들려준 말을, 시우가 내게 대신 전한 내용은 대략 이런 것이었다.

보안대장 : 불문가지不問可知의 사실을 굳이 그처럼 까발린 글을 쓴 까닭이 뭡니까?

조시우 : 소위 사회지도층이란 자들 말이요, 권력이나 재력을 가지고 모든 혜택은 다 누리는 그들이 솔선수범은커녕 온갖 편법을 동원해 고된 병역의무를 회피하려고 드는 개탄스런 현실, 그런 부도덕함에 대해 내 나름의 우국충정에서 쓴 것으로 이해해 주시면…… 실은, 그게 이 작품의 참된 의도였기도 하고.

보안대장 : 하긴, 나 역시 그렇게 판단은 했지만…… 시국이 시국인 만큼 앞으로는 조심하셔야죠. 암튼, 보고서엔 그렇게 써 올리도록 하죠.

자신을 통제하기란 쉽지 않다. 삶도 마찬가지다. 몸에 밴 습관, 무의식 중에 튀어나오는 언사나 말투 같은 것까지 감추기는 힘들다. 보안대에 불려가 조사를 받는 중에 시우가 펼친 논조가 다분히 그랬다. 사회현실에 대한 평소의 불만이 정제되지 못한 거친 말투 속에 섞여 나오는 언어습관은 본인도 어쩔 수 없는 노릇이었을 터였다. 그러나 결코 군 자체를 모욕하거나 훼손할 의도가 배어 있지 않았던 점을 조사관도 인정하고 훈방한 것으로 볼 수 있었다.

어쨌든 그 사건은 그 정도로 무마되어 끝이 났다.

✤

그 일이 직접적인 원인은 아니었다 해도, 이후로 조시우의 이름은 문단에서 차츰 자취를 감추고 있었다. 그 점에서 나는, 대부분의 당시 작가들이 그랬던 것처럼, 표현의 자유 이전에 앞으로는 자기검열을 거치면서까지 소설을 써야 하는 현실에 대해 그가 어느 정도 회의감을 품기 시작한 것은 사실일 거라고 추측했다.

아니, 나는 잘못 알고 있었다. 그가 소설로부터 멀어진 직접적인 원인은 다른 데 있었다.

노모를 모시느라 그가 늘 시골 고향 밖을 멀리 벗어나지 못한다던 그 모친이 노환으로 세상을 떠난 바로 그 이듬해인 1989년엔 그의 아내마저 급성위암으로 숨을 거두었다. 한 해의 시차를 두고 그는 차례로 두 사람을 잃었다.

이 무렵의 심정은 세월의 여과濾過를 거친 훗날에 쓴 그의 에세이 속에 잘 드러나 있다. 고향 앞바다가 내려다보이는 가족묘지에서 '실안 낙조'의 황홀함에 젖은 감상을 적은 내용으로 돼있었다. 언젠가 가봤던 거제도의 '바람의 언덕'에 섰던 때의 심정을 떠올리며 시작되는 그 글을 나도 우연히 읽은 적이 있다.

나는 진작 알았어야 했다. 시우는 모친이 별세했을 때나 아내의 장례를 치를 때, 서울에 있는 동인들의 어느 누구한테도 부음訃音을 알리지 않았다. 1989년, 불과 마흔 둘의 나이에 홀아비 신세가 된 사내.

그 1989년은 루마니아의 독재자 니콜라에 차우셰스쿠 정권이 민중봉기로 무너지고, 그 일가가 자신의 군부에 체포되어 총살당한 사건으로 유명했던 해였다. 그래서 나는 그 연도를 잘 기억한다. 또, 바로 그해 11월에 무너진 베를린장벽은 한 달 뒤인 12월에 동서독통일을 앞당긴 사건의 시발점이 되었다. 그의 상경의 발길도 바로 그해를 기점으로 거의 끊어졌기에 더 잘 기억한다.

그해 겨울, 서울의 청진동, 어느 예스런 목로주점에서 우리는 모처럼 자리를 함께 했다. 교직에 있던 시우가 방학 때라 상경했다는 내 연락을 받은 동인 친구들 중에는 예의 보안대에 불려갔던 K도 있었다.

차우세스쿠 일가의 비참한 말로와 동서독통일은 누구보다 북한의 절대 권력자인 김일성 부자에게 가장 큰 충격을 주었을 것이란 이야기에서부터 시작하여, 이태 전에 정권교체가 이뤄진 한국의 신군부독재와도 비교해 가며 화제로 삼았던 술자리가 차츰 무르익을 무렵이었다. K가 농담 반 진담 반으로 술기운 속에 악의 없는 핀잔을 담아 시우를 나무랐다.

"에이, 촌놈. 시골에 박혀 있으니까 정국政局이 어떻게 굴러가는지도 모르고 그딴 소설 썼다가 생사람 잡는 거지. 제발, 세상 돌아가는 판세라도 좀 읽어가며 글을 써야지, 안 그래? 너 땜에 그때 나 된통 식겁했어."

거기까진 괜찮았다. 옆에서 누군가가(아마 S였지 싶다. 그는 당시 B신문사의 사회부 기자였기에 누구보다 세상 돌아가는 사정에 밝았는데) 시우에게 잔을 건네며 몇 마디 이기죽거렸다.

"이봐, 촌놈. 다 지난 얘긴데, 뭘 그렇게 벌레 씹은 표정으로 곰곰이 생각하며 듣고 있냐? 안 어울리게. 그런 괜한 진지함 때문에 넌 촌놈 소리 듣는 거야. 자, 촌놈. 한 잔 해."

시우는 묵묵히 소주 컵을 받아 단숨에 들이켰다. 그리고는 손아귀에 쥔 컵을 마치 도장을 찍듯이 목판 위에 탁! 내리쳤다. 작은 소주 컵은 순식간에 시우의 손바닥 밑에서 산산조각이 났다. 마치 잘게 부서진 가루처럼 거의 으깨어진 상태였으나, 신기하게도 그의 손은 상처 하나 없이 말짱했다.

"여기 촌놈 아닌 자 어딨어? 있으면 누구든 나와 봐!"

그가 느닷없이 버럭 외쳐대는 소리에 우리는 모두 혼비백산해서 한동안 말문이 막혔다. 시우가 이렇게 격분한 모습을 보이며 적나라한 감정의 폭발을 드러내는 것을 일찍이 본 적이 없었기 때문이다.

목로주점 안의 몇몇 다른 손님들의 시선이 일제히 우리 좌석 쪽으로 쏠렸다.

"저 자식, 왜 저래? 갑자기 미친놈처럼……"

누군가 어안이 벙벙해서 엉겁결에 내뱉은 이 말이 더욱 불을 지폈다.

"뭐야? 이 자식이……"

시우는 벌떡 몸을 일으키며 이번엔 옆에 놓여 있던 물 컵을 수도手刀로 내리쳤다. 쩍! 하는 소리와 함께 제법 두꺼운 자기瓷器로 된 컵이 반으로 쫙 갈라졌다.

그가 태권도 유단자였다는 말을 안 했던가? 그의 오른손 새끼손가락 아래쪽부터 팔목 부위까지는 굳은살이 더껑이처럼 박여있었다. 특히 그와 악수를 해본 경우엔 그 굳은살의 감촉이 돌멩이처럼 딴딴함을 느낄 수가 있다. 그것은 집중력을 요하는 격파술擊破術에 대비해 오랜 세월 반복해온 피나는 훈련의 결과였다. 그런데 그날은 홧김에 술기운으로 내리치면서 집중력을 잃었던 탓이었을 게다. 조각난 물 컵의 파편이 튀면서 그의 손등을 찢어놓는 바람에 피가 솟았다.

'촌놈'이라는 별것 아닌 농지거리에 시우가 그토록 민감한 반응을 보일 줄은 아무도 예측하지 못했다. 그 우스갯소리가 결코 처음도 아니었기 때문에 더욱 그랬다. 그가 앉았던 자리에서 반쯤 몸을 일으키며 느닷없이 손날로 물 컵을 내리칠 때의 그 살기 띤 눈매의 섬뜩함에 모두들 아연했다. 아무도 영문을 몰랐다. 사랑하는 사람들의 거듭된 죽음의 충격에서 헤어나지 못하고 있던 저간의 아픔을 당시로선 우리들 중 어느 누구도 이해하지 못했던 것이다.

고르지 못한 술청의 널빤지가 급작스레 가해진 힘의 거센 충격에 반발한 듯 빈 술병들이 나뒹굴었고 안주를 담은 쟁반이 엎어졌다. 그러나 우리는 단지 떨떠름한 표정들을 지은 채 그의 돌변한 행동을 멍하니 쳐다봤을 따름이다.

이 영문 모를 '난동'이, 병원에서 아내가 죽는 걸 속수무책으로 지켜봐야 했던 끔찍한 기억과, 또 베트남의 정글 속에서 잔혹한 죽음의 공포에 맞서듯 적정敵情을 살피며 지새웠던 밤들의 그 어두운 기억과는 어디쯤에서 연결되는 것일까. 그의 눈 속에 한 순간 광기가 번뜩거렸던 이유를 우리는 그때 당시 전연 알아채지 못했다.

✜

거의 난동이나 다름없었던 그의 행위에 놀란 친구들은 서둘러 하나둘 일어나 자리를 떠버렸다. 시우와 친구들 사이가 매우 소원해진 것은 아마 그날 이후부터일 거라고 나는 기억한다.

결국 나랑 둘만 남은 시우는 근처 병원의 응급실에서 찢어진 부위를 서너 바늘 꿰매는 간단한 치료를 끝낸 뒤에도 왠지 헤어지기 아쉬워했다. 그건 나도 마찬가지였다. 기어코 우리 집으로 데리고 가서 그날 밤을 함께 지냈다.

"난 아무래도 더 이상 소설은 못 쓰겠어.…… 소설 쓰는 일이라면, 재능 있고 똑똑한 너희들로서도 충분하니까. 그 대신, 난 앞으로 나만이 쓸 수 있는 글을 쓸 거야."

우리 집에서 함께 보낸 그날 밤에 서로 꽤 많은 이야기를 주고받았지만, 정작 내 기억에 가장 인상 깊게 남은 말이 그것이다. 하지만 나는 그 말의 정확한 의미가 뭔지 하도 궁금해서 물었다.

"너만이 쓸 수 있는 글이란 게 어떤 건데?"

"그건, 요컨대, 나 아니면 어떤 누구도 쓸 수 없는, 그런 전문 분야의 글 같은 거 말이야……."

시우는 그런 엉뚱한 대답으로 나를 어리둥절케 했다. 얘기를 좀 더 자세히 듣고 보니, 그는 십년쯤 전부터 일본의 《만요슈万葉集》 연구에 빠져 있었다는 것이다.

《만요슈》라는 건 일본의 고대시가집이지. — 그가 말했다. — 우리나라로 치면, 신라시대에 불려졌던 '향가'를 집대성한 《삼대목三代目》에 비유할 만해. 각간角干 벼슬의 위홍魏弘과 향가를 잘 짓던 대구화상大矩和尙이 함께 편찬했다고 알려진 그 《삼대목》 말이야. 하지만, 불행히도 그건 소실돼버렸고, 겨우 《삼국유사》에 14수, 《균여전》에 11수가 남아, 모두 25수만 전할 뿐이란 건 너도 잘 알잖아?

한데, 일본에서는 무려 4,516수나 되는 '만엽가'가 고스란히 남아있거든. 이를 20권으로 집대성한 것을 《만요슈》라 해. 그렇게 설명하면 이해가 빠를 거야.

그 많은 만엽가인万葉歌人들 중에서도 단연 내 마음을 사로잡은 사람이 있네. 그는 백제계 유민의 혈통으로 알려진 카키노모토 히토마로柿本人麻呂란 자야. 가히 당대의 가성歌聖이라 칭할 만한 분이지. 그가 아내와 헤어진 뒤 홀로 된 쓸쓸한 심정을 읊은 노래 중 한 수에 이런 게 있어. (시우는 그 자리에서 백지를 한 장 달래더니, 거기에 내가 쉽게 해독하기 힘든 한자들을 마구 휘갈겨 썼다.)

「小竹之葉者三山毛淸尒亂友吾者妹思別來礼婆」(《만엽집》 권2의 133)

한데, 이 노래를 신라의 향가 표기법인 향찰식을 적용하여 해독하면 그 뜻이 명확해져. 일본어에 능통하지 못한 한글세대인 우리들 경우를 보면 알지. 평소 일어日語에 대한 선입견의 영향 없이 순수하게 차용한자借用漢字를 바로 볼 수 있는 장점이 있거든. 그래서 내 눈엔 금방 무슨 말인지 다 보인다구. 왜냐고? 그거야, 우리말의 음音과 훈訓을 고어古語로 대입시키면 어렵잖게 읽혀지니까.

난 일어를 독학해서 문장 해석은 그런대로 가능한 편인데, 기존의 일본어식 풀이를 보면 도대체 무슨 소리인지 이해가 안 돼. 내 생각엔 그저 엉터리 같아 보여. 하기야 넌 일어를 잘 몰라서 어디가 틀렸다는 건지도 이해하기 힘들 거야. 아무튼, 그걸 여기서 굳이 설명할 필요까진 없겠지.

히토마로란 가인이 백제계 인물이란 사실을 감안하면 도리어 이게 한국어로 읽히는 것이 하나도 이상할 게 없어. 아니, 《만요슈》는 일본학계의 통설인 소위 '만요가나万葉仮名'로 적은 것이 아니라, 한자를 빌려 고대한국어의 음훈으로 표기한 이른바 '향찰식' 노래였다고 보는 게 옳아.

예를 하나 들어보지. 중국의 사서 중 하나인 《수서隋書》(권81) 〈동이전·왜국〉 조條를 보면, 「그 나라엔 문자가 없고, 나무에 새긴다든지 포승을 묶을[結繩]뿐이다. 불법을 존경하고 백제를 통해 불법을 습득하여 비로소 문자를 가지게 되었다」고 적혀 있어.

백제의 왕인王仁 박사가 처음으로 한문과 여러 전적典籍을 가져가 교육했다는 《일본서기》의 기록도 이를 뒷받침해 주지. 이 점은 당연히 당시의 일본 땅에서 한자를 사용한 최초의 사람들이 한반도의 도래인渡來人들이었다는 말과도 같은 거야. 따라서 그들이 한자의 음과 훈을 빌려 자기 나랏말을 적는 방식을 고안했다는 것은 결국 본국이었던 고대한국에서 행했던 방식과 유사했을 것이라고 쉽게 추정할 수 있단 얘기야.

다 알다시피, 민족판별의 과학적 지표는 첫째가 언어잖아. 바로 그렇기 때문에, 일어에 능숙하지 못한 한글세대에게 한자를 빌려 쓴 '만엽가'가 오히려 더 쉽고 자연스럽게 해독될 수 있다는 건 뭘 의미하지? 이것들이 바로 고대한국어로 된 노래였던 게 아닐까, 라는 것이 내 생각이야.

아무튼, 히토마로의 이 노래에 대해선, 그가 지금의 시마네현島根縣에 해당하는 이와미국[石見の國]으로부터 아내와 헤어져 상경해 온 뒤 불렀다는 간단한 설명만 붙어 있어. 당시 황거皇居가 있는 수도를 미야코[京]라 칭했는데, 물론 지금의 교토京都야.

따로 특별한 주석註釋도 구두점句讀點도 없이 연속해서 쭉 이어진 20자字의 백문白文만 있는 이 시가를, 내가 편의상 빗금을 쳐서 다섯 단락으로 나

뭐 본 거야. 자, 어떻게 되는지 잘 봐.……

　　小(져근)竹(대) 之(갈)葉(닙)者(곧)/
　　三(세)山(메) 毛(플)淸(믈 ㄱ)尒(이)/
　　亂(어즈럽)友(벗)/
　　吾(나) 者(곧) 妹(아래누의)/
　　思(ᄉ랑)別(ᄂ호)來(오)礼(례)婆(할미)……

　이렇게 읽히는 이 노래의 풀이는 대략 이래.「져근 대 갈닙 곳 싀믜 프
르 믈ㄱ니 어즈러벗/ 나 곳 아래 누워 ᄉ랑 ᄂ호오려 함이……」
　이걸 다시 현대어로 바꿔보면, 더 정확한 의미가 드러나거든.
　예를 들면,「조릿대[篠竹], 갈잎[蘆葉], 꽃이 어우러진 샘에 푸르게 비쳐 맑
으니, 거기에 반사된 햇빛 때문에 어지러워./ 나는 그런 화창한 대지의 꽃
아래 누워, 헤어진 아내 생각에 젖어 근심 없던 시절의 옛사랑을 나누려
함이니……」와 같은 대의大意가 숨어 있었음이 명확해지는 거야.……
　차용된 한자 중 '者'라는 글자는 사람을 가리키는 '놈'이란 뜻만 있는 게
아니고, 즉물지사卽物之辭로, '것' 또는 '곧'으로도 해석되거든. '곧'이란 것
은, 체언 밑에서 그 사물 자체를 가리킬 때 쓰이기도 하는 조사지.
　예를 들어,「農者天下之大本」을 놓고 '농사라는 것은 천하의 큰 기초',
또는 '농사는 곧 천하의 큰 근본'과 같이 풀이해야 옳다는 의미야. 농자農
者를 '농사짓는 자', 즉 농사꾼으로 해석하면 잘못된 거지. 그런데, 일본의
기존 해석도 이 '者'자를, 한국어에서 주어를 나타내는 조사 '~는' 에 해당
하는 '~は(와)'로 읽고 있어.
　하여간 '곧'이란 음은 '꽃'의 고어인 '곳'과 동음인 점에 착안, 의미전용意
味轉用한 경우로 보면 돼. 그밖에 나머지 한자들은 해독하기 아주 쉬운 것
들이지.
　하나의 학설은 가설로부터 시작하고, 그 가설이 충분한 근거와 설득력

을 지닐 때, 비로소 누구나 공감하는 정설로 자리매김 된다는 것은 극히 당연한 이치겠지.

내가 시도하는 연구방향은 지금까지 일본학자들의 음·훈독법에 문제가 있다고 지적하는 쪽이거든. 그래서 앞으로 나만이 가능한 글쓰기를 위해선 조용한 외딴 섬 같은 곳에 가서 계속 이런 연구에 몰두하고 싶어. 가령, 하 형의 고향인 거제도의 둔덕 쪽에도 좋고, 어린 시절을 보냈던 한산도라도 좋지. 그곳에도 물론 중·고등학교는 있을 거니까. 조만간 그런 곳으로 전근을 가볼까 해.……

✤

나는 그날 시우가 들려주는 이야기들을 잘 이해하지 못한 채 건성으로 듣고 있었다. 일본에 한문을 전래한 사람이 백제의 왕인박사였다는 점은 알아도, 백제 멸망 후 일본으로 건너간 백제계 유민인 오노 야스마로太安万侶가 집필한 《고사기古事記》가 서기 712년에 편찬되었다는 것은 금시초문이었다. 또, 뒷날 이를 근간으로 보완된 《일본서기》는 이름만 들었을 뿐이고, 《만요슈》는 아예 한 번도 접해본 적이 없었던 까닭에 처음엔 별다른 흥미조차 느끼지 못했다.

그러나 시간이 지나면서, 나는 차츰 기억 속에 상상의 덧칠을 한다.

그날 시우한테서 처음 그 이름을 들어본, 백제계 만엽가인万葉歌人 카키노모토 히토마로란 인물이 아내와 이별한 뒤에 읊었다던 그 노래 속의 슬픔을 자신의 것으로 공감한 시우의 심정도 함께 묻어났던 것을 이미 눈치챘다고 상상한다. 감내하기 벅차도록 깊은 상실감에 빠진 사람한테서나 볼 수 있는, 술집에서의 그 별쭝맞은 행동을. 또 어쩌면 굳이 내게 그 노래의 의미를 설명하던 태도를 본 나로선 이를 매우 수상쩍게 여겨, 그의 신변에 무슨 커다란 변화가 생겼음을 어렴풋이 짐작했는지도 모른다고.

그래도 그날 밤에는 시골의 노모와 아내가 죽었다는 말을 그는 끝내 하지 않았다.

정작 그 이야기는, 서울서 밤을 함께 지낸 이튿날 진주로 돌아간 지 열흘쯤 뒤, 그가 내게 보낸 장문의 편지 속에 적혀 있었다.

✤

두호 형,

상경할 때마다 늘 신세만 지고, 게다가 이번엔 심한 폐까지 끼쳐 미안하기 그지없네. 하 형의 너그러운 마음으로 해량海諒해 주면 나로선 그저 고마울 따름이지.

벌써 열흘 남짓 지났구먼. 공기 맑고 조용한 시골생활로 되돌아와, 느긋한 습관에 다시 젖다보면 서울은 역시 나 같은 촌놈이 살 만한 곳은 아니라는 느낌이 드는 건 어쩔 수 없어.

오늘도 나는 홀로 집을 나와 옛날 같지 않은 낯익은 거리를 걸었다네.

기억은 과거와 만나고 싶어 현재로부터 외출을 시도하는 의식 행위와도 같거든. 최소한 내게는 그래. 비유하자면, 마치 유체이탈遺體離脫에 능한 심령술사처럼 눈을 감고 앉아서 몸뚱이로부터 영혼만 빠져나오듯 현재의 나를 떠나면서, 나의 과거와 현재를 동시에 바라볼 수 있게 하는 섬세한 정신활동이랄 수 있지. 그렇게 기억 속을 헤매며 어디로든 걷다가 교외의 어느 한적한 갯가에 와서 멈춘다네. 거기까지 이르는 길에, 어릴 적 자주 놀았던 바다를 보면 불현듯 진짜 고향에 온 듯한 생각이라도 날까?

한참을 가도 낯선 곳으로만 빠져드는 의식 속에서 아득한 기억을 더듬는 막막한 기분으로 나의 발길은 이번엔 또 산소로 향한다네. 옛날에 그랬던 것처럼. 성묘 길에 와보던 친숙한 숲길과 새로 돋은 무성한 나뭇잎들은 해마다 낯설어져.

살아있는 것은 언젠가 모두 죽어 땅으로 돌아간다는 사실을 이해한다해도 사람의 삶은 달라질 게 없더군. 그 당연한 이치를 평소엔 왜 잊고 있었을까?

사라진 과거는 내 의식이 가닿지 않은 곳에서, 어떤 방식으로든 기억으로 존재하고 있다네. 땅 밑에는 떠난 사람들이 숨어서 깊이깊이 진토塵土되고 뿌리 되어 지층을 뒤덮고 있지. 미처 전하지 못한 갖가지 사연들 때문에 땅속에서 애태우다가 산 자들과 얽힌 옛날의 얘기들을 새록새록 비밀처럼 풀어놓는 봄이면, 과거의 기억들이 다시금 풀싹으로, 새잎으로 돋아나 이승의 산야를 그토록 애틋한 그리움으로 가득 채우는 것인지 몰라. 헐벗은 나뭇가지를 타고 오르는 새순 높이만큼 눈길 들어 우러러 보면, 비 쏟아져 갠 하늘 가득한 저 허무한 넓이로 가슴만 텅 비어 올 따름이야. 그래서 난 대체로 봄이 싫어.

죽은 사람은 돌아오지 않고 자연의 푸름만이 소생의 낌새를 띠기 시작하는 저 봄날의 적막 속에 몸을 담그고 있어 보면 새삼스레 또 깨닫게 되지. 이 땅이 기약 없는 인간들의 한 순간 머무를 자리인 줄 알지만, 그리고 한 생애 그 목숨 잠시 채우다가 사라지는 공간인 줄 알지만, 죽음은 막상 간 사람의 일이기보다 남겨진 사람들의 몫이었던 것을.

어젯밤 꿈에 아내가 보이더니 그리워서 두 팔 벌려도 안을 수 없는 그녀의 넋이 한 줄기 쓸쓸한 바람처럼 내 가슴에 허전함만을 안긴 채 무언의 응답인 양 가만히 묘지의 풀들을 흔들고 가더군. 지난 가을에도 이곳을 찾은 나는 무덤가의 시든 풀을 뜯으며, 가정이 깨진다는 것은 정말 견디기 힘들다고 혼자 중얼거리다가, 불현듯 목울대까지 차오르는 슬픔을 애써 이 악물고 삼켰다네.

이건 처음으로 남에게 하는 말인데, 노모의 병환이 깊어질수록 내 아내의 수심도 따라서 깊어졌지. 세상을 떠나기 직전까지 우리 어머니는 6년 남짓 운신을 못한 채 거의 누워만 계셨어. 그런 시어머니의 대소변을 받아내며 아내는 며느리로서 피할 수 없는 직분처럼 병구완을 해야만 했네. 끓는 속을 삭이며 늘 목 넘어 차오르는 울음을 억눌러 삭이는 힘겨운 세월을 버텨오나 했더니, 어머니 사후 얼마 지나지 않아서 그녀마저 예고 없이 찾아온 급성위암으로 느닷없이 세상을 떠버렸어…….

    퇴근 후 내가 집에 돌아오면 아내는 저녁밥을 해놓고 기다릴 동안 규모
가 작은 5층 빌라의 부대시설인 놀이터에 어린 아들과 나와서 이따금 나
를 기다리는 때도 있었지. 작은 모래밭 위의 미끄럼틀과 시소 따위의 기구
들이 있는 그 놀이터에서 꼬맹이 아들이 그네를 탈 동안 아내는 구석진 벤
치에 쪼그려 앉아 저녁어스름 속에 잠겨 고개를 푹 수그리고 있는 거야.
땡볕에 지친 해거름의 나뭇가지처럼 목을 늘어뜨린 그 모습을 나는 간혹
보았다네.

    그런 아내의 초라한 자태는 반가움에 앞서 처량하기 그지없어 보였지.
세상의 구석진 모퉁이에 음침한 그늘로 도사린 그녀의 갇힌 마음을 어떻
게든 시원하게 풀어내줄 묘책을 찾지 못하는 내 마음도 안타깝기는 마찬
가지라네.

    "아빠, 할머니가 또 기저귀에 똥 쌌어."

    조금 더 어릴 때 함부로 지껄이던 아들 녀석은 이제 그런 말로 낮 동안
에 있었던 일들을 내게 보고하진 않게 됐지. 제 어미의 꾸지람 때문인지
어느 틈에 말조심을 하는 것이 얼마 전까지만 해도 놀이터 주변에 새싹을
틔우던 나뭇가지만큼 성큼 자란 모습 같기도 해 대견스럽기까지 하더군.

    집안에서 일어나는 궂은일은 전부 아내에게 맡겨놓고 직장에 가 있는
낮 동안 내가 한 것은 아무것도 없었다네. 그런 미안함 때문에 나는 나대
로 괴로운 세월이었어. 인생은 고통을 안겨주면서 늘 새로운 성찰을 요구
해 왔다고 뒤늦은 깨달음을 얻은들 그 역시 소용없는 일이네. 여느 때와
다름없이 일렁여 와서 해변에 찰싹거리는 저 조수 간만干滿의 끊임없는 반
복 속에 스러지는 포말의 덧없음과 사람의 생애가 무엇이 다르겠는가.

    퇴행성관절염으로 오래 고생하시던 우리 어머니는 일흔 넷 되던 해엔
걸을 때마다 심한 통증이 왔고, 그때부터는 거의 일어설 수 없을 만큼 힘
들어 겨우겨우 기다시피 움직일 뿐이었지. 주위에서 인공관절수술을 권했

지만 어머니는 이 나이에 뭘 더 편하자고 수술이냐며 도리질을 하시곤 했어. 당시로선 수술하면 더 나빠지는 경우를 주변에서 종종 보았으니까. 같은 빌라에 사는 이웃의 어떤 늙은이는 수술부위의 감염으로 인해 화농이 생기는 부작용으로 몇 차례 수술을 거듭한 경우도 있었다네.

그런 사정들을 주변에서 들은 어머니는, 그냥 꾹 참고 살다가 그만 이대로 갈란다, 고 짐짓 아무렇지 않은 듯 말씀하시며 고집을 부리기 일쑤였어.

내가 의료기구상회에서 사온 환자용변기 위에 올라앉으실 때마다 노모는 이미 다 닳은 무릎연골의 통증을 호소하시는 거야. 그러니 아내가 곁에서 부축하지 않고는 꼼짝도 못하셨어. 그렇게 대소변을 치를 때면 당신의 흉한 꼴은 비록 자식이라도 사내에겐 안 보이고 싶다며 굳이 나를 방문 밖으로 내쫓곤 하시네.

그런 고집 때문에 기어이 큰 사단이 벌어졌지. 어머니가 일흔 여섯 살로 접어든 해였어. 한번은 가족이 다 잠든 깊은 밤중에 변의를 느끼신 어머니가 며느리를 깨우기도 민망하여 당신 혼자 힘으로 용을 쓰며 변기에 걸터앉으려다 털썩 방바닥에 나둥그러지신 거야.

그 일로 인해 그날 이후 어머니는 극심한 요통에 시달리셨어. 부랴부랴 대학병원의 정형외과로 가서 MRI며 초음파며 CT촬영 같은 몇 가지 정밀검사를 거친 끝에 담당전문의로부터 척추압박골절이란 얘기를 듣게 되었네.

척추압박골절이란 단순히 뼈에 금이 가거나 부러지는 골절과는 다르대. 서로 일정한 간격을 유지하며 맞물려 있어야 할 척추 뼈가 눌리듯이 납작해진 형태로 변형된 것이라는군. 골다공증이 있는 환자나 폐경기의 여성, 또는 노년층에게서 많이 발생하는 골절이래.

아무튼, 신경외과에서 먼저 그쪽 전문의로부터 그러한 설명을 듣고 나서야, 나는 노모의 뼈가 이미 곳곳에 삭아 퇴행성관절염뿐만 아니라 골다공증 환자였던 사실을 비로소 알게 된 거야. 이런 경우, 제대로 치료받지 않고 방치하게 되면 추가 골절에 대한 위험성 때문에 초기에 적극적으로 치료해 주는 것이 뭣보다 중요하다며 의사는 척추성형술을 받아야 하는 게 급선무라고 일러주더군.

굳이 그런 말로 권하지 않더라도 당장 어머니의 극심한 통증을 멈출 수 있다면 무슨 짓이라도 해야 할 판이었네. 나는 병원에서 시키는 대로 이른바 '골 시멘트 성형술'이라 부르는 시술동의서의 보호자 승인란에 사인부터 하였지. 그 수술이란 것이 뼈 성분의 골강화제를 액체로 만들어 주사함으로써 망가진 부위를 보강하고 동통疼痛을 완화시켜 주는 수술법이라더군.

입원해 있는 동안 대소변 때문에 낯가림이 몹시 심한 어머니를 위해 1인1실용 독방을 요청해 간병인 두 사람을 2교대제로 24시간 곁에서 수발을 들게 했지. 그런 식으로나마 아내의 힘겨운 일손을 조금 덜어준 게 당시 내가 할 수 있는 최선책이었어.

보름 뒤쯤 퇴원한 어머니는 평온을 회복하긴 했으나 여전히 대소변이 문제였지. 병원에서부터 줄곧 성인용 귀저기를 사용한 것이 습관이 되기를 바랐는데 퇴원 후로는 다시 변기사용을 고집하시는 거야.

"그러다가 또 다치면 재수술을 해야 하는데, 제발 좀 그만 고집 부리시고 그냥 귀저기에 용변을 보도록 하세요."

나는 속이 타서 어머니의 귀에 바짝 대고 고함을 질러대곤 했어.

어머니는 일흔 다섯을 넘긴 이후부터서는 보청기도 소용없을 만큼 현저히 시력이 약해지셨거든. 그 전까지는 그럭저럭 보청기를 이용해 의사소통이 가능했으나 갈수록 점점 귀가 어두워져 고함을 질러도 잘 알아듣지 못하시는 거였어. 꼭 전해야 할 말은 부득이 글로 써서 보여야 간신히 제대로 이해하시곤 했으니까, 서로가 답답하기 그지없었어.

시력에 별 이상이 없는 건 다행한 일이었지. 비록 노안老眼이긴 해도 돋보기를 끼시면 신문도 읽으셨고, 특히 도서관에서 내가 빌려다 놓은 책을 늘 옆에 두고 독서하시는 습관은 평생 한결같았어.

하반신을 거의 못 쓰게 돼 걷지를 못한 뒤부터 어머니의 일과는 방안에서 거의 책 읽는 것으로 소일하시는 게 전부였다네. 텔레비전은 귀가 먹은 이후로 자막이 나오는 프로만 간혹 시간에 맞춰 보시는 것 외엔 종일 눕거나 앉아서 생활했지. 그러다 보니 운동량이 턱없이 부족해 상반신만 비대해졌어.

대변 횟수를 줄이려고 당신 스스로 소식小食을 고집하는 것은 어쩔 수가 없다 해도 이번엔 또 목욕이 문제였네. 거실마루에 딸린 욕실까지는 간신히 기다시피 하여 다가가도 막상 욕조 안에는 들어갈 수가 없으니까. 아내 혼자 힘으로 부축하기에는 너무 무겁고, 그것 또한 위험했어. 부득이 욕조에 따뜻한 물을 받아 대충 씻기는 것으로 끝내는 식이지.

주변 사람들의 권고에 따라, 건강보험공단에 신청하여 장기요양 인증서를 받으면 장애등급에 따라 장기요양도 가능하다는 얘기를 나는 귀담아 들었다네. 지체장애 2급이면 보건복지부관할의 대행단체에서 정기적으로 파견하는 요양보호사들이 가정방문을 하여 간단한 환자수발 정도는 대신해준다더군.

나는 당장 건강보험공단에 신청을 했고, 거기에 희망을 걸었다네. 그리고는 어머니께 조만간 곧 장애상태를 점검하러 사람이 찾아올 거라고 자세히 글로 써서 알려드렸지.

"누가 찾아와서 이것저것 물어도 모르는 척 하세요. 그냥 기억이 없다고 대답하면 돼요. 어차피 귀도 잘 들리지 않으니까 하나도 못 알아듣는 척만 하세요. 아니, 아무 말도 마시고, 뭘 묻더라도 아예 아무것도 생각나지 않는 듯이 고개만 흔드세요. 그러면 돼요."

나는 글로 적어 보이며 그렇게 신신당부해 두었어.

사전에 알아본 바로는, 연령상 65세 이상의 장애를 가진 자면 누구나 해당이 된다고 하더군. 일차적으로 치매노인처럼 가족의 힘만으로는 도저히 감당할 수 없는 상태라고 판단되면 요양보호 인정 조사원의 재량만으로 심사가 끝나. 당장 정부기관의 보호를 받을 수 있는 장기요양이 가능하다는 거였지. 그 말은 기억력이 완전히 퇴화된 치매환자가 우선이라는 뜻이기도 했어. 그 외에, 중증장애이긴 해도 어중간한 상태라고 판단되면 국가지정 병원에서 특별히 의사의 소견서를 첨부하여 제출하면 이를 근거로 재심을 받을 수도 있다는 거였네. 그런 내용을 나는 간곡한 글로써 어머니를 설득하려 했지.

"안 된다!" 어머니는 강하게 거부하셨어. "내 집 놔두고 어디를 가겠다고 내가 거짓말까지 해야 하냐? 노인요양소 같은 덴 안 간다. 아니, 죽어도 난 그런 데는 못 간다."

"어머니를 요양소에 꼭 보내려고 하는 게 아녜요. 누가 와서 목욕만이라도 대신 시켜주면 일손이라도 좀 더는 혜택이라도 받고 싶다는 거죠. 그걸 모르겠어요?"

그러자 어머니는 뚱한 표정으로 더 이상 아무 말씀도 않고 있었으나 아들의 제안에 잔뜩 못마땅한 기색이 얼굴에 역력하셨지.

그 뒤로는 굳게 입을 다문 채 나를 외면하듯 돋보기를 꺼내 쓰시곤 펴든 책 속에 줄곧 시선을 박고 계셨어. 그것은 옆에서 설득하려드는 아들인 나를 더 이상 거들떠도 안 보려는 명백한 거부의 의사표시었어.

결과적인 얘기인데, 어머니의 독서 습관은 어쩌면 당신 나름대로 자기가 누군지도 모를 치매예방을 위해 부지런히 기억력을 단련시키는 방법이었던가 봐. 그것이 자신의 정체성을 잃는 망각의 공포를 극복하는 길이었는지도 몰라. 기억을 상실한 치매환자에겐 과거는 물론 현재도 사라지지. 그런 삶이란 산송장이나 다름없다고 생각하셨던 것일까. 우리 어머니는 그 사실을 누구보다 잘 알고 계셨던 것이라고 나는 훗날에야 깨달았지…….

어느 날, 건강보험공단의 연락을 받은 지역관할의 요양보호 인정 조사원이 어머니의 장애여부를 확인하러 우리 집을 방문했다네. 나는 출근한 뒤였기에 현장에는 없었어. 나중 아내한테서 자초지종을 전해 들었을 뿐이었는데, 어머니는 그 조사원이 글로 써서 꼬치꼬치 캐묻는 질문에 모든 걸 정확히 답변하더라는 거였어. 현재 살고 있는 집 주소며 전화번호, 연령, 가족관계, 간단한 계산 등등. 한 치의 틀림도 없이 명석한 기억력을 자랑이나 하듯 꼬박꼬박 다 말하는 바람에 조사원의 눈에도 '정상인'으로 판정할 수밖에 없었겠지.

"이보게, 젊은이. 내가 정신만 멀쩡하다뿐이지, 자네 보다시피 귀도 안 들리고 잘 걷지도 못하는 장애인인데, 어떻게 정상인 취급을 하냐? 장기요양소에 가는 건 나도 싫어. 허지만, 도우미를 보내 제대로 움직이지도 못하는 이 늙은이를 목욕이라도 좀 시켜주는 혜택이라도 베풀면 안 되냐?"

어머니는 그렇게 억지 항변을 늘어놓더라는 거야.

"할머니, 그건 제 마음대로 할 수 있는 일이 아녜요. 혜택을 드리고 못 드리는 건 규정에 따라 정해지거든요. 지체장애 등급에 따라 요양서비스센터에다 보호사의 출장을 요청하는 길도 있구요. 암튼, 저희로선 정해놓은 규정대로만 판단할 뿐……. 그게 나라에서 정해놓은 법이니까요."

"무슨 놈의 나랏법이 그래? 정신없는 사람만 돌본다는 게……."

답답해진 어머니의 퉁명스런 불만의 목소리에 더욱 답답해진 쪽은 도리어 그 조사원이었대. 그는 건강보험공단에서 인정하는 규모가 큰 지정병원에 가서 종합검진을 받고 의사의 소견서를 첨부하는 경우에 재심사를 받을 수 있는 딴 방법도 있다고 일러두고는 서둘러 가버렸다는 거야.

퇴근 후 집에 돌아와서 그 이야기를 아내한테 전해들은 나는 어머니가 원망스럽다기보다 집사람 대하기가 민망스러웠지. 이후로도 궂은일, 힘든 일을 고스란히 떠맡아야 할 아내의 심정을 생각하니 내 마음도 편치 않았어.

그 무렵 어머니는 입버릇처럼,

"자식 편한 앞길을 막고 있는 내가 얼른 죽어야 할 낀데, 모진 목숨이 이리 질겨서 늬들 고생시키고 걱정만 끼쳐 정말 미안타!……"

하고 자주 중얼대셨지.

조사원이 다녀간 그날도 어머니는 퇴근해서 들어온 나를 보자마자 아들의 기대를 보기 좋게 배반한 것이 딴은 미안스러운 듯 또 입버릇처럼 그 말씀을 하시더군.

"예. 잘 하셨어요. 어머니가 총명하시고 이 연세에도 기억력이 좋아 정신이 맑으신 건 주변이 다 아는 사실인데, 뭘 자책하시고 그래요? 어머니의 정직함 때문에 자식들이 골병드는 건 그다지 중요하지 않다는 뜻은 아니겠죠? 하기야, 치매에 걸려 자식도 못 알아보는 사람보다는 이렇게라도 멀쩡하게 사시니까 백배 나아요. 죽고 싶다는 소린 이제 좀 그만하세요. 안 그러셔도 어차피 사람은 한번 죽기 마련이니까. 제발 이젠 자식 며느리 고생시켜 죄스럽다니 어쩌니 하는 말씀도 듣기 싫고요.……"

나는 울컥 치미는 감정의 덩어리를 꾹 눌러 삼킨 대신, 잘 들리지도 않는 어머니의 귀에 대고 그렇게 고함을 내질렀다네.

"뭐라꼬?…… 지금 니가 뭐라 카는지 하나도 안 들린다."

어머니는 아들의 핏대 세운 지껄임에 심상찮은 기색을 느끼신 건지 유난히 예민해져서 나를 빤히 쳐다보셨어.

언젠가는 어차피 모두 세상을 떠나는 건 자연의 이법인데, 사시는 데까지 사셔야죠. 그러니 제발, 앞으로는 얼른 죽고 싶다는 말씀은 그만하시고 오래 사시라고요. 아무리 짧아도 여든까지는 너끈히 사실 수 있을 거니까, 이제 자식들 걱정은 마시고 마음 편히 지내세요. ― 나는 종이에 그렇게 적어 어머니께 보여드리고는 방문을 닫고 나와 버렸지. 그길로 몰래 집을 빠져나와, 근처 텅 빈 놀이터의 벤치에 앉아 막막한 어둠속에서 혼자 울음을 삼켰다네.

앞으로는 어떠한 마음의 상처에도 두려워하지 않을 만큼 충분히 강해져야 했지. 뭣보다 정작 필요한 게 그것이었어. 아내도 나도.

늘 한 자리에서만 눕거나 앉아 지내시는 동안 욕창이 생겨 괴로워하시기에 치료를 위해 어머니를 다시 병원에 입원시키곤 했어. 그런 삶이 되풀이 되었지.

아무튼, '입살이 보살'이란 말도 있잖은가. 어머니는 내가 말한 대로 그
럭저럭 여든까지 사시다가 돌아가셨어. 숨을 거두시기 전에 마지막 유언
처럼 남긴 말씀은 이랬다네.

"옛날에 장기요양소 말을 꺼낼 때, 늬들이 날 버리려 한다고 생각했지.
자식에게 버림받고 잊힌다는 건 죽음으로 나를 내모는 거나 다름없다고
생각했응께. 노인요양소란 데가 한번 들어가면 죽어서야 나오는 곳이란
걸 내가 왜 모르것냐? 거기 안 들어가려고…… 그래서, 절대로 나는 치매
환자 흉내를 안 내려고 했던 게야. 이 에미 마음, 인제 알것냐? 내사 죽을
때까지 내 가족 옆에 있고 싶었어."

가족이란 아주 단순하면서도 복잡한 것이더군. 너무도 묘한 관계로 얽
혀 있어 한마디로 설명이 불가능하지.

하지만, 우리 어머니가 '가족'이라는 말씀을 쓰실 때는, 사실은 '아들 식
구'라는 의미가 그 밑바닥에 깔려 있어. 평소에 어머니는 출가외인이 된
딸들을 가끔씩 걱정은 해도 결코 한 식구 취급은 안 해왔으니까.

그 내력이 좀 기막혀. 어린 첫아들을 폐렴으로 잃자 어머니는 그 상실
의 서운함이 너무 컸던가 봐. 딸자식은 눈에 차지 않고 어떻게든 아들을
보려는 욕심에 당시로서도 한참 늦은 서른아홉에 노산老産으로 나를 낳으
신 거야. 그건 아마 남존여비사상에 오래 길들여진 어머니 세대의 어쩔 수
없는 사고방식 탓이었겠지…….

아들 하나마저도 부족해 마흔 넘어 또 낳은 막내는 어머니의 바람과 달
리 딸이었어. 지금 불광동에 사는 내 여동생은 그렇게 태어난 거야.

근데, 어머니가 숨을 거두시기 전 새삼스레 '가족'을 들먹이신 게 예사
롭지 않더군. 생각할수록 참 이상한 느낌이 들어. 오래 전에 출가해서 이
미 '남의 식구'가 된 그 딸들을 잊지 못해, 부디 나더러 동기간同氣間인 그
여형제들을 잘 챙기라는 부탁 말씀같이도 들렸으니까…….

우리 어머니에 대한 나의 마지막 기억은 그처럼 묘하고도 복잡해.

　정작 얼굴을 맞댄 채 말하기엔 그로서 좀 쑥스러운 이런 내용들을 시우는 편지 속에 담아서 내게 전한 이후에도, 몇 차례 장문의 사연을 더 적어 보냈다.

　나는 그 편지들을 읽었고, 굳이 버려야 할 이유도 없어서 그냥 내 책상 서랍 속에 넣어두었다. 그러니까 결과적으로는 잘 간직하고 있었다는 의미와도 같다.

제8장 구름에 숨은 작은 섬

두호 형,

지난번에 내가 말한 《만요슈》 이야기 중 당대 일본 최고의 가인으로 손꼽히는 히토마로란 이름을 기억하겠지?

그에 관해 더 하고 싶은 말이 많아서 이렇게 다시 끄적거려 본다네.

하 형에겐 별 관심 없는 분야일지 모르겠다만, 저마다 세상을 바라보는 시선의 특이성에 따라 글의 성격도 달라진다는 점을 우리는 누구보다 잘 알고 있는 작가들이 아닌가. 요컨대 글 쓰는 업業을 가진 우리로서는 한 번쯤 이런 인물에 관해 논할 가치가 있다고 여겨 구태여 다시 언급하게 되네.

카키노모토 히토마로 ― 그는 '인생 말기의 눈으로 세상을 바라본 시인'이라고 나는 평가하고 있다네.

그는 결벽潔癖한 성품을 가진 자였어. 정쟁政爭에 휘말렸을 때 신변의 위험을 느끼고 사랑하는 처妻 의라낭자依羅娘子와도 이별한 채 홀로 되어 떠돌던 그의 피폐해진 심신과 심경의 변화 등이 그의 노래 곳곳에 스며들어 있네.

화동和銅 ― 일본에서 처음 구리가 발견된 것을 기념한 연호年號 ― 4년(711년) 4월에, 히토마로는 마침내 처형당했지. 수형水刑이었다고 전해지고 있어. 말하자면, 모진 '물고문'을 당한 끝에 죽은 거야. 한데, 처형되기 훨씬 전부터 이미 그의 시가 속에서 감지되는 죽음의 예감에 대한 그림자 같은 걸 엿볼 수 있다네. 내 느낌이 그래.

암유가暗喩歌 혹은 비유의 노래라고 불리는 짧은 그의 노래들 속에 절제된 미학으로 그런 것이 표현돼 있어. 그 죽음의 그림자는, 그가 애착을 갖고 바라보는 이승의 아름다운 자연과 대비되어, 더욱 서글픈 서정의 느낌을 빚어내는 거야.

어차피 이승에 남겨두고 떠나야 할 자연이 너무도 아름답고 투명하기에, 세상은 마치 창백하리만큼 투명한 유리창 너머로 바라보는 것처럼 느껴지는 것이지. 눈에 들어오는 모든 사물들의 속살까지 어렴풋이 비쳐 보이는 것 같은 느낌. 그렇기 때문에 응당 거기에는 죽음의 그늘까지도 희미하게 얼비칠 수밖에 없는 것이 아닐까.

죽음에 대한 불안과 공포의 강박관념 속에서, 도리어 더욱 강렬한 삶의 애착을 읊은 히토마로의 그런 대표적인 노래 가운데는 이런 게 있어. —

「是山黃葉下花矣我小端見反恋」《만엽집》 권7의 1306 암유가)
나는 이 노래를 다음과 같이 해독했네.

是 山 黃 葉 下 : 이 뫼 누른 닙 아래/ (이 산, 누른 잎 아래)
花 矣 我 : 곳 의 나/ (꽃이 나)
小 端 見 反 恋 : 져근 삭 보이 반 괴/ (작은 싹 보니 반겨)

노래의 대의大意를 파악하면,
「이 산의 누렇게 변한 잎사귀들 아래/ 뜻밖에 꽃이 돋아나/ 그 작은 싹 보니 날 반기는구나!」
대충 이런 뜻이 되겠지.
문외한들에겐 역시 한자가 지닌 여러 가지 뜻을 아는 게 중요한데, '단

端'이란 글자에는 '싹萌'이란 뜻도 있지. 현대어는 '싹'이지만, 고어는 '삭'이야. 그리고 '연戀'의 고훈古訓은 '괴'로서 그 의미는 총애寵愛였지.

정철鄭澈의 가사歌辭인 〈사미인곡思美人曲〉에 「님 ᄒ나 날 괴시니」(임 한 분 날 사랑하시니)와 같은 구절이 있고, 시간을 더 거슬러 올라 전시대인 고려 노래에도 나오지. 〈청산별곡靑山別曲〉에 「믜리도 괴리도 업시」(미워할 이도 사랑할 이도 없이)와 같은 용례가 보이거든. 하여간, 여기 이 '괴'(→ 고이)라는 말이 일본어 〈고이戀:こい〉의 어원이었던 거지.

어쨌거나, '만엽가'의 상당수가 실제 고대한국어의 음·훈을 빌려 한자로 기록된 게 아니었더라면 절대로 이런 식으로 별 무리 없이 술술 읽히지도, 의미전달이 될 리도 없겠지……

두호 형,

좀 장황하더라도 찬찬히 읽어주게. 지난번에 내가 말했듯이, 〈나만이 쓸 수 있는 글〉이라고 한 것은, 다름 아니라 이걸 염두에 두고서 지껄여본 소리라네. 그럴 거라고 벌써 짐작했겠지. 기왕 이야기가 나온 김에 나로서도 지난번의 내 말에 대한 변명 삼아, 좀더 구체적으로 설명하지 않을 수 없다고 판단되어 실례를 무릅쓰네. 그 무슨 현학적인 언설을 늘어놓아 잘난 체한다거나, 아니꼽게 문학 강의 따위를 하려는 생각은 추호도 없음을 믿어주게.

일반적으로 암유가 혹은 비유가란 것은, 〈어떤 자연 현상이나 사물을, 그와 비슷한 다른 현상이나 사물을 끌어대어 표현한 노래〉라고 하는 것쯤은 누구나 아는 상식에 속하지. 그러나 약간 전문적인 용어의 설명을 곁들이자면 — 좀 비약하는 느낌이 있긴 해도 — 한 사물이 그 자체가 아닌 다른 어떤 것을 대신하여 나타낼 때 그 사물을 상징이라고 정의하지. 나는 특별히 이 점을 염두에 두면서 이야기하고 싶어.

이때 〈대표되는 사물〉은 물상 — 즉, 물질적인 어떤 것 — 이지만, 〈대표되는 것〉은 비물상적非物象的인 어떤 것으로서, 사물이 가리키거나 암시하는 또 다른 의미의 영역을 나타내는 것이지. 이게 소위 '상징'이란 건데,

결국 이를 통해 최종적으로는 시인 자신의 심정을 담아내는 것이라고 설명할 수 있겠지.

암유가의 가장 두드러진 특색은 바로 이러한 상징적 표현에 있다는 게 평소의 내 지론이야.

나는 히토마로의 노래가 바로 이런 특징을 아주 잘 갖추고 있다고 보았어.

앞서 소개한 그의 시가만 해도 그렇다네. 우선, 그의 시선 속에 비쳐든 산의 나무들은 병든 안색으로 누렇게 시든 잎사귀를 매달고 있는 황량한 풍경이지. 계절로 치면 가을이 점점 깊어가는 때인 듯해. 여름 한 철 무성했던 녹음도 덧없이 퇴색해지기 마련인 계절…….

대상으로부터 받는 인상은 대개 그것을 바라보는 이의 주관적 심정의 반영인 경우가 허다해. 이것은 필경 시인 자신의 내면심리 속에도 어두운 그늘이 서리기 시작한 탓이라고 볼 수 있거든. 그처럼 인생의 말기적 눈으로 바라보는 세상은 모든 것이 허무하게 시들고 소멸해 가는 계절과 흡사하게 느껴질 뿐이니까.

을씨년스럽고 또한 고통스런 시절에는 차라리 아무런 꽃도 피어나지 말아야 할 터인데, 누런 잎사귀 밑에서 뜻밖에 부활의 상징인 꽃이 돋아나 그 가냘픈 작은 생명의 싹을 발견하곤 〈반긴다〉고 읊고 있잖은가.

이것은 하나의 역설이야! 모든 식물이 시들고 죽어가는 계절은 이 애처로운 꽃의 작은 싹에겐 정말 견뎌내기 힘든 끔찍한 시련기가 아닌가. 그래서 오히려 〈가련하다〉고 말해야 할 것을 〈반긴다〉고 바꾸어 표현한 진술은 분명히 역설적이지.

더 흥미로운 것은 목적어가 생략돼 있다는 점이랄까. 꽃의 싹을 발견한 시인 자신의 주관적 심정이 반영된 표현 〈(널) 보니 반갑다!〉란 말 대신에, 〈그 작은 싹 보니, (날) 반기네!〉라는 식의 전도顚倒된 내면심리를 보여준 점이 내겐 무척 흥미로워. 목적어가 생략됨으로써 주체와 객체 사이의 분명한 경계를 허물고, 어느 쪽으로도 해석 가능한 여지를 남긴 채 모호하게 처리한 그 점이 참으로 묘미가 있어.

이승에서 사랑했던 모든 것과 어차피 작별해야 할 사람 — 바로 그의 눈에 띈, 이처럼 끈질긴 생명에의 경외감을 빌려서, 다름 아닌 제 자신의 삶에 대한 강렬한 애착을 그 전도된 심리상태로 표출한 것일지도 모르지. 그래서 거꾸로 해석하면 〈마음은 한없이 고통스럽다〉는 뜻을 담고 있는 게 아닐까.

실제로 사람은 누구나 마음 편하고 즐겁게 살고 싶다는 생득적生得的 욕망을 갖고 있지. 하지만, 만약 조만간에 닥쳐올 죽음을 예감하고 있다면, 살고자 하는 그 욕망은 위협을 받고 그 자신 속에 억압된 형태로 웅크린 채 원래의 욕망을 변형시켜, 자신의 노래 속에 그 모습을 드러내겠지. 그래서 히토마로의 그 말기적 시선이 순간순간 머무르며 그려내는 스산한 풍경화의 전개 뒤에 마지막으로 포착했던 게 뭐겠어? 바로 이 작은 생명의 싹이었던 거지.

우리는 그것을 통해 생명에 대한 그의 끈질긴 욕망의 뿌리로부터 피워올린 '작은 싹'의 상징성으로부터 인간의 원초적 모습을 감지해낼 수 있는 거겠지. 그것은 역설적이게도 은폐된 삶의 불안이며, 죽음에의 예감이며, 그 자신 속에 억압된 생명에의 욕구란 것을.

이처럼 히토마로의 노래는 역설의 미학을 본질로 하고 있다네.

이 노래는 마치 T.S. 엘리엇의 《황무지》에 나오는 〈사자死者의 매장埋葬〉중 사람들 입에 즐겨 회자되는 그 유명한 구절을 연상시키지. — 「4월은 가장 잔인한 달./ 죽은 땅에서도 라일락은 자라고……」라는 내용의 비장미와 너무도 흡사한 분위기를 풍겨주잖아.

때때로 남들과 다른 관점으로 세상을 바라볼 줄 아는 문인의 탁월한 서정성은 천년 이상의 현격한 시공을 초월하여 부합한다는 사실에 나는 깊은 감명을 받았었네. 그건 아마도 소망의 어떤 부분은 현실에서 세운 가정假定 중의 하나와 일치한다는 깨달음에서 오는 감회 때문인지도 몰라. 게다가 이미 천여 년 전에 죽은 그 히토마로가 우연히 이 시대의 나를 만나, 나를 매개로 찬란히 내 속에서 부활한 뒤 이제 다시금 새로운 모습으로 현재에 존재하게 되었으니, 이거야말로 시공일여의 경우가 아닌가.

이런 사실에 접하면 시간이 동시대의 개념이란 것에 의문마저 생기지.

❖

두호 형,

우리는 만나면 이따금, 일본에서 최고 권위 있는 문학상인 〈아쿠다카와 상芥川賞〉을 받은 소설가들의 작품에 대해 각자 나름의 소감을 얘기하며, 열을 올려 토론한 적도 있었지. 세인世人들로부터 일본 문단에서 단 하나의 귀재鬼才라고 불렸던 그 아쿠다카와 류노스케芥川龍之介의 이름을 딴 문학상 말이야.

한데, 이미 잘 알려진 바, 그가 35세에 다량의 수면제를 복용하고 스스로 목숨을 끊기 전, 자신의 혈관 속에 흐르고 있을 광인의 피를 모친한테서 유전 받고 있다는 불안과 공포 때문에 오랫동안 강박관념에 시달렸던 사실도 우리의 화제에 오른 적이 있었지. 그래서 자살하기 전의 몇 년간을 그가 항시 죽음을 생각하며 바라본 세상은 보통 사람들의 시선에 비치는 세계와는 확실히 달랐을 것이네. 말하자면 도처의 사물들에 죽음의 그림자가 드리워진 것을 느꼈음직도 하지. 그 허무적 관념의 시선을 본인 스스로는 〈말기末期의 눈〉이라고 표현한 적이 있다는 걸, 하 형은 아는지?

《만요슈》 가운데서 이와 유사하게 〈생의 말기적 시선〉으로 바라본 세상을 읊은 시인이 바로 카키노모토 히토마로야. 특별히 개인적으로 그의 노래에 강한 매력을 느끼고 있는 나는, 그의 인생 말기의 눈으로 그려낸 또 한 편의 노래를 여기 소개하고자 해.

그 노래의 백문白文은 이렇다네. ─

「雲隱小嶋神之恐者目間心間哉」(《만엽집》 권7의 1310)

내가 이 노래를 어떻게 풀이했는지 봐.

　雲隱 小嶋 : 구룸 수믄 져근 섬/ (구름에 숨은 작은 섬)
　神之恐者 : 신 가두릴 곧/ (神을 가둘만한 곳)
　目間心間哉 : 눈 亽이 마음 亽이 재/ (눈 사이 마음 사이구나!)

　이 노래의 대체적인 뜻은, 「구름에 숨은 작은 섬/ 신神을 가둘 만한 곳이니/ 언젠가 내 영혼이 잠들 곳/ 눈으로 보는 사이, 내 마음 가운데 있구나!」— 이렇게 되네.

　차용한자 중에 '공恐'이란 글자는 현대어로 '두려울'이지만, 고어로는 '두릴'이라고 했거든. 그래서 '之(가)恐(두릴)者(곧)'이 되네. 세 글자 합치면 결국 '가두릴 곳' 즉, '가둬둘 만한 곳'으로 읽힌다고 설명하면 쉽게 이해되겠지. '哉'는 한문에서 감탄의 어조사로 쓰여, 우리말로 '~구나!' 혹은 '~도다!'에 해당해.

　아무튼 고대 일본인들의 의식 속에서 '구름'은 대체로 영혼의 심적 표상으로 이해되고 있었지.

　이런 설명에 대해서는 언젠가 내가 읽은 일본인의 저서를 통해 자세히 알게 됐어.

　시마네현島根縣에 있는 이즈모다이샤出雲大社의 최고 신관神官인 이즈모고쿠소出雲國造의 가계家系로 헤아려 제82대인 센케 다카무네千家尊統 씨가 지은 《이즈모다이샤出雲大社》에서 그 실마리를 찾을 수 있네.

　그 책에서 센케 다카무네 씨의 의문은, '이즈모いずも'는 어째서 '출운出雲'이라는 한자를 쓰는가, 라는 데서부터 출발하고 있었네. 그리고 나중엔 '구름[雲]'이란 문자가 '영혼'이라든지 '신'이라든지, 그밖에도 이와 유사한 의미를 표현하는데 일부러 사용한 문자였을 거라고 추측하기에 이르렀지. 요컨대, '구름'은 영혼의 심적 표상이었을 것이라는 설명이야. 물론 이것만으로는 막연한 설명에 지나지 않아.

좀더 명쾌하게, 구름이 영혼의 심적 표상임을 구체적으로 확정할 수는 없는 것일까? 이 의문에 대해 나는 또 다른 저서에서 해답을 찾았네.

이자와 모토히코井澤元彦 씨는 《역설의 일본사》란 저서에서 〈구름은 죽음의 이미지, 즉 죽음의 상징이다.〉라고 매우 간명하게 지적하고 있어. 상당히 흥미롭고 또한 그럴듯한데, 이에 대해 간단히 설명해 볼게.

일본의 최고신最高神인 '아마테라스'는 한자로 쓰면 '天照'이고 태양신이지. 그 태양신의 빛을 가로막는 방해자는 누구인가? 구름이 아닌가. 구름은 생명의 근원인 태양을 가려버리는 반역자며, 죽음의 사자使者이기도 하지. 그러므로 태양신 아마테라스를 반역하는 운기雲氣가 서려 있는 곳에는 요물妖物, 즉 성서적인 용어로 하면 '악마'가 살고 있지. 구름에 가려진 어둠은 일반적으로 죽음과 사악함을 상징해.

이처럼 성서에서 '어둠'에 해당하는 것이 일본의 신화에서는 '구름'이야. 그렇기 때문에 '出雲'이라고 하는 나라의 이미지도 이쯤에서 거의 확실해지지.

그러나 성서의 세계처럼 선과 악의 엄격한 대립이 없는 일본에서는, 구름은 사악한 악마의 상징이라기보다 단순히 죽음의 이미지가 더 강해. 그래서 옛날에는 사람의 죽음, 특히 고귀한 사람의 죽음을 일본에서는 '운은雲隱', 즉 '구름에 숨는다'고 했거든. 일본 고전문학의 백미白眉라고 알려진 《겐지모노가타리源氏物語》에도 〈운은편雲隱篇〉이 있는 정도니까.

이처럼 고대 일본인들의 의식 속에 구름은 죽음의 이미지로 인식되어 있었다는 일본인들의 주장을 그대로 수용하는 전제 아래, 히토마로의 시가를 들여다보면 그가 읊은 이 노래의 의미가 확연해져.

히토마로가 바라보고 있는 구름은 그 자신의 영혼의 심적 표상이었고, 또한 죽음의 그림자였지. 다시 말해, 구름인 양 창백한 외로움의 에너지로 불안하게 흔들리는 자신의 심리상태와 그의 눈에 포착된 구름은 동일한 것, 서로 다른 게 아닌, 외롭게 떠돌던 바로 그 자신의 영혼의 모습이었던 거야.

〈구름에 숨은 작은 섬〉雲隱小嶋 ─ 그곳은 죽음이 깃든 그윽한 장소지. 다른 말로 하면 그의 시선이 머무른 거기가 바로 유계幽界나 다름없어. 바람처럼 정처 없이 떠도는 자가 고달픈 영혼을 쉬게 할 공간으로서, 아무도 몰래 찾아가 숨고 싶은 작고 외딴 섬……. 그는 아마 그런 곳을 찾아 헤매고 있었던 모양이야. 무도無道한 세상에 어디를 가든 결국은 절망에 이르고 말 것을!…… 그런 심정으로 멀리 구름이 섬을 희미하게 가리고 있는 바다 쪽을 바라보면, 그 구름처럼 마음속에선 불안이 서서히 고개를 쳐드는 것이지.

지나온 인생이 즐거웠다고 느낄수록 그만큼 두렵고 쓸쓸해지는 감정과 죽음의 공포도 커가는 법이 아닐까. 병도 죽음도 괴로움, 사랑하는 사람과 헤어지는 것도 괴로움, 자기와 적대적인 사람과 만나는 것도 괴로움이라면, 사는 것 자체가 다 괴로울 수밖에 없지. 특히 죽음의 불안은 스스로를 옥죄는 공포의 근원이 되어, 예측할 수 없는 지점에서 구름처럼 움직여 온다고 그는 느끼지.

그처럼 구름에 숨은 저 작은 섬은 그에겐 죽음이 깃들인 곳, 그래서 신神을 가두어둘 만한 곳으로 인식하는 거야. 자기를 죽음의 세계로 데려갈 귀신에게 이끌려, 고단한 자신의 영혼이 쉴 수 있는 유일한 장소라고 여기며 눈으로 바라보는 사이, 그곳은 먼 데 있는 것이 아니라 바로 마음속에 있었구나, 라고 깨닫는 것이지.

이러한 깨달음은 다름 아닌 죽음의 예감이며, 미처 그 불안에 대비할 틈도 없이 죽음이 벌써 마음속에 어두운 그늘을 드리웠다는 암시인 거야. 인간이란 존재의 밑바닥에 깔린 불안의 정체를 이처럼 히토마로는 '구름'의 상징성을 통해 암유暗喩하고 있다고 보여.

이런 이유들로 해서, 이 시가를 포함해 그의 노래들은 '불안한 존재로서의 자기 인식'을 주제로 한 절창絶唱이라고 평가할 만해. 군더더기 없이 절제된 언어로 압축된 이미지, 불과 열세 글자 속에 자신이 표현코자 하는 모든 걸 담아내는 극도의 생략법, 어설픈 감상주의感傷主義를 배제하고 끝내 말하지 않는 부분을 무언의 여백으로 처리하고 있어. 그럼으로써 도리어 보다 많은 숨겨진 의미를 전달하는 그 암시적 수법은 가히 절제된 미학의 극치를 보여주지.

❖

두호 형,

지난번에도 말했듯이, 《만요슈》는 수록된 시가詩歌만 해도 대략 4,516수에 달하는 방대한 분량이야. 잘 알려진 대로 한자를 빌려 표기하는 방식에 의한 것이긴 하지만, 정격正格의 한문은 아니야. 이른바 〈만요가나万葉仮名〉라고 불리는 것으로 기록하고 있다는 것인데, 일본 학계의 통설로는 〈만요가나〉가 한자의 음과 훈을 빌린 일본어의 음표기音表記라고들 알고 있다네. 하지만 나는 그 통설이 오해에서 비롯됐던 거라고 생각해.

일본학계에서 분류한 〈만엽가의 시대〉는 대체로 다음과 같아.

광의의 만엽시대를 흠명欽明천황 원년에 해당하는 서기 540년부터 809년까지 약 260년간으로 잡고 있어. 그리고 만엽가가 활발히 성행하던 시대를 〈본격적인 만엽가의 시대〉로 구분한다면, 이것은 서명舒明천황 때인 629년부터 순인淳仁천황 때인 759년(淳仁 4년)까지 약 130년간을 말하지. 그리고 759년 이후를 〈만엽가의 종언시대〉라고 일컫는다네.

그렇기 때문에, 한·일 간에 자국의 언어로 부른 노래를 한자를 빌려서 표기하던 방식에 따라 지은 〈만엽가〉나 〈향가〉의 출현 연대가 동일한 6~7세기였던 것은 주지의 사실이라네.

소위 〈만엽의 시대〉, 특히 그 초기에 과연 '일본어의 음표기'로 완성돼 있었던가는 매우 의문스러워. 무엇보다 오늘날 《만요슈》연구자들의 대부분이 중세 이후의 일본어로 해독하고 있는 실정으로 미뤄보면, 나의 이러한 의구심은 배가(倍加)되거든. 더구나 현재 일본어인 '가나仮名 문자'는 서기 900년~1000년 사이에 만들어졌지. 이에 따라 일본어의 체계가 완성되었던 사정을 고려하면, 중세 이후의 일어체계에 의한 만엽가의 해독방식에는 아무래도 믿기 어려운 요소들이 많아.

구체적인 예를 들어볼게. 일본어 자체가 학문의 대상으로서 본격적으로 연구된 것은 에도시대(江戶時代:1603~1867) 중기부터였어.

이른바 '고쿠가쿠샤國學者들'이 일본어 연구를 위한 그룹을 형성한 것이 그 시초였네. 일본의 고전작품(가령, 고사기, 일본서기, 만엽집 등)으로부터 일본 고유의 사상과 정신을 밝히려고 한 것을 목적으로 했지.

맨 먼저, 에도 중기의 정치가며 주자학을 공부한 역사학자로서 아라이 하쿠세키(新井白石:1657~1725)를 꼽을 수 있어.

또, 고시가야 고잔(越谷吾山:1718~1787)은 속어와 방언에 관심을 갖고 전국의 방언을 수집해서 분류한 민속연구의 선구적 역할을 했고…….

나카노 류호(中野柳圃:1760~1806)는 에도 중기의 란가쿠샤蘭學者로서, 화란어(네델란드어) 문법을 본격적으로 연구한 최초의 일본인으로 알려져 있네.

끝으로, 후지타니 나리아키라(富士谷成章:1738~1779)를 빼놓을 수 없구먼. 그도 역시 에도 중기의 일본어학자이며 가인歌人으로, 품사분류 및 조사활용의 연구 등, 후세에 많은 영향을 끼쳤지. 그는 독학으로 한문과 중국어를 공부한 듯한데, 이른바 한문법 등을 참조하여 독특한 '일본어론'을 창조한 인물이야.

이들이 체계를 세운 '일본고전 독법'의 자가류自家流가 도리어 폐단이 되어, 고대일본어와는 완전히 달라진 오늘날의 일본어가 형성됐다고 해도 과언이 아니라네. 내 연구는 이런 점을 지적하는 방향으로 계속 나갈 거야. 최소한 《만요슈》와 같은 고전시가에 대해, 현재의 일본학자들이 대체로 주장하는 바를 내가 의심하게 된 것은 그런 까닭에서지. — 이로써 내 생각의 일단一端을 대략 피력한 셈인데, 하여간 앞으로 내 학문적 관심사가 어떤 방향으로 나아갈지 또 어디쯤에서 끝날지는 나 자신도 모르겠어.

그러나 분명한 것은, 이 일은 나만이 할 수 있고, 그리고 나만이 써낼 수 있는 글이 될 것임을 스스로 믿고 있다네.

❖

……이와 같이, 꽤 장황하고 긴 편지들을 몇 통 내게 보내온 시우는 그 내용의 말미에 최근의 심정을 적으면서, 그의 노모와 아내가 차례로 세상을 떠난 이후에 겪은 상실의 아픔을 간간이 고백하고 있기도 했다.

그제야 나는 《만요슈》의 가인 카키노모토 히토마로의 노래를, 그가 왜 그토록 자기 일처럼 소상하게 적어 보냈는지를 비로소 이해할 것 같았다.

이 편지들을 끝으로 더 이상의 연락은 없었고, 나 역시 마찬가지였다. 그래서 자연히 우리의 관계는 소원해졌다.

한 계절 끝에는 또 다른 계절이 찾아드는 휴지기休止期가 있게 마련이다. 그렇다 해도 그의 절필 기간은 너무 길었다. 어느 틈에 조시우는 문단에서 잊힌 작가로서 마치 오랜 동면기에 접어든 것처럼 작품 활동을 완전히 중단하고 있었다.

하기야, 동면에 든 짐승에겐 생존을 위해 죽은 듯이 엎드려 지낼 만한 공간이 필요한 법이라고 달리 해석할 수도 있었다. 그러나 그 오랜 휴식이 과연 그에게 존재에 대한 성찰의 시간으로 꼭 필요했던 것일까?

그 뒤 아무도 시우의 소식을 아는 친구가 없었다. 아니, 딱 한번, 그것도 뜻밖에 일본에서 그가 보내온 엽서를 나는 받은 적이 있다. 1994년 8월 중순쯤인가, 도쿄도東京都 오-타구大田區의 소인이 찍힌 엽서였다. 서로 소식을 모르고 지낸 지 5년 정도 됐을 때였다.

그러나 단순히 관광여행의 목적으로 그가 일본에 간 것이 아님을 나는 단번에 알 수 있었다. 자세한 사연을 다 적을 수 없는 안부 엽서라곤 하지만, 〈일본에 온 지 벌써 1년째〉라는 간단한 구절만 읽고서도, 나는 그가 어떤 연유 때문에 장기체류하고 있다는 사실을 짐작하기에 충분했다.

그 연유란 것이, 언젠가 그가 말한 대로, 본격적인 《만요슈》 연구를 위해 도일渡日했을 것으로 나는 지레짐작해 보았다. 기어코 제 갈 길 찾아간 건가, 이거 참, 웃기는 친구로구먼. 쓸데없는 일에 정력을 낭비하느니 소설 쓰는 일에다 전력을 쏟으면 더 좋을 걸. 공연히 재능을 썩히는 게 아까워, 라고 나는 쯧쯧 혀를 찼다. ― 솔직히 그때의 내 반응은 그랬다.

지금으로선 상당히 세월이 많이 흐른 옛날 일이지만, 그게 1994년 8월이었음을 나는 분명하게 기억한다. 바로 그 한 달 전인 7월에, 북한의 김일성이 묘향산 별장에서 급성심근경색으로 사망했다는 언론보도로 한반도 전역이 들썩거렸던 해였기 때문이다. 무소불위의 권력을 휘두르고 있던 김일성의 급사로 인해, 어쩌면 북한정권의 붕괴가 앞당겨지고 머잖아 남북통일이 이뤄질지도 모른다고, 막연한 기대와 열망을 담은 화제들이 여기저기서 나돌았다. 많은 사람들이 세계에서 유일한 분단국가로 남아있는 한반도의 꿈같은 '통일' 얘기로 그렇게 들떠 있었다.

그리고,

그해 여름은 정말 유난스레 더웠다. 연일 대지를 물쿠던 그 찜통 속 같이 지독한 무더위까지 나는 생생히 기억한다.

나는 언제부터선가 역사적인 큰 사건과 내 개인적 경험과를 결부시켜 지난날들을 기억해내는 습관이 생겨 있었다. 언제 어디서나 쉽게 떠올릴 수 있어 시공의 파괴가 가능해지는 그 기억 방법을 나는 '존재에의 기억술'이라고 스스로 명명했었다.

다른 사물과 결부시켜 떠올리는 나의 그 기억술에 의하면 단 한 번의 그 엽서 건件 외에 시우와 나 사이엔 더 이상의 교분交分이나 연락도 없었다. 아니, 연락은커녕 두 번 다시 얼굴을 본 적도, 전화상으로 직접 목소리를 들은 적도 없었다. 1994년 8월 이후로 나는 그의 행방조차 몰랐다.

그렇게 서로 까마득히 소식을 모른 채 우리의 관계는 점점 소원해졌다.

제9장 마음이 이어지는 희미한 길

내가 하연廈衍과 우연히 재회한 것은 1998년 3월 초순의 일이다. 그 무렵 내가 일하고 있는 출판사에서 그리 멀지 않은 곳에 있어 찾아간 마포의 그 〈다사랑茶舍廊〉에서였다.

1992년부터 나는 마포에 작은 출판사를 하나 차려놓고 6년 가까이 그 럭저럭 운영해 가던 중이었다.

내 기억에 따르면, 1992년은 미국 LA에서 흑백 인종갈등의 원인으로 4월에 폭동을 일으킨 흑인들이 미친 듯이 거리를 휩쓸던 와중에, 코리아타 운이 애꿎게 피습을 당하기도 한 해였다. 그해 6월에 나는 마포에 사무실을 임대하여 직원 서너 명을 둔 소규모의 출판업을 시작한 것이다.

1984년 가을에 처음 시우의 소개로 알게 된 다사랑의 '양애갓국' 맛이 문득 생각나 오랜만에 다시 찾아간 것이다.

다행히 다사랑은 옛날 그 자리에 그대로 있었다.

과거엔 큰길에서 조금 안쪽으로 더 들어간 약간 후미진 곳이었다고 기억됐는데, 다시 와보니 주변 경관은 몰라보게 변해 있었다. 가로街路가 정비되면서 어느 틈에 그 일대는 현대식 고층건물들과 번듯한 상가의 어리 어리한 쇼윈도가 즐비한 지역으로 탈바꿈돼 있었다.

그러한 가운데서도 큰길과 맞닿은 인도人道 쪽에 면한 출입구에 천개식

天蓋式 지붕을 인 찻집 다사랑의 그 황토벽 건물은 오히려 지나는 사람들의 눈길을 잡아끌기에 충분했다. 담쟁이덩굴이 황토벽을 온통 감싸듯이 얼크러진 사이사이에 통유리로 된 창문 안쪽으로 은은한 실내가 엿보이는 모습 등이 마치 고색창연한 빛을 발하듯이 더욱 돋보였다.

그 뒤로도 나는 출판사와 그다지 멀지 않은 거리여서 더러 여기를 찾곤 했다. 대개 혼자 차를 마시러 왔지만, 누구를 만나거나 할 경우에 약속 장소를 이곳으로 정하기도 했고, 어떤 때는 사무실 직원들과 회식을 하러 들르기도 했다.

특히 찻집 주인인 이 여사님은 여전히 옛 모습 그대로였다. 단지 전에는 못 봤던 주름살이 얼굴에 제법 생겨났을 뿐, 그 단아한 용모엔 별로 변함이 없었다.

우리가 낙서판이라고 부르던, 한쪽 벽면의 그 메시지판도 여태 그대로 있었다.

"아직도 저게 그냥 붙어있군요. 요새처럼 휴대폰 가지지 않은 자가 없는 시절에 누가 저런 걸 이용할 거라 생각하겠어요? 이젠 치워버리세요. 그 대신 저 자리에 그림 같은 걸 붙여두면 훨씬 낫겠는데요."

라고 내가 말했더니, 이 여사는 보잘것없는 것이라도 이 찻집의 역사적 유물에 속하는 거라면 그냥 일종의 장식처럼 그대로 둔다는 거였다. 옛날에 와본 적이 있던 사람은 오히려 저걸 보고 새삼 감회에 젖는 경우도 있다면서.

그 집의 양애갓국 맛도 맛이려니와, 나는 이런 변함없는 이 여사의 살가운 정에 끌려 더 자주 찾게 된다는 표현이 알맞았다. 84년 이후 상당히 오랜 세월이 지난 뒤에 처음 나를 보았을 때도 무척이나 반갑게 맞아주며 시우의 안부를 물었는데, 내가 방문할 때마다 이 여사는 그의 소식이 궁금한 모양이었다. 그때마다 내 대답도 한결같았다.

"요샌 도통 못 만나요. 국내에 있지 않고 아마 일본 어딘가에 체류하고 있지 싶은데, 저도 자세한 사정은 잘 모르고 있어요."

라고 건성 대답하고 만다.

실제로 시우에 관해 아는 바는 그 정도였고, 평소 까마득히 잊고 지냈던 것이다.

"그럼, 전화로도 아예 연락이 안 되나요?"

하고 재차 진지하게 묻기에, 나는 전혀 연락이 안 된다고 말하고, 94년도에 도쿄 근방의 어딘가에서 보낸 엽서를 한 장 받은 것을 끝으로 그의 소식을 통 알 길이 없다고 답했다. 그랬더니, 그녀는 이후부터 시우에 대해선 더 이상 아무것도 묻지 않았다. 어쩌면 이 여사는 시우의 근황을 알고 있으면서도 짐짓 나를 떠보는 것 같은 느낌조차 들었으나, 그건 나와 별 상관없는 일이었다.

1995년 6월 29일, 마치 홀연히 불어닥친 돌풍에 쓰러지듯 삼풍백화점이 일순간에 붕괴되는 사건이 서울 한복판에서 벌어졌다. 그 어처구니없는 소식을 접한 것도 이 찻집을 몇 번 드나드는 동안에 있었던 일 중의 하나였다.

그리고 2년 뒤인 97년, 8월 6일엔 대한항공 여객기가 괌 언덕에 추락했다. 태평양 상에 위치한 그 섬의 비행장 활주로 근처 언덕에 부딪쳐 탑승객 전원이 사망한 이른바 '괌 참사'가 발생한 것이다. 그해에 북한의 사상적 지주였던 황장엽 씨가 남한으로 망명해온 것도 한반도 정세에 대한 세계사적 큰 이슈가 되었다.

또 얼마 전에 터진 IMF 사태를 맞아 경제 불황의 여파가 바람처럼 사회 전반을 휩쓸며 곳곳에 악영향을 미치고 있던 때였다.

영세한 나의 출판사도 그 여파로 자금資金 회전이 순조롭지 못해 운영난을 막 겪기 시작하던 이듬해 초봄, 하연을 뜻밖에 이 다사랑에서 보게 된 것은 그런 어느 날이었다.

하연을 마지막으로 본 것이 내가 고등학교를 막 졸업하고 대학에 입학한 해인 1965년 2월 말경이었으니, 그럭저럭 지내온 세월이 벌써 33년째였다.

헤어져서 못 본 지 30년 넘게 지나면 모습도 많이 달라진다. 그러나 우리는 같은 홀 안이라 해도 저만치 떨어진 통나무탁자를 가운데 둔 칸막이 안에 각기 자리를 잡고 앉아 있었는데도, 대각선상에 위치해 있었기에 비스듬히 서로 눈이 마주치는 순간, 거의 동시에 어어, 하는 소리를 발했다. 그리고는 벌어진 입을 다물지 못한 채 긴가민가한 표정으로 한참 마주 바라보았다.

하루에 유동인구가 천만 명이 훨씬 넘게 북적거리는 이 번잡한 서울에서, 그것도 30년 넘게 소식을 모르고 살았던 옛 지인과 엉뚱한 장소에서, 전혀 예상치도 못한 재회가 이뤄진다는 것이 과연 가능한 일인가.

참으로 기묘한 우연이란 것이 믿기지 않아 나도 그녀도 다만 소스라칠 만큼 놀라서 어리둥절한 상태였다. 이게 정말 현실인지, 가까이서 확인이라도 하지 않고는 못 배길 것 같은 심정에 나는 그만 벌떡 일어나 그녀에게로 다가갔다.

"저어, 혹시 문 하연 씨…… 아닌가?……요."

그녀는 대꾸도 없이 그냥 내 얼굴만 한동안 빤히 들여다보았다.

"……너, 하연이 맞지?"

어지간히 확신이 서지 않으면 대뜸 그런 반말로 하대할 수가 없다. 말없이 내 얼굴만 쳐다보던 그녀의 표정이 다음 순간엔 창백하다 못해 파랗게 질렸다.

"아! 두호 오빠…… 맞죠? 좀 전엔 안 믿겨서. 그냥 긴가민가하고…… 닮아도 참 너무 닮았다고 여기면서 깜짝 놀라고 있었는데, 역시 그렇군요. 이게 얼마 만이죠?"

한 번 말문이 터지자 그녀는 이말저말 연거푸 쏟아냈다.

"내가 대학에 입학한 그해였으니까 하연이 넌 막 고등학교 들어가던 때였고……. 그러니까, 그게…… 벌써 삼십년도 넘은 아득한 옛날이네."

"정말 세월도 빠르군요!"

그녀는 약간 과장된 감회에 젖는 목소리를 꾸며, 어쩐지 이 어색하고 낯설기까지 한 재회에 대해 난감한 감정을 얼버무리려는 태도를 취했다.

"그래. 정말 반가워! 한데, 여긴 어쩐 일로?……" 나는 성급히 물었다.

그녀가 혼자 앉아 있는 것이 이상해서, 혹 누군가를 여기서 만나기로 약속하고 나와 있는지를 알고 싶어서였다.

"누굴 좀 만나려고요. 아직 시간이 남았지만, 다른 볼일도 없고 해서 미리 오다보니, 약속 시간보다 내가 먼저 온 셈이 됐네요."

"그래? 누굴 만나는데?……"

알고 싶은 진짜 내 관심사가 그것임을 들키지 않으려고 최대한 담담한 어조를 가장하며 물었다. 순간, 질문의 저의를 이미 눈치 챈 양 하연은 희미한 미소를 머금는다. 그녀의 입 꼬리가 살짝 위로 치켜 올라가면서 하얀 치아가 살짝 드러났다.

"불광동에 사는 시누이랑 만나기로 했어요. 소문에 이 집의 양애갓국 맛이 좋다기에……"

"응. 그래. 사실이야. 나도 그 때문에 가끔 오니까."

그러고 나선 금방 할 말이 막혔다.

이런 어색한 순간에 알맞은 대화가 생각나질 않았다.

우선 그녀에 대해 궁금한 게 너무 많았다. 마음 같으면 이것저것 두서없이 마구 질문을 쏟아내고 싶었다. 어디서 살며 어떻게 지내는지, 자식은 몇 명이며 지금 무슨 일을 하고 있는지, 또 과거에 내가 그녀에게 하고 싶어 벼르면서도 끝내 말하지 못한 이야기들과……. 그리고 무엇보다 그녀가 행복한지를 알고 싶었다.

올해 내가 쉰세 살이니까 묻지 않아도 지금 하연은 쉰 살임이 분명하다. 온갖 지난 사연들을 포함해 서른세 해 동안 내 가슴 깊숙이 맺혀 풀리지 않는 어떤 응어리들을 속 시원하게 털어내고 싶은 게 한두 가지가 아니었다.

하지만 나는 무슨 말부터 해야 좋을지 몰랐다. 아무래도 이 순간에, 미리 생각지도 못했던 이런 자리에서는, 섣불리 입을 뗄 수가 없었다.

"고향에, 부모님들은 평안하신지?…… 두 분 모두 아직 살아계시지?"

고작 내가 던진 질문은 마음속에 있는 모든 궁금한 것들을 다 젖힌, 이런 엉뚱한 것이었다.

"아니, 어머닌 아직 고향에 계시지만…… 아버지 돌아가신 지는 제법 돼요."

하연은 말하고 나서 잠깐 눈길을 딴 데로 돌렸다. 그러나 별다른 감정을 싣지 않은 담담한 말로 대답하는 걸 보니, 평소 그토록 외동딸을 애지중지하시던 그 아버지의 별세로 겪었을 그녀의 슬픔이 가라앉은 시간도 오래 지난 듯했다.

"아! 그렇구나. 난 몰랐어."

"하지만 난 오빠에 대해서 제법 많이 알아요. 그동안 소설가로 명성을 얻고, 좋은 작품도 많이 쓰고 있다는 거, 잘 알고 있어요. 직접 오빠 소설책도 구해서 더러 읽었거든요."

"이거 참, 영광이네. 하연이가 내 글을 다 칭찬해주니 고맙기도 하고 쑥스럽기도 하고……."

우리의 대화는 자주 끊겼다.

나는 좀 망설이다가 기어코 말했다.

"나도 돌아가신 아버지 제사 때면 가급적 거제도 고향에 내려가곤 하는데, 꽤 오래 전 일이라 정확한 연도는 모르겠고……, 한번은 제삿날에 오신 한산도의 큰누님한테서 얼핏 들은 이야긴데, 하연이 네 남편이 통영지역 국회의원에 당선됐단 소문을 들은 거 같은데……. 요즘도 여전히 정계에서 활동하고 있나?"

갑자기 하연의 표정이 어두워진 듯했다. 미간이 좁혀지며 당황한 듯 몇 번 눈을 깜박거리고 나를 쳐다보는 그녀의 속눈썹엔 미미한 떨림이 보였다.

"그런 얘기는…… 이 자리에서 안 하는 게 좋겠어요."

사생활에 관해선 가급적 속내를 드러내고 싶지 않은 듯 그녀의 단호해진 목소리에 나는 찔끔해서 속으로 아차! 싶었다.

실은, 그 당시 누나한테 전해들은 얘기로는 ―"국회의원인가 뭔가 한답시고, 돈 많은 장인영감 구슬려가며 처가 살림까지 두어 번 말아먹었지"라고 시답잖게 말한 듯한데 ― 하연의 남편은 아무튼 상당히 젊은 나이에 일찌감치 시의원市議員을 거쳐 지역 국회의원에까지 출마해 두 번인가 세 번째, 실패 끝에 마침내 당선됐다고 했다. 하지만 나는 그런 자세한 사연까지 물어볼 수는 없었던 것이다.

더 이상 할 말을 잊고 머쓱해 있는데, 마침 하연과 만나기로 약속한 사람이 나타나자 우리의 짧은 만남은 거기서 끝났다.

"언젠가 한번 따로 만나고 싶은데 시간 있겠나?" 나는 새로 온 손님이 그녀의 옆자리로 오기 전에 얼른 말했다.

"네. 그러죠. 가까운 시일에 전화 드릴게요."

나는 서둘러 그 자리를 일어서면서 하연에게 나의 연락처인 출판사 주소와 전화번호 등이 적힌 명함을 건넸다. 그리고는 갑자기 사무실에 볼일이 생각났다고 둘러대고 자리를 떴다.

그러나 헤어져 돌아오면서, 왠지 그녀가 자신에 관해 뭔가를 애써 숨기고 싶어 한다는 인상을 지울 수가 없었다.

제10장 바람결에 들은 이야기

마음 한 구석에 늘 빈자리를 만들어놓고 옛 사랑에게로 돌아가는 길을
찾고 있던 젊은 시절, 하연은 내게 첫 사랑의 아이콘이었다. 이루지 못해
더 목마른 그 오래된 사랑 — 첫사랑은 언제나 그런 아쉬움 속에 기억되기
마련인가.

고등학교를 갓 졸업하고 대학입학 통지서를 받아 신입생 등록도 막 끝
낸 2월에 고향 둔덕에 며칠 쉬러 내려온 김에 나는 한산도의 큰누나 집을
방문했다. 참 오랜만이었다. 그 무렵 자형은 한산면장閑山面長으로 승진해
있던 때라 진두리에 있는 면소 옆 관사館舍에서 살고 있었다.

관사의 정원에는 따뜻한 섬 지방에서 쉽게 볼 수 있는 팔손이나무, 비
자나무, 후박나무, 그리고 매우 흔한 동백과 유자나무 등속이 잘 자라 있
었다. 게다가 봄을 알리는 매화가 벌써 가지마다 주렁주렁 꽃숭어리를 매
달고 있었다. 규모가 작은 초라한 섬마을 관청에 딸린 사택이라고는 생각
할 수 없을 만큼, 보기 좋게 손질된 정원까지 포함하면 꽤 넓은 집이었다.

내가 누나네 집을 찾은 제일 큰 목적은, 조금도 거짓 없이 말하면, 하연
의 소식을 알고자 한 거였다. 그 이외의 것은 모두 중요하지 않았다. 어엿
한 대학생이 되었음을 친지에게 자랑하고픈 기쁨보다 하연에게 그런 내
모습을 보여주려는 뿌듯함으로 들떠 있었다는 게 더 정확한 표현이다.

나는 지나가는 말투로 하연의 안부를 물었고, 때마침 그녀가 아직 고등학교 개학을 앞두고 한산도의 집에 와 있다는 소식을 누나로부터 들었다.

"설마 날 잊진 않았겠지? 내가 중학교 들어간 해부터 못 본 지 6년이나 지났는데 날 보면 알아볼 수 있을까? 아마, 못 알아보겠지.……"

"에이, 설마 그럴 리가 있겠냐? 늬들이야 진짜 오누이처럼 지냈는데…… 외출 안 했다면 아마 지금쯤 집에 있겠지. 내가 전화해서 하연이 있는지 확인해 볼게. 모처럼 한산도 온 김에 그 댁 어른들한테도 인사드리는 게 도리지."

1965년 당시라면 이런 후미진 섬에서 전화기는 관공서의 사무실 혹은 각 기관장이 사는 관사 등에나 가야 볼 수 있었고, 하연이네와 같은 부잣집을 제외하면 일반가정에선 아주 귀한 물건이었다. 누나가 집전화로 직접 연락해 주겠다는 일상의 단순한 말까지 일반인에겐 신분의 과시 같은 냄새가 은근히 묻어나는 것으로 들릴 만한 시절이었다.

어쨌든 누나가 자연스럽게 다리를 놓아주어 마침내 그토록 갈망하던 하연과의 재회가 이뤄진 그때가 의외로 평생 내 가슴에 아로새겨진 상처로 남게 될 줄이야!

하지만 방문 첫날만은 달랐다. 6년 만에 다시 서 보는 그녀의 집 앞 출입구엔 그동안 장미넝쿨이 스테인리스강鋼의 아치를 휘감고 있을 정도로 자라 있었는데, 흰 페인트칠을 한 낮은 목책처럼 생긴 그 사립문은 반쯤 열려 있었다.

누나로부터 이미 내가 방문한다는 전갈을 받았는지 하연은 이층 베란다의 난간에 나와 서 있었다. 나를 보자 활짝 웃으며 손을 흔들었다. 바로 거기까지는 내가 항시 상상 속에서 그녀를 만나는 장면을 그려왔던 순서와도 일치했다.

그동안 나는 〈로미오와 줄리엣〉 같은 사랑의 줄거리를 내 상상 속에 끌어다가 되잖은 이야기를 꾸며놓고 현실과 혼동했는지도 모른다. 어쩌면 고등학교 시절, 국어 선생님이 필독서로 권장한 《세계명작소설선집選集》

과 《한국단편문학전집》을 소장본으로 각각 한 질帙씩 사서 틈만 생기면 한 권씩 겨드랑이에 끼고 다니며 탐독했던 그 영향이 더 컸을 것이다. 그 무렵부터 화가로서의 길을 걷기보다는 소설가로서의 내 장래를 막연히 꿈꿔 왔을지도 모르겠다.

하연이 내 앞에 나타나는 순간, 나는 두 팔을 벌린 채 우러러 보고 그녀는 내가 어린 시절부터 부러워했던 그녀의 방 앞, 그 높직한 베란다에서 아래를 내려다보는 그런 장면을 곧잘 떠올리곤 했다. 그것은 허구와 상상 속에서만 가능한 스토리지만, 로미오와 줄리엣 못잖게 분명히 내게는 완벽한 만남의 순간으로 그려보던 상황이었다.

나는 그 집 마당으로 들어섰다. 그 순간의 느낌을 어떻게 설명해야 좋을까? 적당한 비유를 나는 금방 생각해냈다. — 이제 곧 열일곱 살로 접어드는 처녀애한테 마음을 사로잡히고 감정마저 소유당한 상태를 오히려 도취된 기분으로 행복하다고 느끼고 있는 한 청년이 들어선 곳은 단순히 그녀의 집 출입문이 아니었다. — 6년간의 긴 거리를 돌아 이제 막 결승점을 통과한 순간의 마라토너가 느끼는 환희 이상의 어떤 가슴 벅찬 곳이라는 것을.

나는 그날 하연의 집안 어른들께 인사를 올렸다. 그녀의 가족들은 이미 몰라 볼 만큼 장성한 나를 아주 대견해하시며 내 손을 꼭 쥐어주시기까지 했다. 하연이도 반갑게 나를 맞아주며 계속 옆을 떠나지 않았고, 이윽고 자기의 방으로 나를 안내했다. 그녀와 이렇게 가까이서 함께 한다는 것만으로도 흥분해서 나는 어쩔 줄을 모를 지경이었다.

하연은 꾸준히 미술공부를 하고 있었고, 그 무렵 벌써 화가로서의 장래를 설정한 인생을 준비하고 있는 듯이 보였다. 그녀의 방안 곳곳에는 그녀가 직접 그린 수채화의 풍경을 담은 액자들이 걸려 있었다. 그리고 그녀는 학교에서도 특별활동 시간에 미술반에서 열심히 기초를 닦으며 화가로서의 꿈을 키워가는 중이라고 했다. 또 최근에 와선 본격적으로 유화를 시작했다는 말도 했다.

나는 십대 소녀들의 허영심을 자극해서 마음을 끄는 방법을 어느 정도 알고 있었다. 그녀들의 관심에 부응하는 척하며 그 분야에 관한 전문적 지식을 은근히 자랑하는 것 말이다. 의외로 그 방법이 잘 먹혀들고 꽤 효과적일 때가 있다.

그런 속셈으로 나는 하연에게 현대회화의 거장들, 특히 프랑스를 중심으로 활약했던 인상파 화가들을 들먹였다. 마네, 모네, 세잔, 고흐와 같은 이름들을 열거하면서, 장차 더 나은 미술공부를 위해선 아무래도 파리로 유학을 가야지 않겠느냐고 듣기 좋은 소리를 지껄였다. 책에서만 읽은 남불南佛의 생폴드방스는 과거에 마티스, 르누아르, 피카소, 샤갈 등이 찾아와 작품 활동을 한 〈매-둥지[鷹巢]마을〉이란 곳이 있다는 얘기를 꺼내어 하연의 이국적 동경심을 한껏 자극했던 것이다. 절벽 위에 마을이 형성된 것을 빗대어 그런 재밌는 이름이 붙었다고 설명하면서.

"두호 오빠도 여전히 미술공부에 관심이 있었나 봐. 이번에 대학은 무슨 과를 택했어?"

"나도 한 땐 미술과로 갈까 하고 상당히 고민했는데…… 아무래도 내겐 문학 쪽이 취향에 맞는 것 같아. 그래서 국문과에 입학했지. 그래도 틈틈이 그림공부는 취미생활로 계속할 거야."

"응. 그래?"

문학 얘기가 나오자 금세 그녀는 별 관심이 없다는 반응을 보였다. 하지만, 나는 문학을 택한 나 자신을 좀 변명하고 싶었다. 그럼으로써 하연에게 옛날과 다른 내 존재를 인식시키는 방편으로 삼고자 했다.

나는 《세계명작소설선집》에서 읽었던 거의 모든 작품들의 보편적 주제가 '존재와 사랑'이었다는 점을 강조했다. 인간은 궁극적으로 고독한 이방인, 자아의 정체성을 찾아 바람처럼 떠돌며 끊임없이 스스로에게 존재 이유를 질문하는 회의자懷疑者 — 그러기에 인간이라면 누구나 영원한 로맨티스트야, 라고 나는 말했다.

그리고, 아주 오래된 역사서에 기록된 로맨티스트로서 대세大世와 구칠

仇柒이란 인물이 《삼국사기》에 나온다고 예를 하나 들었다. 신라 진평왕 9년(587년) 가을, 음력 7월에 두 사람이 해외로 달아나 버렸다는 기사가 그것이다.

대세는 내물왕奈勿王의 7대손으로 이찬伊湌 동대冬臺의 아들인데, 그는 평소 〈이 좁은 신라의 산골 속에 살다가 일생을 마친다면, 마치 연못 속의 물고기와 조롱 속의 새가 푸른 바다의 넓음이나 산과 숲의 너그럽고 한가함을 모르는 것과 다를 바 없지〉라고 생각했다.

하여, 장차 떼배를 타고 바다에 떠서 양자강 유역의 오吳나 월越로 들어가 차츰차츰 스승을 찾아 도道를 명산名山에서 구하려는 꿈을 갖고 있었다. 그리하여 만일 평범한 인간계에서 벗어나 신선의 경지를 배울 수 있다면, 표연히 바람을 타고 휑한 허공 밖으로 날아갈 수도 있을 터이니, 이야말로 천하에 기이한 놀이며 볼 만한 광경일 거라고 믿었다.

그는 동행할 사람을 구하다가 마침내 뜻이 맞는 친구를 얻었다. 그가 구칠이었다. 그 역시 세속과 구차스럽게 타협하지 않고 절개가 뛰어난 사내였다. 둘은 서로의 진심을 알게 되자 급기야 의기투합했다. 마치 오래 전부터 사귄 것 같은 벗이 되어 남쪽 바닷가로부터 배를 타고 가버렸는데, 이후 아무도 그들이 간 곳을 알지 못했다…….

"〈삼국사기〉에는 두 사람이 해외로 가버렸다는 내용만 있지, 어디로 갔는지에 대한 구체적인 언급이 없어. 바로 이 점이 내게 깊은 여운을 남기는 부분이야. 좀 전에 내가 말했지? 인간은 고독한 존재로서, 자기 정체성을 찾아 떠돌며 끊임없이 스스로에게 존재 이유를 묻는다고. 그런데 뜻밖에도 답은 멀리 있지 않아. 스스로의 존재 이유, 그건 오직 타자와의 소통에서만 해답을 찾을 수 있다고 난 믿어. 그리고 그건 모름지기 사랑의 힘에 의해서 발견될 수 있는 게 아닐까?"

하연은 입을 꼭 다문 채 나를 멀뚱히 쳐다보며 듣고만 있다. 그런 태도만으로는 내 말을 충분히 이해했다는 뜻인지, 도통 무슨 말인지 모르겠다는 것인지 종잡을 수가 없었다. 아! 나는 나중에야 알았다. 하연이 그토록 진지한 얼굴을 했던 것은 '사랑'이란 단어가 내 입에서 나왔을 때라는 것을.

하연은 내가 문학을 빌려 말하려고 한 넓고 신기한 세상보다 신파조의 애정영화를 더 좋아하는 듯했다. 그것도 대개 '이루지 못한 사랑'으로 끝나는 비련의 연인들이 겪는 그 대중적 감성에 호소하는 영화들을. 특히, 주인공인 은막의 스타들이 그녀의 우상이었다. 하긴 십대들의 공통된 감수성으로 보자면 그럴 만도 했다.

나는 여느 십대와 다를 바 없는 하연을 어느 해변으로 데리고 가서, 평생 갈망하던 욕구를 채우고 어린 시절부터 늘 짝사랑으로 '가슴앓이'하던 그녀와의 좌절된 사랑 때문에 생긴 잠재적 강박관념에서 해방될 수 있는 상상을 즐기곤 했다. 줄리엣이나 춘향이도 벌써 십대의 나이에 그런 엄청난 일을 저질렀던 거라며, 내심 하연과 나와의 관계를 그에 견주어 설정해보기도 했다. 그것이 비록 상상만으로 그치고 말지라도.

그러나 비열하게 나는 그 꿈을 실천하는 짜릿함을 맛보려고 하연에게 그럴듯한 핑계와 온갖 구실로 유혹하는 대신 단순히 바람을 쐬러, 혹은 화구와 스케치북을 들고 추봉도로 건너가 그즈음 한적한 봉암해수욕장의 몽돌 해변 쪽으로 그림을 그리러 나가기엔 딱 좋은 날씨라고 에둘러 말했다. 그런 내 제안에 그녀는 기꺼이 응했다.

❖

집 앞에서도 빤히 바라보이는 추봉도는 진두에서 불과 4백 미터, 바다를 사이에 두고 저만치 있었다. 하연의 방인 이층 창가에서도 항시 내려다보이는 그 섬의 기슭에까지 가려면 면사무소를 지나 선창에서 도선渡船을 타야 한다.

포근한 봄기운이 섬을 휩싸고 동백꽃이 꽃망울을 터뜨려, 얼고 추웠던 겨울은 어느 틈엔가 바다 건너 저 멀리까지 물러나 있었다. 절기상 우수雨水가 지난 때였다. 해풍까지 춥지 않고 시원하게 느껴졌다. 따뜻한 남녘 섬이라 봄도 빨리 찾아오나 보았다.

어느 집 울담 옆을 지나칠 때는 그 담 너머로 코끝을 알싸하게 하는 천리향의 진한 향기가 맡아져, 우리는 잠시 발길을 멈춰 서고는 했다. 양지바른 집 앞 돌담 가에서 춘기방학 기간에 학교를 쉬는 어린 계집아이들이 고무줄놀이를 하며 부르는 노랫소리들이 들려왔다. 선창가에서 어부들이 출어를 앞두고 찢어진 그물을 수선하고 있었다. 그리고 해안 여기저기엔, 설날 전에 들어왔던 모든 배들이 출어기를 기다리며 닻을 내린 채 정박해 있는 모습들이 보였다.

추봉도의 몽돌 해변을 찾았을 때는 해수욕 철이 아닌, 이른 봄의 고즈넉하고 쓸쓸한 고요로 왠지 마음속까지 황량해졌다. 오전까지만 해도 햇살이 따사로웠는데 오후 들어 갑자기 날씨가 우중충해진 것이다.

먼 수평선 쪽에 뽀얗게 바람꽃이 잔뜩 끼어 흐릿해진 하늘, 며칠 전 우수 때 내린 비에 흙탕물로 변한 파도, 햇빛이 비치지 않아 더욱 검게 보이는 암청색 바다. 봄날의 따뜻한 공기가 해풍에 실린 찬 기류를 만날 때 생기는 안개 같은 자오록한 '가루아' ― 그런 것들은 하연과의 이 오랜만의 특별한 외출에서 은근히 기대했던 우연한 기회의 황홀한 추억 만들기라는 내 낭만과는 동떨어진 풍경을 연출하고 있었다. 내가 바라던 매혹적인 풍경은 결코 이런 게 아니었다. 그래도 멀리 바깥으로 나오길 잘했다고 생각했다. 무엇보다 춥지 않아서 좋았다.

겨울은 완전히 끝나 있었다. 둘러보니 섬 기슭 곳곳에 샛노란 유채꽃이 더러 들판을 노랗게 물들이고 있었다.

그러나 사방이 확 트인 바닷가로 나온 연인들은 사람들의 눈을 의식해서 사랑의 즐거움에 빠질 수가 없다. 그 당시에 그런 걸 마음속으로 헤아렸는지 어쨌는지 몰라도 하연과 나는 길가에서 약 백 미터쯤 올라가서 인적이 없는 은신처를 발견했다. 몽돌 해변을 끼고 있는 오른쪽 산비탈은 평소에도 사람들의 발길이 닿지 않는 곳 같았다.

동백과 삼나무와 기타 상록활엽수의 잡목림이 뒤섞인 그 나지막한 산등성이는 계속 바다 쪽으로 뻗어나가며 아주 긴 갑곶[岬串]을 이루고 있었다. 그쪽으로 가는 구부러진 오솔길이 덤불숲과 바위 사이로 나 있었지만, 무성한 잡목 그늘 밑에 가려져 직접 산비탈을 올라가 보지 않고서는 사람들의 눈에 잘 띄지 않았다.

몽돌 해변 쪽에서 올려다보면 주상절리柱狀節理의 톱니 같은 절벽만이 위쪽 경사를 에워싸고 있는 듯한 형국이어서 처음에 우리는 그 위로 가는 오솔길이 있으리라고는 상상하지 못했다. 뒤늦게 오솔길을 발견하고 산비탈의 적당한 장소에 자리를 잡고 앉았을 때 머리 위로 헝클어진 덤불숲이 우리의 모습을 남들 눈에 띄지 않게 가려주었다. 동박새인지 직박구리인지 잘 분별할 수 없는 새들이 이따금 그 나무 그늘 아래에서 포르르 날아다녔다.

하연은 스케치북을 펼쳐 무릎 위에 얹어놓았지만 실제로는 그림을 그릴 마음이 없어 보였다. 이미 그럴 만한 분위기가 아니었다. 우리는 두 개의 섬이 동서東西로 연결되어 가운데 허리가 유난히 잘록한 아령 같은 형상을 하고 누워 있는 추봉도를 산비탈 꼭대기 쪽에서 내려다보았다. 나는 그 섬의 허리 부분과 위쪽에 과거 포로수용소가 두 군데나 있었다는 이야기를 그녀에게 들려주었다. 그리고는 잡목림과 동백과 삼나무가 우거진 덤불 사이로 바라보이는 그쪽 바다를 그냥 물끄러미 응시하는 동안, 지금은 하나도 그 자세한 내용이 떠오르지 않는, 이런저런 말들을 주고받으며 시간을 보냈던 것 같다.

그러나 딱 한 가지만은 분명히 생각난다. 근처 어디쯤에선가 — 아마 우리들 머리 위쪽인 듯한 곳에서 — 낮고 푸르른 휘파람 소리 같은 새의 울음소리를 들었을 때였다.

나는 이상하게 지금도 그 새소리를 빛깔로 인지한 듯 '푸르른' 휘파람 소리라고 기억한다. 그건 아마도 하연이가 느닷없이 그 새가 삼광조三光鳥나 팔색조八色鳥의 울음소리일지도 모른다고 한 말 때문이었을 것이다. 깃털이 세 가지 혹은 여덟 가지 빛깔을 띤다 하여 붙인 그 새들 이름이 뇌리에 반영되어 그리 느껴졌지 싶다. 게다가 우리 주변을 에워싼 그 푸르른 숲 그늘의 영향이 더 컸을 수도 있다.

그녀가 말했다. "오빠도 잘 알다시피 거제도 남쪽, 동백섬이라 불리는 지심도只心島는 팔색조가 찾아와 깃들이는 곳이라지? 그런데 여기 한산도 사람들 말로는, 추봉도나 비진도에서도 팔색조랑 삼광조가 새끼를 치는 5월이면 간혹 볼 수 있다고들 하데."

"하긴, 철새니까. 머나먼 남국으로부터 날아오다 보면 아마 지쳐서, 주변의 가까운 섬에 잠시 머무를 수도 있겠지."

"옛날부터 전해오는 말이 있던데. 삼광조나 팔색조의 울음소리를 듣는 자에겐 소망하던 사랑이 찾아온다고. 그 새들의 진짜 모습을 보기가 그렇게 힘든가 봐. 그러니까 그 소리만 들어도 행운이라고 여긴 사람들이 만든 전설인지 모르지만……."

"그래. 전설이란 사람들이 자기 소망을 담아서 다 꾸며낸 이야기야. 대체로 그런 거지. 하지만, 소망은 전설에 의지해 실현되는 게 아니고, 현실에서 찾아야 해."

"쉿, 방금 또 들렸어. 오빠도 들었지? 좀 전에 아주 이상한 새 울음소리가 난 것 같았어."

하연은 짐짓 놀란 체하며 고개를 젖혀 내 어깨에 그녀의 단발머리를 기대고는 바싹 다가앉는다. 그리곤 빤히 내 얼굴을 올려다본다.

"응. 나도 듣긴 했는데, 그게 동박새 울음소린지도 모르지. 이제 한창 동백꽃이 피기 시작한 때잖아. 이 때쯤이면, 그 꽃꿀을 따먹으러 동박새가 모여들기 마련이니까. 지금은 삼광조나 팔색조가 찾아들 계절은 아니지."

내 설명에 그녀는 아무 대꾸 없이 깜박임도 잊은 듯한 큰 눈으로 한참 내 얼굴만 빤히 쳐다보고 있었다. 여전히 자기 머리를 내 어깨에 기댄 채.

나를 약간 당황케 하는 그녀의 그런 태도가 나로 하여금 어떤 행위를 침묵 속에서 강요했던 것이라고 지금 기억한다. 그날 이후 나를 대하는 하연의 쌀쌀해진 태도 때문에 그 판단이 옳았는지 어쨌는지 확신이 서지 않은 채로 우리의 관계가 뒤죽박죽이 된 먼 훗날까지. 나는 그때 하연에게 내가 취한 행동을 용기 있는 사내라면 다 그랬으리라는 걸 안다. 우리의 첫 키스는 그렇게 이루어졌다.

동박새가 이제 막 벙글은 그 탐스럽고 빨간 동백꽃잎 사이로 꽃꿀을 빨듯이 오래오래 입술을 밀착시키고 있었다. 내 왼손이 어느새 하연의 치마 밑 팬티 속을 더듬고 있었다. 그녀는 움찔 놀라 두 다리를 꽉 오므라뜨렸다. 손가락 끝이 타는 듯하며 찌릿한 전율을 감촉할 때마다 도리어 그 손끝이 촉촉하게 젖는 느낌이었다. 이 순간 여성의 육체적 신비로움에 대한 숨 막히는 경이감으로 나의 심장은 불규칙적으로 요동쳤다.

이성에 대한 호기심이나 본능을 제어하지 못하는 청춘기의 단순한 충동이 아니라 오래 꿈꿔온 나의 소망의 실현이라고 나는 스스로를 정당화하고 있었다. 이런 나의 행동과 욕구는 이 세상의 모든 남자 중에서 응당 나만이 할 수 있는 권리라고도 생각했다. 여기엔 죄책감도 수치심도 끼어들 여지가 없는 것이라고 나는 여겼다. 하연은 당연히 나의 이런 주체할 수 없는 열정을 이해해야 한다. 그리고 오직 그녀에게로만 향하는 나의 이 사랑을 받아들여야 할 것이라고 나는 굳게 믿어왔었다.

어쭙잖은 자기 합리화에서 비롯된 그런 강박관념이 내부에서 나를 재촉하여 그녀의 팬티를 벗기려고 잠시 손을 빼는 순간, 하연은 좀 전과는 달리 내 팔을 꽉 붙들며 제지한다. 그제야 나는 내가 너무 성급했다는 것을 깨닫는다. 그 대신 나의 왼손이 이번에는 그녀의 봉긋한 가슴을 애무할 때 가쁘게 숨을 헐떡이던 그녀의 호흡 소리를 귓결에 들으면서도 더 이상의 흥분을 스스로 자제하던 나의 침착함에 놀랐던 것을 기억한다. 아이, 이제 그만. 그녀가 말한다. 그만해, 오빠. 숨이 막혀……. 그제야 나는 껴안고 있던 그녀를 슬그머니 놓아준다.

숲 그림자와 뒤쫓는 파도소리의 여운을 뚫고 우리가 추봉도에서 다시 진두로 돌아오는 나룻배를 타고 왔을 때, 하연은 너무 늦었다며 돌아서더니 이후론 뒤에 남겨진 내게는 눈길 한번 주지 않고 자기 집으로 총총히 걸어갔다. 그것은 뭔가 잘못을 저지른 자가 본능적으로 몸을 사리듯 웅크린 채 정확하고 무심한 동작으로 보호막을 찾아 숨으려 하는 것과 같은 행위였다.

이튿날, 한산도를 떠나려고 인사차 그녀의 집에 다시 들렀다. 그 댁 어른들께 작별인사차 왔다는 핑계를 대긴 했으나 실은 하연을 잠시라도 다시 보고 싶어 견딜 수 없었던 것이다. 그녀는 마지못해 잠깐 아래층으로 내려왔지만, 어제와는 완전히 다른 표정이었다. 극히 사무적인 태도로 잘가요. 오빠, 라는 무뚝뚝한 한마디만 훌쩍 던지고는 금세 이층 제 방으로 올라가 버렸다.

아! 소녀도 아니고 숙녀도 아닌 그 어정쩡한 연령의, 고교 일학년에 막 진학하는 숙성한 여자애만큼 변덕스럽고 다루기 힘든 것도 없었다. 하연은 얼음공주처럼 까다로운 새침데기로 변해 있었다. 나는 그 사실이 조금 섭섭했다.

하연의 집을 나서며 출입구의 시든 장미덩굴 아치 밑에서 잠시 뒤돌아보았다. 그녀의 방 창가 커튼의 조금 벌어진 틈새로 그녀의 모습이 어른거린 듯했다. 커튼 뒤에 숨어서 나를 엿보고 있었던 것일까. 마치 바람에 펄럭 나부낀 흔적처럼 커튼자락의 미미한 흔들림을 나는 얼핏 보았다.

❖

《삼국유사》는 무진장한 이야기의 보물 창고였다.

내가 그 책을 본격적으로 접한 것은 대학에서 고전문학 수업이 계기였다. 어차피 장래에 소설가를 꿈꾸고 있는 나로선 그 옛이야기의 숲길을 한번쯤 탐색하지 않을 수 없었다.

어느 날 그 기이한 덤불숲을 헤쳐 나가다가 나는 '지귀志鬼'라는 이름을 발견했다. 신라 제27대 선덕여왕을 사모한 나머지 가슴에 불꽃이 타올라 죽은 사내 이야기였다.

처음 먼발치서 여왕을 한번 본 뒤로 그는 밤낮없이 여왕 생각으로 마음에 병이 들었다. 혼자서 시난고난 앓는 동안 얼굴도 차츰 야위어 갔다. 사랑은 소통이어야 하는데 감히 드러내놓고 고백마저 할 수 없다. 더구나 뛰어넘을 수 없는 신분의 벽이 가로막고 있다. 그처럼 도저히 맺어질 수 없는 비련의 운명 앞에서 지귀는 좌절할 수밖에 없었다. 아무리 애간장을 태워도 절망만이 자기 몫임을 그는 너무도 잘 알고 있었다. 그것은 차라리 저주받은 사랑이었다.

그러나 여왕에게로 향한 지귀의 그 간절한 사랑의 소망이 기적을 일으켰던 것일까. 텔레파시가 통했다는 말이 있듯이, 어느 날 선덕여왕은 영묘사靈廟寺란 절에 가서 향화香火를 피우다가 갑자기 시종에게 지귀를 불러오라고 명을 내렸다.

불려온 지귀는 탑 아래에 와서 왕을 배알하려 기다리고 있다가 뜻밖에 몰려온 졸음을 견디지 못하고 깜빡 잠이 들었다. 여왕은 끼고 있던 팔가락지를 빼서 지귀의 가슴 위에 놓고 궁중으로 돌아갔다.

지귀는 뒤늦게 잠에서 깨었다. 자신에게 주고 간 여왕의 가락지를 보자 그만 가슴이 터질 듯이 벅차고 답답해서 한참동안 기절했는데, 그의 심중心中에서 불길이 치솟아 나와 주변의 탑을 태워버렸다고 한다.

천년의 시공이 갑자기 현실과 뒤얽혔다. 지귀 설화가 내 가슴에 뜨거운 가락지의 화인火印을 남겼다.

《삼국유사》(권4)의 〈혜숙惠宿·혜공惠空, 티끌 속에 묻혀 살다〉二惠同塵라는 조목條目에 이르자, 나는 또 가슴을 데었다.

괴승怪僧이었던 혜공은 어릴 때의 속명俗名이 우조憂助로, 매양 미친 듯 술에 취해서는 노래하고 춤추며 거리를 다녔다. 등에는 언제나 삼태기를 지고 있었기에, 그를 '부궤화상負簣和尙'이라고 불렀다. 그가 머물고 있는 절 이름도 '삼태기[簣]'의 신라 말인 '부개'를 따서 '부개사夫蓋寺'라 칭했다.

그의 기행奇行은 범인凡人들의 상식을 초월한 것으로 그려져 있는데, 극단적인 예를 하나 들면 이렇다. — 어느 날 그가 산길에 넘어진 채로 죽어

이미 구더기가 들끓는 썩어가는 시체로 발견되었다. 한데, 얼마 후엔 서울 성안에서 여느 때와 다름없는 모습으로 그는 잔뜩 취해 거리를 헤매며 노래하고 춤추고 있었던 것이다.

한쪽에서는 그가 죽은 줄로 알고 있고, 다른 쪽에선 멀쩡히 살아있는 그런 존재. 혹은, 한 사람이 동시에 두 군데의 다른 장소에 있을 수 있는 기이한 이야기. — 시공일여의 예를 극단적으로 보여준 인물이 바로 혜공이었다. 이미 죽은 자가 시공을 뛰어넘어 다른 사람의 눈과 기억 속에 부활한 모습으로 인식된다는 것이 대관절 무엇을 의미하는 걸까?

나는 오랜 시간에 걸쳐 곰곰 생각해보았다. 한참 나중에야 내 나름대로 해답을 얻긴 했으나, 여하튼 혜공 얘기는 그것으로 끝난 게 아니었다.

하루는 그가 새끼줄을 가지고 영묘사로 들어와 금당과 좌우의 경루經樓 및 남문의 행랑채를 둘러치고는, 그 절의 책임자[剛司]에게 말했다.

"이 새끼줄은 반드시 사흘 뒤에 끌러라."

절 책임자는 이상히 여겼지만 그대로 따랐다. 과연 사흘 만에 선덕여왕이 절에 행차했다. 그때 지귀志鬼의 심화心火가 나와 그 절의 탑을 불태웠다. 그러나 오직 새끼줄을 쳐둔 곳만은 화재를 면했다고 한다.……

그 시절의 나는 밤에 눈을 감고 있어도 깊이 잠들지 못했다. 어둠 속에서 나를 깨우는 뭔가가 있다. 그런 생각 때문에 나는 지귀의 불길이 내게 옮겨 붙어 나를 짓누르는 어둠을 온통 불살라 버리려는 망상에 시달렸다. 중대한 사건은 항상 밤에 일어난다. 그렇다. 어둠에는 확실히 뭔가가 있다. 불을 끄고 누워 있으면 도리어 내가 타버릴 것 같아서 나는 다시 불을 켜고 온밤을 뜬눈으로 지새우다시피 소설을 끼적거려보며 그저 쓰는 행위에 몰두했다.

❖

여왕을 사모하다 죽은 원귀寃鬼의 '가슴속 불덩어리[心火]'란 것은 뜨거운 사랑의 욕정, 혹은 이루지 못한 사랑 때문에 마음속에 응어리진 울화의 상징에 불과한 것일지 모른다. 그리고 '지귀'란 이름도 고유명사가 아니라, 한갓 그것의 의인화擬人化에 다름없다는 것쯤은 나도 알 수 있었다.

그럼에도 불구하고, 오직 내 심중에 한번 깊이 찍힌, 하연에게로 향한 사랑의 화인火印은 스스로 지울 수도 끌 수도 없는 지귀의 심화처럼 온통 나 자신을 태워버릴 것처럼 뜨거웠다.

한산도의 누나 집에 다니러 갔던 그때 하연과 함께 추봉도로 놀러간 숲 비탈에서 경험한 그 첫 키스 사건 후로 그녀는 나를 엉큼스런 인간으로 단정해버린 모양인 듯싶었다. 내가 몇 번 보낸 편지에도 그녀는 일절 답장을 하지 않았다. 온갖 생각들이 자책하는 방향으로만 가지를 뻗쳐, 마음속을 파고드는 안타까움과 후회 때문에 나는 자고나면 늘 가슴 안쪽이 먹먹해지곤 하였다.

나의 이런 불같은 사랑의 열병은 대학 3학년 무렵에 가서야 다소 진정되었다.

교내 학보사에서 실시한 문학작품 현상공모에서 나는 소설부문에 당선되어 새로운 용기를 얻었다. 나를 따르는 후배 여학생이 생겨 그녀와 가까이 사귀는 동안 내 마음 속에서도 차츰 하연의 자리였던 그 빈 곳을 그녀가 채워줌으로써 위로받고 있었다. 그녀는 학보사 여기자로, 삽화를 주로 담당했던 미술과 여학생이었다. 내가 쓴 첫 소설이 당선작으로 뽑혀 교내신문에 실릴 때도 그 삽화를 맡았던 것이 우리가 처음 알게 된 계기였다.

4학년이 되었을 때는 졸업을 앞둔 학우들이 대개 그렇듯 취직시험 준비에 매달려 도서관에서 끙끙거릴 때, 나는 신춘문예를 준비하며 또다시 열병을 앓았다.

그 열병은 전혀 다른 성격의 것이었다. 소위 문청文靑들이 공통적으로 한 번씩 앓기 마련인, 등단을 위한 통과의례 같은 거였다. 승패여부와 상관없이 그동안 연기해 왔던 징집통지서를 더 이상은 외면할 수 없다는 막다른 골목에 이른 심정으로 나는 글을 썼다. 그 와중에 하연이 서울에 있는 어느 미대美大에 다니고 있다는 소식을 풍문으로 접했다. 그야말로 스쳐간 바람처럼 느낀 것은, 언제 누구한테서 그 소문을 접했는지 정확히 기억나지 않기 때문이다.

1969년 봄, 나는 군에 입대했다. 신년 벽두에 신춘문예 당선작들이 발표되는 전국 각 일간신문들의 어느 지면에도 내 이름은 없었다. 참담한 심정이었으나 나는 곧 병영생활에 적응하면서 한두 번의 실패 따위를 두려워하지 않는 정신적 강인함을 군대에서 단련하고 있었다. 아마도 그 군복무 기간 중 고향집에 휴가를 갔을 때 하연에 대한 소식들을 뒤늦게 접한 것인지도 모른다. 그래서 두서없이 몽뚱그려 '바람결에 들은 이야기들'로 기억하고 있고 싶다.

✿

드디어 내게도 길운이 찾아왔는지, 꾀하는 일들이 순조롭게 풀리기 시작했다. 군에서 제대한 직후부터였다. 비로소 그토록 소망하던 신춘문예에 당선된 것이다. 나는 하늘을 맘껏 비상할 날개를 단 기분이었다.

그것이 내 인생에서 진정으로 흡족한 마음으로 맞이했던 첫 번째 경사였다. 게다가 서울에 있는 모 여성잡지 편집부에 첫발을 들여놓음으로써 나의 사회생활은 그렇게 시작되었다. 그 월간여성지는 대한민국 여성이라면 모르는 이가 없을 만큼 세칭 '잘 나가는' 대중잡지였다. 판매부수로 따져도 전국에 있는 거의 모든 여성 독자층을 확보하고 있을 정도였다.

내가 가진 재주라고는 글쓰기와 책 만드는 것밖에 없었다. 천생 그런 책상물림이었던 나는 일단 생활의 방편으로 '목구멍이 포도청'인 나날의 일상에 대한 타개책부터 마련해두지 않을 수 없었던 것이다. 서울 생활을 유지해 나가려면 이만한 정도의 직장을, 여기 말고 어디 딴 데서 구하기란 내 재주에 어림도 없는 일이다. 더구나 같은 잡지사에 함께 근무한 여기자였던 지금의 내 아내를 만난 것은, 내 삶의 이력서에 특별히 기재할 만한 가장 소중한 사건의 하나였다.

그 한두 해 전, 통영시내에서는 꽤 부잣집이란 소리를 듣는다는 비치호텔 사장의 아들과 결혼한 하연에 대한 소식을 누군가에게 전해 들었다. 하지만, 그런 소문을 접해도 내 마음은 이상하게 담담했다. 딱히 꼬집어 언제라고 말할 순 없다. 그녀에게로 향했던 내 안의 '지귀심화志鬼心火'도 그때쯤엔 이미 꺼져 있었다. 그 후로도 간간이 하연에 관한 뒷소문을 듣기는 했다. 그러나 나는 별로 귀담아두려고 하지 않았는지 모른다.

어느 틈에 시간이 살금살금 기억을 갉아먹었다. 추억은 군데군데 희미한 여백을 남겼다. 그렇게 차츰차츰 그녀를 잊어갔다.

1994년도에 어머니마저 세상을 떠나자, 나로선 더 이상 고향 둔덕에 내려갈 일도 없어졌다. 해마다 치르는 부모님 기제사는 가까운 친지들과의 합의 끝에 유일하게 아들 상주喪主였던 내가 마땅한 도리로서 위패를 서울에 모셔가기로 했다.

아버지 때부터 해온 어장 일은, 오랫동안 그 일을 돕던 당숙堂叔이 같은 자리에서 수하식垂下式 굴 양식도 함께 겸해 차차 업종전환을 시도해 보고 싶다기에, 적당한 가격을 쳐서 넘겨주었고, 살던 옛집은 누나들과 의논해서 처분하였다. 그리고 선산을 보살피는 일은 그쪽에 남아있는 사람들이 책임지기로 했다.

이후 성묘 때나 한 번씩 날을 받아 찾아보거나 특별히 친척들의 길흉사에 참석하는 것을 제외하면, 굳이 고향이랍시고 일부러 거제도를 방문할 일 같은 건 없어졌다.

하연에 대한 소식을 전해들은 것도 아마 그때가 마지막이었던 것 같다. 그러다가 1998년 초봄에, 뜻밖에 그녀와의 재회가 이루어진 것이다.

✤

한 여인의 개인적 비극이 타인의 관심사가 된다는 것은 잔인한 일이다.

그러나 그 비운의 여인이 문 하연인 경우라면, 최소한 나한테 있어서는 사정이 달라진다. 그것은 단순히 소설가로서의 관심사를 떠나, 오직 그녀가 하연이란 이유 하나만으로도 나는 무심할 수가 없는 것이다.

아직도 그녀를 사랑하고 있기 때문이냐고? 아니, 이 문제는 그런 것과는 상관없는 일이다.

누구에게든 새삼스레 열어보기 두려운 상자 속 과거를 마음 안에 간직하고 있기 마련이다. 항시 조심스레 쓰다듬느라 고운 때만 묻힌 낡은 골동품, 그런 작은 보석상자, 그리고 그 속에 들앉은 유리구슬 같은 존재. — 그것이 내게는 하연이었기에 더욱 무심할 수가 없다. 자칫하면 깨지거나 훼손되기 쉬운 골동품은 함부로 다루지 않는 게 좋은 법이다.

찻집 다사랑에서 잠깐 하연을 만나고 돌아온 지 닷새쯤 지난 어느 날, 그녀가 이번엔 직접 내게 전화를 걸어왔다.

내 휴대폰의 액정화면에 뜨는 발신자의 번호가 전연 낯설어 처음엔 어느 거래처 서점에서 걸려온 것이려니 막연히 생각했다.

나는 결코 유행에 민감한 편은 아니었다. 하지만 업무상 어쩔 수 없이 90년대 후반에 출시되어 한창 유행하던 폴더형 휴대폰을 하나 구입해 사용해 오다가, 최근에 새로 나온 꽤 혁신적 디자인의 슬라이드 폰으로 막 바꾼 시점이었다. 제조사製造社가 달라 자연히 지난번과 번호가 바뀌는 바람에, 거래처에 들르거나 사람을 만날 때마다 나는 다시 찍은 명함을 여기저기 돌렸던 것이다. 그런데 전화를 받고 보니 하연이었다.

그녀는 지난번에 내가 건넨 명함을 어디 뒀는지 깜박 잊어버렸는데, 다행히 거기 적힌 번호만큼은 외우고 있어서 맞는지 확인도 할 겸 전화를 걸었다는 거였다. 그러면서 한번 만나고 싶다고 말했다. 그녀가 날 만나려는 핵심적 용건에 앞서 명함 운운 하는 대목에서는, 왜 그런 구차한 변명까지 해야 하는지 나는 이해하기 어려웠다.

그녀가 내 명함을 예사로 취급하여 정말 잃어버렸을 수도 있다. 그러나 더 중요한 것은 내 전화번호를 잊지 않으려고 암기하고 있었다는 사실을 강조하려던 것일까. 어쩌면 명함을 손에 쥔 채 번호를 누르며 천연덕스럽게 그런 듣기 좋은 거짓말을 내게 늘어놓았는지도 모른다. 아니면, 그녀의 휴대폰에 내 번호를 미리 저장해놓았기에 명함 따윈 이미 필요 없었던 것일 수도 있고.

어느 쪽이든 상관없다. 그것이 스스로 자존심을 상하지 않기 위한 여성의 보편적 방어심리 때문이라면 이해가 안 될 것도 없었다. 무슨 용무에서든 나를 다시 보고 싶어 하는 하연의 그 복잡 미묘한 심정이 그런 계산된 변명으로 표출된 결과였을 터였다. 아무래도 좋다. 단지, 내게는 그녀와 다시 만날 기회를 얻은 것이 중요할 뿐이라고 여겼다.

어렸을 때는 친누이처럼 데면데면하게 굴며 예사로 반말지거리를 하던 그녀가 이제 와서 깍듯이 높임말을 쓰며 나를 대하는 것은 그만큼 격절隔絶된 세월의 거리감이 아득했던 탓일 터이다. 그녀 개인의 순탄치 못했던 가정사를 마치 내게 고백이나 하듯 풀어내고 있을 때도 나는 항용 배신당했던 자가 느끼는 통쾌한 복수심이라든가 고소한 심정 같은 건 티끌만큼도 들지 않았다.

하연의 불행했던 결혼 생활을 전해 듣고는 차라리 몰랐더라면 더 좋았을 법했다. 내 친누이가 겪은 쓰라린 과거사를 들은 때처럼 정말로 안쓰럽고 가여워, 결국에는 내 마음까지 언짢아졌다.

제11장 업보業報의 무게

　너무나 오래 못 만나서 두호 오빠가 벌써 날 잊은 줄만 알았어요. 서로 못 본 지 33년 만이라니, 전혀 믿어지지 않네요.

　처음 이 다사랑에서 봤을 때만 해도 반가움에 앞서 가슴이 철렁 내려앉았어요. 이유는 잘 모르겠지만 차라리 마주치지 않았더라면, 하고 바랐을 만큼요. 어쩐지 미안한 생각이 드는 만큼, 옛날의 추억이 되살아나는 일에서는 가급적 피하고 싶다는 묘한 느낌만은 역시 지울 수 없네요.

　오빠한테 아무 죄지은 것도 없으면서 왜 그런 느낌이 불쑥 들었는지, 그날 이후 곰곰이 생각해봤어요. 딱히 꼬집어 말할 순 없지만 기억에서 지우고 싶은 거북한 진실이 늘 내 마음 한 구석에 께름칙하게 그림자를 드리우고 있었던가 봐요. 더욱이 우리가 근친관계라는 점에서 특히 더 그랬어요. 이런 감정이 아마 지금껏 두호 오빠한테서 의도적으로 멀어져간 나의 지난날의 행적과도 관련이 있었던 것 같군요.

　미대를 졸업하던 그해, 곧바로 일본으로 건너갔죠. 내가 고등학교 들어갈 무렵이었던가, 그때 오빠는 나더러 미술공부를 할 바엔 프랑스로 유학을 가는 게 좋다고 말한 적이 있죠? 아직도 그 말, 기억하세요?

　물론, 프랑스 쪽으로는 대학재학 중에 방학을 이용해서 두어 번 파리에 다녀오긴 했어요. 하지만 내 꿈은 회화 쪽보다는 새로운 디자인 기법을 익혀 생활미술의 새 장르를 개척해보고 싶은 데 있었죠. 우선 일본의 전통 날염捺染 방법을 한번 배워보려는 생각이었어요. 기모노着物에 영향을 준 백제의 직조기술이 아직 그대로 행해지고 있는 것도 신기했지만, 거기에 새기는 그 화려하고 섬세한 문양기법에 더욱 마음이 끌렸거든요. 그걸 배워 실생활에 응용해 보려고요.

다행히 일본엔 백부님이 살고 계시니까 유학하기엔 여러모로 조건이 안성맞춤이었죠. 백부님에겐 아들만 둘 있었는데, 내 사촌 큰오빠는 도쿄만東京灣에서 선박용 기름 판매회사를 하시던 백부님 일을 돕고 있었고, 작은오빠는 추오구中央區의 번화한 긴자銀座에서 〈토모시비灯火〉라는 이름의 갤러리를 운영하고 있었지요.

나하고는 연령차가 아주 많은 편인 두 분 오빠는 내가 도일한 당시에 이미 결혼을 한 처지였어요. 큰오빠는 같은 재일동포와 결혼하여 부모님을 모시고 살았지만, 작은오빠는 일본여자와 맺어져 따로 살림을 차려 나간 상태였죠.

그 작은 올케언니가 도쿄종합예술대학에서 미술을 전공했대요. 이름이 마유미眞由美라는 여자였는데, 큐레이터로서 갤러리 일을 시작한 것은 그 언니 생각이었다더군요. 인맥의 폭이 넓어, 자연히 일본의 화단畵壇에도 꽤 이름이 알려져 있었나 봐요. 특히 개인적으로 친분이 깊은 화가, 조각가, 도예가 등, 갤러리 '토모시비'와 한두 번쯤 인연을 맺었던 여러 지인들과는 상당히 교분이 두터웠죠.

내가 의도했던 미술공부를 수월케 할 수 있었던 것도 그 올케언니와 작은오빠의 도움을 많이 받은 덕분이에요.

나는 졸업 후엔 당분간 한국으로 돌아올 생각도 않고, 도쿄도東京都와 인접한 치바현千葉縣의 카시와시柏市에 살고 있는 그 작은오빠 집에 머물렀어요. 작은올케언니의 본댁과 가까운 쪽에다 굳이 분가分家한 데는 그럴만한 이유가 있었죠. 마유미 언니는 외동딸이에요. 친정 부모님이 데릴사위를 들이고 싶어 했지만, 처갓집에 얹혀사는 걸 달갑잖게 여기는 한국식 사고방식과 절충하여 가까운 곳에 집을 마련하게 됐다는군요.

어쨌거나, 일본에선 아주 흔한 여자이름인 마유미상은 그 이름과는 달리 매우 특이한 성격의 소유자였어요. 대개 일본인은 '혼네本音'라고 일컫는 '속내'를 잘 드러내지 않는 경향이 있거든요. 하지만, 마유미 언니는 정반대였죠. 어느 정도냐 하면, 내숭 뜨는 짓을 몹시 싫어했어요.

일본인들이 소위 '다테마에建前'라고 부르는 '겉치레' 대신에, 호불호好不好를 명백히 표현하는 면에선 한국인의 특성을 그대로 빼닮아서 전혀 일본여자 같지 않았죠. 보편적으로 사근사근한 일본여인의 이미지와는 달리, 한마디로 화끈한 타입이랄까. 그 점이 오빠의 마음에 쏙 들었던 것처럼 나하고도 아주 잘 통하는 성격이었죠. 그런 까닭에, 우리는 정말 친자매만큼이나 금방 가까워졌어요.

그 마유미 언니의 성격에 대해선, 하도 재미있는 에피소드가 많아서, 좀 자세히 얘기해 볼게요.

일본어의 언어구조상 '하연'이라는 발음을 정확히 낼 수 없어, 나를 항시 '하욘, 하욘' 하고 부르는 그녀는 내가 '오네상' 하고 호칭하는 것보다는 한국어로 '언니'라고 부르는 걸 더 좋아해요. 한국어의 발음이 더 매력적이라나요. 물론 '언니'라는 발음을 아무리 흉내내보려고 애써도 그때마다 늘 마유미상은 '온니' 라고밖에 못하고 말지만. 그렇기 때문에 오히려 일본인으로서는 발음하기 힘든 그 언어가 참신한 느낌을 주나 봐요.

한번은 이런 일도 있었죠.

한여름에 그녀가 이것저것 과일들을 섞어 믹스기에 갈아 시원한 주스를 내게 만들어주기에, '스토로-가 아레바 이이노니.……'(스트로가 있으면 좋겠는데……)라고 해야 알아들었을 것을, '스트로'란 말 대신에 무심결에 한국말인 '빨대' 라고 했더니 마유미상은 깜짝 놀라더군요. 어떻게 인간의 입에서 그렇게 오묘한 소리가 나올 수 있느냐고 신기하다는 거예요 아주 듣기 좋은 발음인데, 한국어 중에 그런 미묘한 소리가 나는 것들이 뭐 더 없느냐, 있으면 아무 거나 말해보라기에 나는 된소리로 발음되는 몇 가지 단어들을 예로 들었죠.

'재떨이'(하이자라:灰皿), '똥구멍'(케츠노아나:尻の穴), '뚱땡이'(데부:デブ)와 같은 발음을 듣고는, 자기 귀엔 그 소리들이 흡사 불어佛語처럼 들린댔어요. 또 딴 게 없느냐고 자꾸 재촉하기에, 나도 그만 장난기가 발동했죠.

"있긴 있는데 의미가 썩 좋잖아서 말하기 좀 곤란해요."

라고 했더니,

"어차피 남들한테 직접 사용할 게 아니니까 상관없잖아, 그냥 해봐."

라는 거예요.

"굳이 듣고 싶다면 하죠." 그러고도 좀 망설였다가 기어이 내뱉었죠. "지랄하고 자빠졌네.……"

"다시 해봐. 다시……"

그래서 몇 번 더 그대로 발음해 보였더니, 이번엔 도대체 무슨 뜻이냐고 묻더군요.

"소레와, '후자케테이루' 미타이나 효겐데스. (그건, '까불고 있어'와 같은 표현이에요)"

라고 했더니, 마유미 언니는 그 말에 그만 참지 못해 까르르 넘어가더군요.

그날 이후 언니는 내 발음을 듣고 카타가나로 표기한 대로 〈치라라고 자빠죤네〉를 틈만 나면 소릴 내어 중얼거리며 외우더니, 한번은 몇몇 친한 동창들의 모임에 참석했다가 그 말을 써먹었다고 자랑하더군요. 동창생 중에 누군가가 몹시 아니꼽게 구는 모습이 꼴불견이어서 냅다 그렇게 쏘아붙여 핀잔을 줬다는 거예요. 하여간 작은 올케언니는 그런 기질을 가진 여자였죠.

난 아침마다 오빠 부부와 함께 전철을 타고 긴자의 갤러리에 출퇴근하면서 마유미 언니와 오빠 일을 한동안 돕기로 했죠. 고국에서 아버지가 혼사 건이 생겼다며, 그때 막 스물아홉 살로 접어들게 된 나를 기어이 시집 보내려고 성화를 부리시지만 않았다면, 아마 일본에 더 머물러 있었을 거예요.

내가 일본을 떠나올 때 제일 안타까워한 사람도 마유미 언니였어요. 그녀도 나도 외동딸이란 공통점이 있었기에, 실은 남모를 외로움 속에서 자랐던 서로의 처지를 누구보다 잘 이해하고 있었다는 생각이 들어요. 사촌오빠들도 친여동생이 없었던 까닭에 그동안 정말 날 귀엽게 잘 보살펴주셨고요. 아무튼 일이 잘 성사되면 신혼여행은 꼭 일본으로 오라고 신신당부하길 잊지 않았고요…….

뭐, 그렇게 해서 귀국한 때가 1977년 4월이었죠. 얼마 전까지 한창이던 벚꽃이 일본을 떠나올 땐 막 지기 시작하더군요.

❖

그해 5월말 경, 양가에서 서둘러 결혼식을 올렸죠. 나중에야 알았지만, 그건 일종의 정략결혼이었어요. 돈과 돈이 결탁하고, 돈과 권력이 야합하는 식으로 지방 토호土豪들끼리 사돈을 맺는 결혼풍조에 따른 것이죠.

두호 오빠도 잘 알다시피, 이기적 기득권층이 형성되는 이런 형태의 풍조는 세상의 어디를 가든 늘 있게 마련이겠죠. 우리 한국에선 아마 경제가 서서히 살아나고 빈부격차가 커져가던 70년대 후반부터 두드러지기 시작했던 것 같아요. 가진 자들끼리 서로 인척관계를 맺어 사회의 상층부를 형성해 가는 것 말이에요. 지방의 판도를 좌지우지하는 신흥세력들의 발호跋扈는 이런 과정을 통해 더욱 공고해지나 봐요.

내 뜻과는 별 상관없이 양가의 부모들끼리 짝 지워주는 대로 그냥 따랐어요. 그 전까지 명확한 결혼관이 확립되지 않고 있었는데 맞선을 본 남자에 대해 군이 싫어할만 한 점을 당시로선 발견하지 못했으니까요. 통영비치호텔 사장 아들이었죠. 당시 나보다 네 살 많은 서른셋이었고요.

원래 명석한 두뇌를 타고난 것도 아니면서, 단지 시골 부잣집 아들이란 이유 하나로 아무 아쉬움 없이 풍족하게 자란 덕분에, 우쭐대고 잘난 체하며 스스로 똑똑한 양 착각하는 타입의 남자들 있잖아요. 내 남편도 그런 인간들 중 하나라는 사실을 깨닫는 데는 그다지 오랜 시간이 걸리지도 않았어요.

호텔사장인 시아버님의 재력 덕분에 시의원에 출마해 거뜬히 뽑히고, 로터리클럽 지역회장직도 맡아서 열심히 사회봉사 활동을 할 때만 해도 괜찮은 남자라고 생각했죠. 대학에서 정치외교학과를 졸업한 대로 그런 활동들이 장차 정치가로서의 꿈을 키워나가는 과정이었던 거겠죠.

그런데 차츰 내게 실망을 안겨준 가장 큰 부분은, 그이와 나 사이의 근본적인 가치관의 차이였어요. 그는 자기가 하고자 하는 모든 일을 오로지 금권만능의 해결책에 기대고 있었죠. 그것만이 유일한 비책이라고 굳게 믿는 자였으니까.

그 고정관념은 나의 어떠한 설득에도 요지부동이었죠. 시의원에 만족하지 않고 지역 국회의원에 출마하면서 처음엔 나더러 우리 아버지께 가서, 당선확률이 높은 정당의 공천을 받을 헌금과 선거자금을 마련해 오라고 뻔뻔하게 시키더군요. 내가 무슨 소리냐며 대뜸 거절하니까, 본인이 직접 나서서 온갖 감언이설로 장인어른을 꼬드겨 '손 벌리는 짓'을 서슴없이 하던 인간이에요. 나를 그의 정치적 출세의 한 수단으로 이용할 속셈이었던 만큼 교활한 인간이었죠. 한마디로 후안무치厚顔無恥예요.

우리 아버지는 외동딸인 내가 잘되는 일이라면 뭐든지 해줄 분이었어요. 더욱이 사위가 성공하는 것이 곧 나를 돕는 일이라고 믿었겠죠. 한번쯤이라면 모를까, 두 번이나 사위의 당선을 위해 아버지는 기꺼이 뒷돈을 대어 선거자금으로 날렸지요. 두 번 다 낙방함으로써 결국은 헛돈만 쓴 셈이에요.

두호 오빠도 알다시피, 우리 아버진 어로사업으로 돈은 많이 벌었지만 학벌이나 가문 콤플렉스 같은 게 있었어요. 시대는 바뀌어도 전통적으로 반상班常의 차별이 분명했던 옛 시대의 구습에 젖어 있던 분이랄까, 어떻게든 집안을 빛낼 얼굴을 목말라하는 사람 말예요. 그래서 당신 사위라도 그렇게 번듯하게 내세울 만한 인물이 돼주기를 바랐던 것 같아요.

"결국 나랑 결혼한 것도 우리 아버지 재산을 보고 한 것이나 다름없잖아? 당신은 정말 구제불능이야!"

내가 그의 출세를 위해 이용당했다는 것이 억울하고 괘씸해서 쏘아붙였더니, 그가 마침내 쌍욕을 섞어가며 내뱉는 소리를 듣고는 정말 역겨워 억장이 무너지는 것 같았죠.

"씨발, 사위 출세시키려고 처가에서 그 정도도 못해 줄 가난뱅이 집안이라면 내가 너한테 뭣 보고 장가들었겠어? 이 꼴통아! 왜 그렇게 꽉 막혔어? 내가 출세해서 잘되면, 결국은 너한테도 좋은 거지, 안 그래?"

한심하다 못해 나 자신이 서글프기까지 했어요.

남편한테서 그런 막돼먹은 소리를 듣고 보니, 언젠가는 외동딸인 내게 돌아올 친정아버지의 유산 상속을 노리고 그가 처음부터 계획적으로 나랑 결혼한 전형적인 사기꾼이란 느낌이 들 정도로 섬뜩해지더군요.

남편의 그런 본성을 미처 몰랐던 결혼 초창기에는, 첫애가 유산되자 안타깝기 그지없었던 때도 있었어요. 하지만 국회의원선거를 앞두고 그가 본색을 드러내던 무렵에 나는 임신 4개월째였지요. 어쩌면 망측한 소리일지 몰라도 이 애가 훗날 우리 부부의 앞날에 장애가 될지도 모르겠다는 좋잖은 예감이 머릿속을 스치는 거예요. 그래서 나는 몰래 병원에서 애를 지워버릴까 하는 생각도 해봤어요.

하지만, 아직 태어나지도 않은 죄 없는 생명에게 차마 그런 모진 짓을 할 수는 없었죠. 설령 남편과 갈라서는 경우가 오더라도, 자식만큼은 내가 데리고 키우면 그런대로 서로 의지하고 살아갈 수 있으니까요. 1979년에 그 첫아이가 태어났어요. 나를 쏙 빼닮은 딸이었죠. 별처럼 빛나게 자라라고, 누사婁司라는 예쁜 이름을 지어주었어요.

남편과 나 사이가 서먹해졌어도, 누사가 태어나자 그는 아이한테만큼은 자상한 아버지로 끔찍이 아끼고 사랑하는 모습을 보이더군요. 하기야 고슴도치도 제 새끼는 예뻐서 귀여워한다는 말도 있잖아요.

그런데 두 번이나 선거에서 떨어지고 난 뒤부터는 사람이 이상하게 변하기 시작하더군요. 모든 걸 삐딱하게 보고 제멋대로 곡해하는 습성은 못버리나 봐요. 남을 쉽게 의심하는 버릇까지 생겨, 내가 잠자리를 거부하는 게 못마땅했는지 걸핏하면

"너, 딴 놈 생긴 거 아냐? 혹시 나 몰래 바람피우는 것 같은데, 나한테 꼬리가 잡히기만 하면 그땐 콱 죽여 버리겠어. 내 말 명심해 둬!"

라고 억지를 부리기 시작했죠.

"바른 대로 말해!…… 사실대로 고백 못하겠어?"

이런 식으로 윽박지르며 이따금 손찌검을 올려붙이기도 했고요.

말만 듣던 '의처증'이란 게 이런 것이구나 싶었어요. 생사람 잡는 일은 비단 이것뿐만 아니었어요. 그럴수록 더더욱 정나미가 떨어졌고요. 그건 사는 게 아니었어요. 내 머릿속은 그 사람에 대한 증오로 가득했죠.

누사가 우리 한국식 나이로 열한 살, 초등학교 4학년이었을 땐가 봐요. 남편이 세 번째 선거에서 마침내 국회의원 당선의 영예를 안았죠. 거기까진 괜찮았는데, 그것 역시 선거사무장을 시켜 득표 활동으로 여기저기 돈봉투를 뿌렸던 사실이 포착된 거예요. 명백한 매표買票 행위였던 거죠. 타당他黨 출마자 측에서 선관위에 고발함으로써 불법적인 금권선거로 재판에 넘겨졌지요. 최종판결이 내려지기까지 1년 6개월 남짓 끌었을 만큼 꽤시일이 걸린 것 같아요.

결국, 국회의원직으로 의정활동을 실제로 해본 것은, 정식재판 회부에서부터 당선무효에 따른 의원직 상실이란 최종판결이 날 때까지의 그 1년 6개월 정도가 전부였죠.

내가 이혼을 결심한 것은 그이의 부도덕하고 허황된 정치 권력욕에 대해 진절머리가 난 이유 때문만은 아니었어요. 호텔 여종업원과의 스캔들은 내 인내심의 한계를 넘어선 거였죠. 나라고 뭐 감정이 없나요? 도저히 더 이상 이성적 판단만 갖고는 해결할 수 없는 데까지 이르렀고요. 난 모질게 결심했죠. 이번엔 망설이지 않고 이혼장을 내밀었거든요.

가정법원에서 가장 치열하게 다툰 것은 누사의 양육권에 관한 문제였어요. 숙려기간熟慮期間에 나는 남편에게 위자료 따윈 한 푼도 청구하지 않는 조건으로 양보할 테니 아이만큼은 내가 데려다 키우겠다고 주장했죠.

남편 역시 아이를 애비 없는 자식으로 만들 셈이냐며, 누사를 절대 포기할 수 없다고 맞서더군요.

누사가 열네 살이 되어 막 중학교에 진학한 무렵이었죠. 그러니 아이의 장래를 위해 이때쯤 하와이로 유학 보내 어릴 때부터 영어권에서 살게 함으로써 아예 '큰물에서 놀게' 키울 계획까지 다 세워두었다고 하더군요. 당시 시댁에서는 한국인 관광객이 많은 하와이나 괌 등지에 호텔을 건립할 토대를 닦고 있던 중이었거든요. 감히 이혼장을 내민 나의 행위를 그가 괘씸하게 여겨, 아이를 나로부터 뺏음으로써 앙갚음을 하려 했다고도 볼 수 있고요.

최종적 판결의 귀추는, 결국 누사의 선택권에 달린 문제였죠. 제 아비가 그 애를 어떻게 구워삶았는지, 가정법원에서 누사는 아버지 쪽을 택했죠. 그때의 배신감은 정말 견딜 수가 없었어요. 내 뱃속에 든 그 애를 한때나마 지워 버리려고 마음 먹었던 그 모진 생각에 대한 업보를 이런 식으로 갚는구나, 라고 생각하니 천벌을 받는 듯한 느낌이 들었어요.

"엄마, 나도 이젠 다 컸으니까, 말하지 않아도 알만큼은 다 알아요. 걱정 마세요. 어차피 유학을 떠나면 엄마 곁에 있지도 못할 텐데 뭐……. 그렇다고 아빠하고만 사는 것도 아니고. 결국 내 앞날은 내가 스스로 개척해 나갈 게요. 엄마한테는 자주 연락하면 되잖아. 날 믿고 보내주세요. 내가 엄마를 버리는 것이 아니란 걸 엄마도 잘 아시잖아요, 네? 엄마."

그것이 최선책인 양 믿고 천연덕스럽게 나를 설득하는 딸애를 대하고 있자니, 서러워서 그만 눈물이 나오더군요. 조리에 맞는 말이긴 해도 그처럼 얄미울 수가 없었어요.

그렇게 남편과의 이혼이 결정되고, 우리는 헤어졌죠.

그때쯤 이미 내 마음과 몸은 극도로 지친 상태였어요. 최종판결이 난 그날부터는 아예 곡기를 끊은 채 내리 닷새를 굶으면서도 죽은 듯 잠만 잤어요. 간간이 소변이 마렵거나 목이 마를 때 일어나서는 비몽사몽간에 볼일만 마치는 즉시, 다시 잠들곤 했죠. 눈을 뜨면 되살아나는 기억의 고통과 혼자만 남겨졌다는 텅 빈 상실감으로부터 벗어나, 만사를 다 잊고 싶었기 때문이었는지도 몰라요.

그래요. 나는 이 지상에 유일한 내 혈육인 외동딸 누사와도 멀어졌다고 생각하니, 아마 그대로 혼자 조용히 죽고 싶었다는 게 맞을 거예요. 그때가 1993년이었어요.

❖

이혼녀로 혼자 살게 된 가련한 딸을 위해 뭐든 해주시려고 애쓰시는 우리 아버지를 보고 있으면 그저 한없이 송구스럽기만 할 뿐이었죠.

늘그막에 이르러 예전 같지 않게 기력이 쇠해진 아버지는 그 당시엔 이미 사양업斜陽業이 된 연근해 어업으로는 수지타산이 맞지 않다는 걸 아시고는 몇 년 전에 멸치잡이 선척船隻들을 처분한 대신, 통영에다 큰 건물들을 몇 채 지어 점포 및 주택 임대업을 시작했죠. 마음 같아서는 거대한 트롤선박을 몇 척 건조하여 대양을 누비는 원양어업에 착수하고 싶어도, 대를 물릴 아들이 없던 것을 한탄하시는 당신의 노쇠함을 내 앞에선 짐짓 감추시곤 하셨어요.

"내 죽거들랑, 통영에 있는 건물들은 니가 맡아서 잘 건사해라. 그건 이 애비가 미리 하연이 몫으로 남겨놓은 유산인께. 알았지?"

그런 말로 나를 위로하시며, 여생을 한산도의 옛집에서 얼마간 유유자적하는 삶을 보내시더니, 그해 늦가을에 그만 세상을 떠나시고 말았죠. 일본의 큰아버지 식구들이 초상을 치르러 오랜만에 귀국한 것도 그해였지요. 큰아버지보다 아버지가 먼저 숨을 거둔 거예요.

그 이듬해 — 벚꽃이 절정인 때였으니 아마 4월인가 — 나는 다시 일본으로 건너갔죠.

아버지 장례식 땐 참석하지 못한 마유미 언니가 내 사연을 다 듣고는 나를 가엽게 여겨 한없이 따뜻하게 맞아주더군요. 작은오빠 집에 머물며 그럭저럭 마음의 상처를 달래고 있었죠. 앞으로 어떻게 해야 할지 내 삶의 방향을 생각해보기도 하며 지냈어요.

그 무렵에 한 남자를 만나게 됐어요. 참 희한한 일도 다 있지! 세상에는 나와 유사한 처지의 사람도 있다는 걸 알게 된 계기가 바로 그 남자를 통해서였기 때문에, 절로 그런 감탄의 느낌이 들었어요. 그 얘기를 해볼 게요.

한 남자가 있었어요. 아내가 서른일곱이란 나이에 너무 일찍 암으로 세상을 떠나는 바람에 홀아비가 된 사람이었죠. 나보다 한 살 많은 남자였어요.

1978년에 결혼하여 3년 뒤 81년에 태어난 아들 하나를 남겨둔 채 그의 아내는 부부생활 12년째 접어들던 89년에 홀연히 저 세상으로 가버렸다는 거예요. 그런데 그녀의 사망일이 공교롭게도 내 생일날과 똑 같았죠. 참으로 놀랍고 희한한 일도 다 있구나, 하는 느낌이었어요.

집에서는 아이를 키워줄 다른 가족이 아무도 없었대요. 그는 하는 수 없이 아홉 살짜리 아들을 데리고 처가에 가서 살았다는군요. 남자 혼자서 아이를 밥해 먹이고 뒷바라지하면서 키운다는 게 얼마나 불편하고 힘든지를 잘 아는 처가 식구의 요청에 따라 부득이 그렇게 됐다고 해요.

직업이 교사였던 그 남자에게 어느 해 딴 고장으로 전근발령이 났대요. 아이를 새 부임지로 데려갈 수가 없어 그냥 처가에 맡겨두고 혼자만 그곳으로 갔답니다. 주말에만 돌아와 아들과 함께 지내는 생활이 2년 정도 반복되었다는군요. 일테면, 이산가족인 거죠.

그런데 1991년인가, 그의 아들이 바닷물에 빠져 죽었답니다. 여름방학을 며칠 앞두고 체험학습인가 하는 학교행사 때였다던데, 단체로 바다생태 체험을 하러 떠났다가 그런 끔찍한 변을 당했대요.

늘 함께 있어주지 못한 데서 오는 비통함과 더불어 아들을 끝까지 지켜주지 못했다는 자책감 때문에 그 남자는 괴로워했죠. 그날 현장에 본인이 있었던 것도 아니고 그 자신과 상관없이 일어났던 불행한 사태였는데도 말이죠. 그것이 결코 자기 책임의 문제가 아니었음에도 불구하고, 아들의 죽음을 그는 엉뚱하게 업보業報라고 받아들이고 있었어요. 왜 그렇게 생각했던 걸까요?

그는 지난날 베트남전에 한국군 장교로 파병되었던 전력을 지닌 자였어요. 수많은 살상과 피를 본 전투 중에 겪은 그의 과거사, 그 가운데서 가장 어두운 기억으로 남아있는 부분과 아들의 죽음을 연계시켜 말하더군요.

임무완수를 위해 아무 죄 없는 베트남 어린이를 살해하도록 지시했던 그 기억이 오래토록 아프게 남아, 이런 식으로 그 죗값을 치르게 된 것 같다는 이야기예요. 그의 의식을 오래 짓눌러 왔던 속죄의 중압감은 그에게 업보의 무게와도 같았던 셈이죠.

그의 마음은 언제나 세상 밖으로 멀리 떠나고 싶어 했지만, 그런 자기를 말없이 가로막는 존재가 있었대요. 그를 사랑하는 사람들과 그 자신이 또한 애착을 갖고 그리워하는 것들이랬어요. 그것들이 항시 떠나려는 그의 발목을 잡더라고 했어요.

고향의 노모와 아내, 그리고 외아들……. 그러나 지금은 모두 이 세상에 존재하지 않게 된 거죠. 더욱이, 죽은 아내가 저승에서 외로워 어린 아들을 데려갔을 거라고 말할 때는, 바닷물 속에서 허우적대며 벅찬 숨을 헐떡거리다 가만히 가라앉아 갔을 아들 생각에 빠져, 숨이 끊기는 마지막 그 순간의 고통을 함께 나누려는 심정인 양했어요. 그는 한참 호흡을 고르며 고개를 수그려 애써 눈물을 감추더군요.

이제 더 이상 자기를 붙들어 맬 아무것도 없이 된 뒤에야, 그는 비로소 주변의 모든 것을 청산하고 일본으로 훌쩍 건너왔댔어요. 어쩌면 그도 나랑 매우 비슷한 처지에 있는 사람이었어요.

"사랑하는 것, 그리운 것들이 자기 주변에서 영영 사라져 간다는 건 두렵고 슬픈 일이지요. 내게도 이별만큼 무섭고 두려운 건 없었어요. 단순한 고통을 넘어 공포에 가까운 감정으로 마음속에 회한悔恨을 남기니까요."

마치 내 자신의 마음을 투명하게 드러내 보이듯이 나는 그렇게 말해주었어요. 그 말에 그도 공감한다고 하더군요. 그래서 우리는 금세 동병상련의 심정으로 쉽게 가까워질 수 있었던가 봐요.

나는 그를 위로하기 위해 또 이렇게도 말했죠.

"지난날의 아픈 기억에서 오는 자책감 때문에 괴로워했겠지만, 진실을 알아야 새 출발도 할 수 있잖아요."

이 말은 그에게 들려준다기보다는 오히려 나 자신에게 한 말이기도 했어요.

"하지만, 기억은 존재의 정체성을 획득하고 유지시켜 주기도 하죠."

"그렇긴 해요. 하지만······"

하고 그 말을 애써 부인해보려 했지만, 기억은 쉽게 잊히지 않고 시간만이 해결해준다는 생각, 그리고 아직은 내게도 생생한 지난날의 기억들 때문에 그만 슬퍼져서 더 이상 아무 말도 못했죠.

과연 기억이 사라진다면 어떻게 될 것인가, 하고 막연히 생각하니 나도 모르게 왈칵 불안이 안겨들더군요.

우리가 처음 만나던 그날 그 장소를 기억 못하는 날이 진짜 올까 봐, 나는 그것이 못내 두렵기도 했고요.······

❖

하여간, 내가 그 남자를 처음 보았던 그날의 일에 대해 이야기해야겠군요.

남편과 이혼하고, 얼마 뒤엔 아버지까지 세상을 떠난 그 이듬해, 내가 치바현 카시와시의 작은오빠 댁에 머물고 있던 그 무렵이었죠. 내 딸 누사와도 헤어져 한없이 공허하고 울적했던 나날이었어요.

일본에 온 지 한 달쯤 지난 5월경, 집안에만 있는 게 갑갑해, 심란한 마음을 달래보려고 해안가를 자주 찾았지요. 아무것도 하는 것 없이 그냥 훌쩍 바닷가로 나가는 식으로 말예요. 확 트인 바다를 보면 마음이 좀 진정될까 해서 해안을 빈둥거리며 확실한 목적도 없는 외출로 시간을 보내곤 했죠.

화구와 스케치북을 들고 나간 것은 순전히 핑계거리에 불과했어요. 종일 해안을 어슬렁거리는 미친 여자처럼 보이지 않으려고요.

하루는 치바현에 속한 토미우라富浦라는 해안마을에 들렀어요. 옛날엔 고래가 올라오던 해안이었는데, 도쿄만을 따라 북쪽으로 쭉 올라가다 보면 나오는 한적한 갯가 마을이에요. 일본에서는 이런 어촌을 가리켜 '료우시마치'漁師町라 하더군요. 우리말로 하면 '어부의 마을'쯤 되겠네요.

이 고장 어부들의 얘기를 듣자니, 과거 고래들의 남획으로 현재는 전혀 보이지 않고 간혹 식용으로는 쓸모없는 상괭이만 눈에 띈댔어요. 고래잡이로 흥성거렸던 좋은 시절은 다 갔지만, 그나마 놀래기(이라), 비늘돔(부다이:武鯛), 독가시치(이타치우오), 만새기(시이라:鱰), 벵에돔(메지나) 같은 횟감들과 그밖에 바닷장어 종류는 여전히 잘 잡히는 곳이래요.

지금은 한적한 어항이어서 1960년대 후반의 통영항統營港 같은 분위기였어요. 왠지 고향 앞바다에 온 듯한 기분이 들고 아늑한 느낌이었죠.

그런데 그날 방파제 끝에 한 남자가 앉아 있는 걸 봤어요.

머리 위로 갈매기들이 떼를 지어 끼룩대며 몰려드는 방파제 끄트머리에서, 그는 등을 보인 채 하염없이 바다 저쪽만 보고 있더군요. 소모사梳毛絲를 사용해 능직綾織으로 얇게 짠 옷감으로 만든 회색 버버리코트를 걸치고 있었지요. 한때 날염捺染 기술을 익히며, 이와 연관해 자연환경 보존을 위한 천연염색 따위의 공부를 한 적이 있는 나는, 웬만한 옷감은 굳이 만져보지 않아도 어떻게 직조織造되었는지를 판단할 수 있는 눈썰미가 생겼죠. 벨트가 달리지 않은 겉옷이라 가운을 걸친 것처럼 아주 단출한 차림새로 옷깃을 세운 모습이었어요.

그래도 처음엔 예사로 생각했죠. 나처럼 시름에 잠겨 이따금 바다를 보러 나온 사람들도 있을 테고, 그런 경우의 하나려니 하는 생각조차 않고 그냥 지나칠 정도로 무심했으니까요.

나중 식당에 들러 초밥으로 점심을 먹고 집으로 돌아오기 전에 한 번 더 방파제에 나갔더니 그때까지도 그 자리에 가만히 앉아 있었어요. 마치 수만 리 먼 길을 비행하여 어김없이 왔던 곳으로 되찾아가는 철새의 모습을 살피기나 하듯이, 그는 수평선 너머 하늘 쪽만 줄곧 응시하고 있었어요. 그제야 무척 이상하단 느낌이 들더군요. 하지만 그냥 그뿐이었고, 나는 크게 관심을 두지 않고 집으로 돌아왔죠.

아무튼 그날의 토미우라 해안과 그 분위기가 마음속에 남아 이후로 몇 번 더 찾아 가봤죠. 물론 방파제도 둘러봤고요. 그런데 그 방파제 끝에 오면 이상하게 첫날에 봤던 그 남자 생각이 문득 떠오르곤 했어요. 몇 시간이고 같은 자리에서 바다에 홀린 사람처럼 우두커니 수평선 쪽을 바라보던 그 모습이.

그러다가 음력 칠월, 칠석날이었다고 기억돼요. 일본에선 '타나바타─마쓰리七夕祭り'를 하는 축등이 거리에 내걸리고 꽤 흥성거리는 분위기를 연출하는 것이 한국과는 좀 다른 데가 있거든요. 양력으로는 8월 초순이었는데 아침부터 날씨가 흐려 햇빛은 없었지만 후텁지근하긴 마찬가지였어요.

그날에도 난 토미우라 부둣가를 찾아와 어슬렁거렸죠. 여기저기 바닷가 풍경들을 몇 점 스케치 해보았는데, 어느 틈엔가 내 발걸음은 방파제 끄트머리 쪽으로 향하더군요.

바로 그때, 그 남자가 같은 자리에 앉아 있었어요. 이번엔 마치 그것을 예감하고 내가 무의식중에 그리로 향했던 것 같은 생각까지 들었으니까요. 나는 감히 가까이 다가가지 못하고 좀 떨어진 곳에서 바다를 배경으로 그의 뒷모습이 나오는 방파제와 그 일대의 풍경을 크로키로 스케치북에 담았지요.

연필로 재빨리 그리면서 그의 외양을 자세히 관찰하니, 소매를 걷어붙인 여름용 점프를 입고 있더군요. 잔뜩 찌푸렸던 하늘에서 갑자기 빗방울이 떨어지는 바람에 서둘러 자리를 뜨면서 뒤돌아보았죠. 그는 비를 맞으면서도 개의치 않고 가만히 앉아 있었어요.

참 이상도 해라! 왜 그런지 이유도 없이, 나는 자꾸 그 남자가 신경이 쓰여 뒤를 흘낏흘낏 돌아보면서, 얼른 비를 피할 곳을 찾아 일본의 전통식 목로주점인 이자카야居酒屋에 들렀지요. 옥호屋號가 〈미나토湊〉였어요. 우리말로 하면 항구港口의 뜻인데, 좀 우아하게 표현하면 '물목水戶'이란 의미에 가깝죠.

술집이긴 해도 남자손님만 드나드는 곳과는 종류가 달랐어요. 설령 남자손님이 대부분이라 해도 나처럼 사십대 후반의 중년여인이 혼자 그림 그리러 나왔다가 잠시 들어온 것이라면 전혀 이상할 게 없지요. 한국에서도 흔히 볼 수 있는 일식집 분위기와 흡사한데 이런 곳에선 젖은 몸을 녹일 수 있게 따뜻이 데운 사케酒와 생선요리 안주가 있어 쉬어가기 딱 좋은 곳이에요.

토미우라에 올 때마다 두어 번 드나들어서 이 집 '미나토'의 주인인 아라이荒井 씨와도 이미 구면이었고요. 그는 내가 첫날 올 때 화구와 스케치북을 들고 있었던 것을 잘 기억하고 있었던지 두 번째도 금세 알아봤는데, 방금 전에도 막 반갑게 맞아주더군요.

둥글둥글한 얼굴을 한 가게 주인은 반쯤 까진 이마에 하치마키鉢卷를 두르고 싱글거리면서,

"칠석날엔 꼭 비가 온다더니 과연……. 견우직녀가 만나느라 그렇다고 하더구먼. 재회의 기쁨으로 흘리는 눈물답게, 역시 어김없이 비가 오죠?"

하고 너스레를 떨더군요.

콧수염을 기른 주인아저씨는 전형적인 일본인 상像이었어요. 그러나 어쨌든 생각보다 바깥엔 비가 많이 오진 않고 찔끔거리는 정도여서 다행이었죠. 비 때문에 집까지 돌아갈 걱정 따윈 안 해도 되니까.

나는 시원한 맥주에 마른안주를 주문해 놓고는 한쪽 구석에 자리를 잡고 앉아 기다렸어요. 그러고 있는 차에, 미나토의 여닫이문이 드르륵 열리는 소리와 함께 불쑥 들어선 사람이 있었죠. 하얀 티셔츠 위에 얇은 여름 점퍼를 걸친 그 남자를 보자 나도 모르게 아! 하는 소리가 입 밖으로 터져 나올 뻔했죠. 바로 그 남자였어요. 방파제 끄트머리에서 하염없이 바다를 바라보고 있던 그 사람 말이에요.

"이랏샤이마세!"

하고 호기롭게 소리치던 주인아저씨가 문안으로 들어선 그를 확인하는 순간,

"아, 조상!"

하고 아는 체를 하는 걸 보니 평소 서로 면식이 있었던가 봐요. 하여간 나는 그가 '조 씨' 성을 가진 한국인이란 사실을 이때 처음 알았죠.

그는 점퍼의 물기를 손으로 털어내며 주인아저씨가 서서 주문을 받는 목로 바로 앞에 자리를 잡고 앉더군요. 내 쪽에서 보면 여전히 등을 반쯤 돌린 채였어요. 주인이 건네는 수건으로 그가 젖은 머리와 얼굴의 물기를 닦아내고 있었는데, 두 사람이 주고받는 말소리는 내가 앉은 자리에서는 확연하게 들리지 않았어요. 여름철의 변덕스런 날씨가 어떻다느니 하는 소리도 들렸고, 좀 있다가 무슨 출판사 얘기며, 책의 간행에 관한 말 같은 것으로도 들렸어요.

나는 안 그런 척하며 그쪽으로 귀를 기울였지만, 이야기들이 마구 뒤섞여 띄엄띄엄 전해오는 소리를 갖고는 도무지 종잡을 수 없는 내용이었죠. 자세히 알 수는 없어도 그 사람은 출판과 관련된 일을 하거나 무슨 글을 쓰는 사람이거니, 하고 대충 짐작해 보긴 했죠. 외양에서 풍기는 분위기도 그런 인물에 가까워 보였고요.

내 나이 마흔여섯에 외간 남자에게 이 무슨 어이없는 감정의 이끌림인지, 스스로도 좀 쑥스러운 생각이 들어 혼자 씁쓸한 마음으로 맥주를 들이키며 부끄러운 느낌에 잠겼더랬죠. 차츰 온몸이 나른해지며 낯이 화끈거

렸어요. 술기운 때문만은 아니었어요. 정체를 분명히 알 수 없는 남자에 대해 관심 이상의 집착을 갖게 되는 나 자신의 미묘한 감정에 공연히 화를 내면서도, 사실은 눈길이 자꾸 그쪽으로 쏠리고 있었으니까요.

한국인이니까 나중에 넌지시 말이라도 걸어볼까. 타국에서 어쩌다 마주친 고국 사람들끼리 자연스레 지나치는 말투로 상대방에 대해 호기심을 갖고 이것저것 좀 묻는다는 게 무슨 흉이 되거나 흠 잡힐 일도 아닐 테지. 그런 생각들이 내 머릿속을 맴돌고 있었죠.

그 남자는 맥주잔에 따끈히 데운 청주를 두 컵쯤 비운 뒤에야 일어서더 군요. 계산대에서 일부러 문 앞까지 따라 나온 아라이 씨에게 그는 고개를 수그려

"데와, 마따(그럼, 또)……"

라고 정중히 인사를 하곤 가버렸어요.

나는 괜히 가슴이 철렁 내려앉는 것 같은 짧은 실망감에 맥이 탁 풀렸어 요. 말을 붙여볼 기회조차 눈앞에서 놓쳐버린 기분이었으니까요. 나도 이 대로 자리에서 일어나 뒤따라 가볼까 하는 생각을 지그시 억누르며 참고 있었죠.

생각을 바꾸어, 가게 주인인 아라이 씨에게 나중 그에 대해 물어보리라 고 혼자 궁리하며 일부러 시간을 지체하고 있었던 게 결과적으론 잘한 일 이었어요. 그도 그럴 것이, 실제 아라이 씨로부터 나중 그 남자에 대해 꽤 자세한 정보를 얻어듣게 된 때문이었죠.

❖

"아까 그 분, 한국인이죠?"

아라이 씨한테 그렇게 은근슬쩍 말을 붙임으로써 우리의 대화는 자연스 럽게 시작되었죠. 실은, 나도 한국 사람이라고 했더니, 아라이 씨는 깜짝 놀라더군요. 자기는 나의 유창한 일어 구사능력 때문에 내가 일본인인 줄

알았다는 거예요. 그래서 나는 젊은 시절에 미술을 공부하러 일본에 유학을 온 적이 있었고, 아직도 친척들이 이곳에 많이 살고 있다는 것 등을 처음으로 밝혔지요. 서로 조금씩 말문을 트면서 마음을 열듯 터놓고 얘기하기 시작했어요.

여기 토미우라 료우시마치는 한국에서의 내 고향 풍경과 흡사해서 어쩐지 정이 들었다고 했죠. 그래서 벌써 몇 번째 고향을 찾는 기분으로 스케치하러 나왔다는 이야기, 그리고 방파제 끝에서 아까 이 자리에 앉았다가 나간 그 남자를 두 번이나 본 적이 있다는 말도 꺼냈죠. 뿐만 아니라, 내 스케치북에 크로키로 데생한 그 사람의 모습을 아라이 씨한테 보이기까지 했어요. 그러면서 그가 뭐하는 사람인지를 넌지시 물었던 거예요.

"아! 그림 속의 이 남자가 조시우 상이구먼."

아라이 씨는 탄성을 지르며 그림을 한참 들여다보았어요. 그리고는 그가 아는 바대로 한국인 조 씨에 대해 이야기를 들려주더군요.

그 분의 이름이 조시우란 건 그날 처음 알았어요.

아라이 씨는 조 씨의 호칭을 고정해서 사용하는 법이 없었어요. 어떤 땐 '조 상'이라 했다가, 또 '시우 상'이라 했다가, 부르기 편한 대로 말하는 습관이 있더군요. 내가 듣기엔 '시우 상'이라고 칭한 경우가 더 많았어요. 아무래도 그 쪽이 발음하기 수월했던가 봐요.

이곳 치바현에도 속칭 '자이니치在日'로 통하는 기존의 재일동포들 외에, 유학이나 개인사업 혹은 현지에 진출한 기업체의 주재원들과 그 가족들, 그밖에도 여러 이유들로 들어와 사는 한국교민들이 상당히 많은가 봐요.

이 지역의 민단民團 일을 보고 있는 부 춘기夫春基 씨도 그런 사람 중의 하나였죠. 그 분은 한국문단에도 제법 알려진 제주도 출신 작가로, 조 씨와는 개인적 친분이 매우 깊은 관계였다고 해요. 언젠가 조시우 씨의 소설을 읽은 춘기 씨가 그걸 번역해 일본문단에 소개한 적이 있었대요.

이를 계기로 두 사람의 교분이 시작됐다더군요. 한데, 조시우 씨는 소설만 쓰는 게 아니라, 뜻밖에도 《만요슈》라든가 《일본서기》에 나오는 '와

자우타'(謠歌: 일종의 참요讖謠식 노래) 연구에도 상당히 조예가 깊었던 모양이에요.

일본에는 전국 각지에 고전시가에 관심을 가진 자들로 이루어진 만요슈 연구회니, 하이쿠俳句 또는 와카和歌 연구회니 하는 모임들이 굉장히 많아요. 이 중에서도 〈기記・기紀, 만엽万葉의 해독 연구회〉라는 단체가 있대요. 도쿄 일대의 회원들 중심으로 활동하는 연구 단체인데, 《고사기》《일본서기》《만요슈》를 주요 연구대상으로 삼은 모임이래요.

그 모임을 이끄는 대표자 카노 사토시狩野 聰라는 분에게 조 씨를 소개한 사람이 부 춘기 씨였대요.

카노 씨는 이름난 출판기획자로서, 〈펜・엔터프라이즈〉라는 출판기획사를 운영한다는군요. 만엽가에 대한 획기적인 새 해독법解讀法을 제시한 조시우 씨의 주장이 카노 사장의 마음을 움직였다고 하네요. 그래서 카노 씨는 출판을 기획해볼 결심을 했고, 이를 계기로 조 씨가 일본으로 건너오게 됐다는 거예요.

아라이 씨의 설명을 대충 종합하면 그런 사연으로 요약될 수 있겠네요.

특히 재미있는 점은, 카노 사장이 여기 '미나토' 주인인 아라이 씨와는 이종사촌 간이었다는 거예요. 자연히 부 씨, 조 씨, 카노 씨가 함께 이 가게를 몇 번 들락거렸던 관계로 아라이 씨와도 잘 알게 됐다는 겁니다.

"시우 상이 처음 일본에 왔을 땐, 카노 사장의 주선으로 도쿄도東京都 오오타구大田區에 머물렀구먼. 번잡한 도심에서 제법 먼 거린데, 도쿄의 베드타운 격인 한적한 데지. 거의 노인촌이라고 해도 과언이 아닐 만큼 은퇴한 자들이 모여 사는 곳이오. 하네다羽田 공항과는 멀지 않아서, 서울 갈 때엔 시우 상한테도 편하겠지만……. 어쨌든, 카노 사장이 시부야渋谷에 있는 출판기획사의 현직에서 은퇴하면 지금 살고 있는 집과 사무실을 아들 내외에게 물려줄 생각이라더군. 그리고 자기는 오오타구로 옮겨가려고 거기에 미리 아파트를 장만해 두었다오. 지금은 빈 집인 상태라서, 한동안 시우 상이 거기 머물며 집필할 수 있도록 배려했다 하오. 내가 듣기론 그랬어. 여전히 거기 사는지는 안 물어봤구먼. 당연히 아직도 시우 상이 거기 있으려니 했으니까. 하여간, 혼자 지내기 무료해지면 이따금 전철을 타고 치바켄에 사는 춘기 상을 보러 놀러오곤 했지. 그런 날엔 가끔 이 토미우라 해안을 찾다 가곤 하오."

아라이 씨의 이런 이야기들을 듣고 있자니, 왠지 모르게 그 한국인 조시우란 사람과 내가 이상한 인연으로 얽혀드는 듯한 묘한 느낌이 들었죠. 정작 그가 어떤 성격의 사람인지 구체적으로 아는 것은 하나도 없었지만요. 다만 그를 적극적으로 돕는 주변 사람들의 동태만 갖고 짐작해 봐도, 그의 친화력과 인간됨됨이가 나에게까지 어느 정도 호감을 주며 다가오는 것 같았지요.

내가 '미나토'를 막 나오려고 할 때, 아라이 씨는 아까 내 스케치북에서 본 연필 데생의 크로키 그림을 기념으로 주고 갈 수 없겠느냐고 조심스레 묻더군요. 나는 기꺼이 그러겠다고 하고, 스케치북에서 그 그림의 낱장을 찢어 주었지요.

"이거 잘 보관해 두었다가, 혹시 다음에 시우 상이 오면 보여주죠. 이것도 다 인연인데……. 더구나 오늘은 칠석날이니까, 왠지 더 의미가 깊구먼."

그러더니, 아라이 씨는 뭐가 재미있는지 혼자 껄껄 웃더군요.

❖

조시우 씨를 내가 다시 보게 된 것은, 그런 일이 있은 지 한참 뒤의 일이었어요.

물론 그날 이후 나는 여기 미나토에도 더 이상 발걸음을 하지 않았지요. 아무래도 그날 내가 좀 가볍게 행동한 것 같아 공연히 민망해서요. 전혀 낯선 타인에게 관심을 보였던 나를 아라이 씨가 이상하게 여기지는 않았는지 — 그런 것들을 생각하니 좀 혼란스러웠죠. 어쩐지 스스로 경망스러운 데가 있었다고 반성하는 동안, 나 자신이 마치 이혼녀의 늦바람 난 모습을 꼭 남에게 들킨 것 같은 자격지심에 마냥 쑥스럽고 부끄러웠으니까요.

그 당시 나의 재혼 문제를 거론하는 주변 사람들, 그 중에서도 특히 마유미 언니의 권유를 나는 웃으며 귓가로 흘려듣곤 했지요. 아직은 진지하게 그 문제를 생각할 심정적 여유도 없고, 깊이 생각해보지도 않았다는 식으로…….

그 무렵 하와이에 살며 현지 학교를 다니고 있던 내 딸 누사와는 자주 전화상으로 연락을 주고받는 상태였고요. 어차피 서로 떨어져 사는 처지이긴 하지만 누사를 생각해서 재혼을 쉽게 결심할 수 없었다는 건 한갓 핑계일 뿐이고, 사실은 적당한 배우자를 아직 찾지 못했다는 게 옳은 표현이에요.

이혼한 남편의 호텔사업은 그런대로 잘 운영되고 있나 봐요. 누사의 입을 통해 가끔 그런 소식을 전해 듣곤 해요. 이제 정계진출 같은 허황한 욕망 따위도 접었나 봐요. 그 대신 착실히 사업에만 전념한 결과, 괌 현지에 세운 호텔이 의외로 번창하고 있다더군요. 누사는 교육환경이 더 좋은 하와이로 보내져 거기 기숙사에서 학교를 다니기에, 제 아비와도 떨어져 살고 있대요.

일본은 유난히 지진이 잦은 나라란 건 세상이 다 아는 사실이죠. 한번은 마유미 언니가 지진 때문에 생긴 얘기를 해주더군요.

동창생 중 도호쿠東北 지방으로 시집가서 지금 이와키시磐城市에 사는 친구가 있대요. 하루는 딸의 생일 기념으로 직접 선물을 고르도록 데리고 외출했다가, 건물 천장이 무너지는 바람에 눈앞에서 아이가 깔려죽은 사건이 있었던가 봐요. 진도震度 7이상의 강진이 일본에선 드물지 않은 경우이기에 재난의 피해도 그만큼 빈번하니까요.

그녀의 정신에 치유하기 힘든 트라우마를 남긴 그 사건 때문에, 이후부터 바깥출입은커녕 아예 방안에만 틀어박혀 지낸다는 소문을 마유미 언니

는 언젠가 동창회 모임에서 전해 들었다는군요. 그 전까지는 동창회 모임 같은 곳에 오면 누구보다 명랑하고 활달했던 그녀가 소위 '히키코모리(引き籠り:은둔형 외톨이)'로 변했다는 거예요. 남편이 정신과병원에 데려가 상담도 해보았다는데, 상상 속의 공포는 누가 어떻게 치유해줄 도리가 없나 봐요.

일본말 '히키코모리'를 굳이 우리말로 옮기기엔 사실 적당한 말이 없어요. '방구석 귀신'이란 표현이 오히려 적절해요. 그만큼 섬뜩하고 처절한 데가 있는 자폐적 정신병력자와 흡사하니까.

내가 왜 이 얘기를 꺼냈는지 모르시겠죠?

6월 초순경인가, 마유미 언니한테서 그 이야기를 듣는 순간, 소름이 끼치도록 섬뜩한 느낌이 나의 내부를 훑고 지나가는 묘한 경험을 했거든요. 동시에, 왠지 꼭 나한테도 그런 충격적인 일이 조만간 닥칠 것이란 예고에 접한 기분이었죠. 심지어 한 이틀 악몽을 꾸기도 했어요. 지진으로 땅이 꺼지고, 도로가 끊기고, 건물들이 폭삭 무너지는 꿈이었어요. 사방에 불길이 치솟는 가운데 내 몸도 아득한 낭떠러지 아래로 떨어져가는 끔찍한 공포에 시달리는 찰나에 가까스로 식은땀을 흘리며 눈을 뜨곤 했지요. 우연히 전해들은 그 지진 얘기는 그만큼 불길한 느낌으로 내 머릿속에 똬리를 틀었나 봐요.

인간에겐 설명하기 힘든 예감 같은 게 있잖아요. 그런데 과연, 나 역시 그런 경우를 당하고야 말았거든요.

어느 날, 누사한테서 장거리 국제전화가 걸려왔죠. 당시만 해도 휴대폰이 널리 보급되지 못했던 시절이라 집에서 직접 다이얼을 돌려서 거는 식이었죠. 그런데, 지금 전화를 거는 곳이 서울이랬어요. 서울에 사는 막내고모의 결혼식이 사흘 뒤에 있어서 오랜만에 귀국했대요. 서울에 오니까 불현듯 엄마가 보고 싶어 전화해 보는 것이래요. 일본서 자기를 만나보러 나올 수 없느냐고.

생각해볼게, 라고 난 간단히 대답했지만, 정작 그 집 식구들과는 비록 우연하게라도 마주치는 건 딱 질색이어서 실은 한국에 나갈 생각은 없었죠. 지금 뭐 하니? 그렇게 물었고, 누사는 고모가 귀국선물을 사주겠다기에 좀 있다 함께 백화점에 가볼 거라고 대답하더군요. 전화기를 통해, 바로 옆에서처럼 생생히 내 귀에 전해온 누사의 목소리가 이 지상에서 들은 마지막 음성이었죠. 그 전화를 받은 날이 1995년 6월 29일, 오후 5시경이었어요.

그 날짜와 시간 등을 정확히 기억하게 된 것은 통화를 끝내고 나서 불과 50여분 뒤에 벌어진 재앙 때문이었죠. 처음엔 몰랐다가 뒷날 그 사건을 되짚어냄으로써 확실히 알게 된 거예요.

나는 누사가 그날 삼풍백화점이 무너져 그 잔해에 깔려 죽은 사실조차 한참동안 모르고 지냈어요. 만약 그날 당장 알았더라면 나는 미친 사람처럼 허겁지겁 달려갔을 게 틀림없어요. 차라리 '모르는 게 약'이라는 말은 고통을 감내하는 마지막 위안의 말임을 나중에야 절감했지요.

누사로부터 소식이 두절된 채 보름 넘게 지나서야 내 쪽에서 그 애한테 몇 번 통화를 시도했는데, 계속 연결이 잘 안 되더군요. 처음엔 무슨 일이 난 줄도 모르고 나는 무심한 자식만 탓했죠. 서울에 저를 보러 가지 않았다고 섭섭한 감정을 이런 식으로 표현하다니, 소식을 딱 끊어버리고…….

어쩌면 정말 좋지 않은 일이라도 생긴 것일지 모르겠다는 쪽으로 급선회하자, 그제야 공연히 불안해지기 시작하더군요.

삼풍백화점 붕괴사고는 일본에서도 텔레비전 뉴스 시간에 현지리포터의 중계로 실시간 방영된 적이 있긴 했었나 봐요. 하지만, 바다 건너 고국 소식을 쉽게 접할 수도 없는 일본 땅인데다 또, 매일 텔레비전에 눈을 고정시킬 여유도 없었죠. 그래서 난 그런 일이 있었는지도 모른 채 예사로 넘겼거든요. 그때쯤 누사는 하와이에 되돌아가 있을 거라고만 생각했으니까.

설령 사실을 알았더라도, 당시 누사가 제 고모와 함께 선물을 사러간다고 했던 백화점과 그 끔찍한 참변 사이에 좀체 연결고리를 찾지 못했기도 하고요. 설마 그럴 리가, 하는 생각 끝에 불길한 예감이 번뜩 내 머리를 스친 것도, 실은 보름이나 지난 뒤에야 겨우 그 두 가지를 연결시켜보기 시작하면서부터예요.

나는 백방으로 수소문한 뒤에 마침내 그 사실을 알게 됐어요. 그 애의 아비란 작자는 내게 딸의 죽음을 알리지도 않았고, 장례식에 연락조차 하지 않았어요.

통영비치호텔에 전화를 걸어, 어쩜 그럴 수 있느냐고 시부모에게 따지고 들었죠.

분을 삭이지 못해 내가 발악하듯 울부짖는 목소리에 놀란 시어머니도 흐느끼며 말하더군요. 너에겐 걱정을 끼치지 않으려고 그랬다는 둥, 결혼식을 사흘 앞둔 자기 딸도 함께 저 세상 보낸 심정을 헤아려 용서하라는 둥, 그리고 둘 다 화장하여 납골당에 안치했으니 이젠 그만 진정하라는 둥, 존조리 나를 달래며 휘갑을 치더군요.

고공공포증이 있는 사람에겐 높은 곳에서 아래를 내려다보는 것만으로 벌써 다리가 후들거리고 아뜩해져서, 자신도 모르게 뛰어내리고 싶은 충동을 느끼잖아요. 내가 그런 심정이었죠. 뒤늦게 누사의 죽음을 전해 듣고는 아득한 벼랑 끝에 혼자 서 있는 것 같이 갈팡질팡했지요.

삼풍백화점이 붕괴된 그 여진餘震으로 생겨난, 눈에 보이지 않는 쓰나미津波가 한반도의 동해를 거쳐 일본의 내게로 몰아닥친 것처럼, 내 발밑이 와르르 무너져 내리고 가슴이 뻥 뚫리고 말았지요. 죽은 자식을 가슴에 묻는다는 말이 무슨 뜻인지를 비로소 알게 된 심정을, 그러나 어떻게 적절히 설명할 길이 없네요.

두호 오빠, 실은 이처럼 내 신세타령이나 하려고 만나자고 했던 건 아녜요. 하지만 지난날을 얘기하다 보니 저절로 푸념처럼 늘어놓은 신세타령이 돼버렸군요.

또, 스스로 전 남편 얘기를 꺼내는 건 새삼스레 상처를 헤집는 꼴이나 다를 바 없지만, 작년 여름 — 그러니까 97년 8월 6일에 — 대한항공의 괌 참사가 발생했을 때 그 비행기 안에 누사 애비가 타고 있었어요. 그가 참변을 당한 것도 다 내가 모르는 사이에 벌어진 일이 되고 말았고요.

하지만, 이 모든 사태가 내게는 어쩔 수 없는 업보의 무게로 다가올 뿐이에요.

제12장 기쁘고도 슬픈 날

아직도 할 말은 많이 남아 있지만 다 생략하고, 제일 중요한 일 한 가지만 언급할 게요. 2년 전에 일본에서 조시우 씨랑 나랑 재혼했어요. 홀아비와 미망인끼리의 만남이죠. 사실은, 그 얘길 하려고 지금껏 빙 둘러 왔군요.

물론 처음엔 그 분이 홀아비의 처지가 돼있는 줄도 몰랐지요. 그런데도 이상하게 내 마음이 그에게 끌렸던 사실을 두고, '운명적'이란 말은 쓰지 않겠어요. 그 말 속에는 어쩐지 인간의 자유의지가 무시된 비과학적 냄새가 풍겨요. 게다가 흔해빠진 통속소설에서 자주 보았던 '애정행각의 매너리즘'을 답습하는 작가들이 상투적으로 쓰는 수식어 같아서 더욱 싫어요.

그렇다고 이것이 세상에는 정말 '운명적 사랑'이란 없다는 말과는 다른 문제예요.

사람에게는 때로 미래의 사건을 인지하는 능력이 있다고 나는 믿고 있어요. 예감 같은 것 말이에요. 미래의 사건에 관한 정보를 사전에 인지하는 능력을 예지라고 한다면, 이와 유사한 심령 능력인 예감도 있잖아요. 이건 누구에게나 있게 마련이라고 생각해요. 어떤 미지의 사건이 발생할지도 모른다는 어렴풋한 지각능력 말이에요. 비가 올 징조로써 시끄럽게 우는 개구리 울음소리, 낮게 나는 종달새나 제비들, 아침부터 아예 피지 않고 입을 다문 나팔꽃 종류…….

그런 현상들은 이미 과학적으로 충분히 설명 가능한 예지능력에 의한 거라고 말할 수 있으니까요. 하물며 인간보다 하등생물이라고 믿는 그것들이 이렇게 예지능력을 지녔듯이, 나는 인간의 예감도 미래를 느끼는 하나의 증거라고 봐요. 그래서 나는 조시우란 사람과의 만남을 '운명적'이라는 말 대신, 예감에 의한 나의 자유의지에 따른 결과였다고 바꿔 표현할래요.

우리가 상당히 가까워진 다음에, 그 분은 나의 접근이 기쁘면서도 망설임이 앞서는 심정을 어느 날 이렇게 고백하더군요. — 가장 가까웠던 사람들을 이승 밖으로 다 떠나보내고, 홀로 된 이후부터 모든 걸 포기한 것은 자기의 자유의지에 따른 것이었다고. 한 땐 스스로 그렇게 생각했다는군요. 하지만, 타인과의 관계 단절이 과연 자유의 진정한 출발점이 될 수 있는지 자신에게 줄곧 냉정히 질문해 봐도, 인간관계 속에서 자유란 똑같은 인과因果만을 되풀이할 뿐인 환상에 불과한 것 같다고. — 그가 참 어렵사리 그처럼 에둘러 표현하더군요.

하지만 나는 오히려 쉽게 알아듣겠던데요. 그건 한마디로 말해서, 남과 다시 맺어져 사랑이란 이름의 속박에 얽매이는 것과 그 뒤에 찾아올 결과가 두렵다는 의미였겠죠. 그는 망설이며 또 이렇게 말했어요.

"타자에 대한 사랑이 진실하려면 우선 자아의 정체성을 찾는 일도 중요해요."

그 말에 나는 몇 번이고 고개를 끄덕였어요. 남편과 이혼한 직후, 모든 것을 포기하고 한산도의 옛집에 내려와 낙백落魄한 심사로 무료한 시간을 축내고 있던 당시의 나날들을 떠올렸던 거예요. 그래서 나는 말했죠.

"그때, 바다는 나를 섬에 가두어버렸어요. 나는 마치 어두운 상자 속에 갇힌 것처럼 섬 안에 숨은 신세였고요. 난 죽은 듯이 꼼짝 않고 방안에만 숨어 있었죠. 옆에 누가 있어도 그림자 같은 내 존재를 아예 눈치 채지 못할 만큼…….

그 무렵, 창 너머로 하염없이 매일 바라보던 바다는 나를 가로막았던 닫힌 공간이었어요. 하지만, 밖으로 나가려는 꿈을 가지면 그 바다는 무한히 열린 공간이기도 했지요. 그랬기에 바다 건너 일본으로 왔고, 이제 내가 바라던 때가 온 거예요. 더 이상 몸을 감추는 숨바꼭질도 끝나고, 그 과거의 상자 속에서 드디어 제 발로 나올 차례가 됐다고 믿어요. 술래의 눈에 띄지 않으려고 꼭꼭 숨어서 엿보다가, 비로소 당신을 찾았기에……."

몇 달 전, 토미우라 료우시마치의 해안을 배회하며 바다를 보고 있을 때만 해도 그랬고, 누사의 죽음을 뒤늦게 알게 된 때도 마찬가지였는데, 세상에는 내가 진정 기댈만한 그루터기 하나 발견하지 못해 낙담하고 있었거든요.

하지만 비가 내리던 칠석날, '미나토'의 문을 열고 들어서던 시우 씨의 모습을 보았을 때 어떤 예감으로 나는 한 순간 몸을 떨었지요. 비거스렁이에 움칫 진저리를 칠 때처럼.

✤

그날 이후로 석 달 남짓, '미나토'에 다시 가는 것이 왠지 두렵고 부자연스러워 일부러 해안 산책을 피했어요. 그 대신, 마유미 언니를 따라 갤러리 '토모시비'에 다시 발길을 들여놓기 시작했죠. 때마침 한 달 간격으로 순서를 기다리는 전시회 관련 일정들이 잇달아 잡혀 있어 갤러리는 무척 분주했고, 나도 일손을 도우려고 나섰지요. 석 달 남짓 그렇게 딴 생각을 할 겨를이 없이 지냈거든요.

그러던 10월 하순경, 그날이 일요일이었던 것으로 기억해요. 햇빛이 아주 눈부신 날이었어요. 아침부터 괜히 마음이 설레는 것이 꼭 무슨 좋은 일이 있을 것 같은 예감으로 들떠 있었어요. 의도적인 외출차림이었지만 우연히 들른 듯이 가장하고 오랜만에 나는 미나토에 찾아갔지요.

가게 주인 아라이 씨는 굉장히 호들갑스럽다고 느낄 만큼 반기며 맞아주더군요. 그동안 얼마나 기다렸다고! 스케치한 그림을 주고 간 뒤로 조만간 한 번쯤 더 올 줄 알았는데, 벌써 3개월이나 후딱 지나버렸구면.…… 하더니, 그가 손짓으로 가리키는 한쪽 벽면에는 자그만 액자에 곱게 넣은 내 그림이 걸려 있었어요.

별로 내세울 것도 없는 무명화가의 보잘 것 없는 그림을 이렇게까지 아끼고 배려한 그 마음씀씀이도 고마웠는데,

"시우 상이 저걸 보고, 하욘 상을 꼭 한번 만나고 싶다고 하더구먼."

하고 말했을 때는, 내 가슴이 정말 묘하게 울렁거리더군요.

"아! 그 분……, 요새 뭘 하고 지내시는데요?"

나는 짐짓 큰 관심을 두지 않은 양하며 무심코 스쳐가는 말투로 물었지요.

"으응, 내가 듣기로는 조만간 만요슈 연구서를 출간한다던데, 책 이름이, 거 뭐라더라, 〈만요카노 나조万葉歌の謎〉라든가, 뭐 그런 식이었는데……곧 출판기념회를 갖는대요. 하여간 자세한 건 내가 금세 알아볼 수 있소. 마침 좀 한가하니까 내 연락해 봄세."

아라이 씨는 여기저기 전화를 걸더군요. 그러더니 부 춘기 씨와는 지금 통화가 안 되고, 대신 〈펜·엔터프라이즈〉의 카노 사장에게 연락이 닿았다며 전해주는 말로는, 11월 둘째 토요일에 출판기념회를 갖는다는 거였어요. 신주쿠新宿 역에서 내려 도쿄의대東京醫大 방향으로 쭉 가다보면 나오는 00빌딩 안에 있는 한 사무실을 빌려서 한다는군요. 연구회 회원의 한 사람이 그 장소를 내주었다는 설명까지 곁들이며.

아라이 씨는 저쪽에서 전화상으로 불러주는 대로 빌딩 이름과 층수, 그리고 출판기념회 날짜, 시간 등을 기록한 쪽지를 내게 건네주었죠. 거기 가면 그날의 주인공인 조시우 씨를 꼭 만나게 될 것이라는 말을 덧붙이면서.

이건 '운명적'이 아니라 선택의 문제였어요. 내가 메모된 그 쪽지를 선뜻 받아들였다는 것은 내 의지에 따른 일차적 선택이었고요.

나는 마유미 언니에게 어느 날 기회를 봐서 사실대로 진지하게 말했죠. 부질없는 짓인지 몰라도 그 남자를 꼭 한번 만나고 싶으니, 출판기념회 날에 신주쿠에 동행해서 그곳의 자세한 지리나 장소를 안내해주었으면 좋겠다고 말예요. 혼자서는 도저히 용기가 나지 않는다고도 했지요.

마유미 언니는 처음엔 웃으면서 '와캇타, 와캇타.'(알았어, 알았어.)라고만 하더니, 나중엔 어느 틈엔가 자기 일처럼 '요캇타, 요캇타네에.'(잘 됐어, 참 잘 됐네.)를 반복해 중얼거리는 거예요.

그 출판기념회에 가기를 정말 잘했다는 확신이 생긴 것은, 그날 손에 든 책에 저자의 사인을 받는 순간부터였죠. 내 그림 속에서 늘 등을 보인 뒷모습으로 고정돼 있던 그 남자가 비로소 내 쪽으로 고개를 돌려, 정면으로 나를 보기 시작한 것이니까요.

그날의 일을 계기로, 우리가 앞으로는 좀 더 자연스럽게 만날 수 있게 됐죠.

이런 말을 하면 그에겐 좀 잔인하게 들릴지 몰라도, 나는 그가 '홀몸'이란 사실이 무엇보다 기뻤어요. 나 역시 '홀몸'이었으니까요. 그런 처지를 당한 각자의 아픈 사연은 온전히 당사자가 감내할 몫이라고 치면, 지난날의 기억까지 깡그리 지우지는 못해도 저마다의 그 어두운 기억 위에 이제부터 둘만의 새로운 기억으로 아름답게 덧칠을 함으로써 극복해낼 수는 있겠다고 여겼어요. 그것만이 영이별의 절망적 공포를 함께 이겨내는 길일 수도 있다고.

둘만이 만나는 횟수가 잦아지면서, 나는 누사를 잃은 슬픔과 공허감을 은연중 시우 씨에게 위로받으며 잊으려 했죠. 그 또한 아내와 외아들을 잃은 고통과 외로움을 내게서 위안 받으며 달래고 있었는지도 몰라요.

서로 같은 처지끼리 느끼는 친연성은 그것 말고도 하나씩 둘씩 이야기 도중에 불거져 나와, 우릴 새삼스런 놀라움에 빠뜨리곤 하더군요.

시우 씨는 1990년부터 93년 8월까지 3년 6개월을 내 고향인 한산도의 중학교 교사로 몸담았던 적이 있었대요. 두호 오빠의 모교인 그 한산중학교 말이에요.

나의 옛집이 아직도 그곳에 있는 진두리에서 그가 하숙을 하며 생활한 적이 있었고, 또 내가 거닐며 보았던 바다와 그 해안가를 그도 똑같이 출퇴근길에 바라보며 걸었다는 그 친연성을 생각해 보세요.

우리의 기억 속에 함께 간직한, 동일 공간의 풍경들, 그리고 유사한 체험은 아득한 과거에서부터 그렇게 어떤 공통점으로 맺어질 요인들로 작용하고 있었는지도 몰라요. 왠지 그런 생각까지 하게 되더군요.

어린 아들을 처가에 맡겨두고 혼자 떨어져 한산도에서 근무하고 있던 91년 그 여름에 아들이 물에 빠져죽는 변을 당한 이후부터 시우 씨는 어디론가 멀리 떠나고 싶었대요. 결국, 93년 9월에 일본으로 건너오게 됐다던데, 바로 그해에, 나도 내 딸 누사와 헤어지는 아픔을 겪는 이혼절차를 마치고 한산도로 들어와 있었던 거죠.

그해 늦가을엔 아버지까지 세상을 떠났기에, 더더욱 잊을 수 없는 한 해로 기억되고요.

하여간, 눈에 보이지 않는 묘한 인연의 고리로 우리가 서로 얽혀 있었다는 말로서밖에는 잘 설명되지 않아요. 그런 우리 둘의 관계를 어떻게든 공고하게 만들고 싶은 간절함이 나를 그 사람보다 더 적극적이고 대담하게 만들었는지도 몰라요.

"어젯밤엔 한 잠도 못 잤어요. 내내 당신 생각만 했어요. 그 생각 끝에 내린 결론은, 우린 함께 있어야 한다는 거였어요.……"

내 입에서 어쩌면 이렇게도 대담하고 뻔뻔한 소리가 부끄럼도 없이 술술 나오는지 스스로도 놀랄 지경이었어요. 하지만 조금도 과장되지 않고 솔직하게 속내를 드러낸다는 것이 진심에 바탕하고 있는 한, 전혀 부끄럽지 않은 일이라고 여겨 오히려 떳떳하기까지 했죠.

아, 그래요. 그때 나는 정말 사랑에 빠져 있었던 거예요.

오-타구의 아파트에 임시로 머물며 자취생활을 하고 있던 시우 씨에게 이따금 찬거리며 꽃을 사들고 가서는, 청소도 해주고 실내 분위기를 바꿔

보기도 하고, 빨래며 설거지 따위를 돌보는 일이 내겐 마냥 즐겁기만 했으니까요. 비록 허드렛일일망정 여자로서의 내 도움을 절실히 필요로 하는 누군가가 내 곁에 있다면, 그것만으로도 나는 하찮은 존재가 아니라 귀중한 존재임을 깨닫게 해주니까.

그런 것도 여자의 보편적인 행복 중 하나가 아닐까요?

✤

1995년 4월 초순이었던가 봐요. 그 해도 늘 그렇듯이 그 무렵이면 일본은 전국각지가 온통 벚꽃 천지였어요.

언젠가 마유미 언니가 나더러

"하욘의 눈에 쏙 들었듯이, 내 눈에도 아주 괜찮은 사람 같던데……."

라며, 뒤에서 등 떠밀듯 했던 그 은근한 부추김과 묵인 하에, 나는 시우 씨와 함께 신칸센 열차를 이용해 나라奈良 지방 쪽으로 떠나는 여행을 제안했어요. 거기엔 고대시가古代詩歌 속에 등장하는 장소를 기념하여 잘 보존되고 있는 옛길이 있다는 걸 알거든요. 이른바 〈만요슈의 길〉로 알려진 명승지예요.

우리나라의 경우라면 제주도의 '올레길' 혹은 지리산의 '둘레길'이 있듯이, 거기서는 만엽가에 얽힌 내용을 음미하는 산책길이 있죠.

마침 '요시노야마'吉野山의 벚꽃이 한층 흐드러지게 만발하여 절경이었던 때였어요. 《일본서기》에도 등장하는 유명한 산이래요.

시우 씨의 이야기를 듣자니, 텐무天武가 자기의 야심을 감춘 채 속셈을 떠보는 텐치天智의 눈을 피해 일부러 가사袈裟를 걸치고 중이 되겠다며 이곳 요시노미야吉野宮로 피신해 은거해 있다가, 나중 절호의 기회를 틈타 군사를 일으켜 천하를 손에 넣었다는 역사적 사실이 있었대요. 그것이 일본 고대사에서도 유명한 〈임신壬申의 난亂〉이란 쿠데타 사건이었다더군요.

그 산길을 함께 걸으며, 그 고장 특유의 '카키노하즈시柿葉寿司'라 부르는, 감잎으로 싼 초밥을 사서 먹어본 그 맛도 별미였어요. 시우 씨와 함께 한 추억 때문인가 봐요.

그날 처음으로 함께 잠자리에 들었어요. 온천이 딸린 일본의 전통적 '료칸旅館'이었는데, 밤에 나는 시우 씨께 다짐하듯 물었지요. 앞으로 나랑 함께 할 수 있겠느냐고. 그리고 당신의 마음은 어디에 있느냐고요.

그런데, 평소에도 말수가 적은 그이는 한동안 아무 말이 없더군요. 무슨 말을 해야 좋을지 신중히 생각하는 것 같았어요. 나는 더욱 안타까워 다그치듯 말했죠.

"과거에 연연할 필요 없이 당신답게 살아요. 내가 알고 싶은 건, 당신의 마음이 지금 나랑 함께 하고 있는 것인지 아닌지, 그거예요. 난 단지, 그걸 알고 싶을 뿐이에요."

"뭐라고 말해야 할지, 실은 나도 잘 모르겠네요. 하지만, 우리가 여태 어디에 있었는지는 별로 중요치 않아요. 앞으로 어디로 갈 건지가 더 중요하다는 건, 나도 하연 씨께 분명히 말할 수 있겠어요."

"그럼 됐어요. 제게 관심이 있다고 말하세요. 절 좋아한다고 말하세요. 그러면 돼요. 같은 처지의 사람끼린 쉽게 알아보니까, 당신의 마음속에 내가 있다는 것만 알면 전 안심이에요."

우리가 그날 하룻밤 안에 얼마나 깊이 서로를 이해했는지는 모를 일이지만, 난생 처음 나는 참으로 부부의 관계란 늘 이래야 하지 않을까, 하는 남모를 감상感傷에 빠져들어 그만 나도 모르게 흐느꼈지요. 시우 씨는 깜짝 놀라서 어쩔 줄 모르며 나를 달래느라 애쓰더군요.

나는 그의 가슴에 안겨

"괜찮아요. 이제껏 자기혐오에 빠져 비참해했던 지난날의 허송세월이 안타까워서 울었어요. 진작 당신을 만났더라면 참 좋았을 걸, 하는 생각을 하니 눈물이 났어요. 하지만 지금은 괜찮아요. 정말 기뻐서 운 것이니까, 아무 걱정 마세요."

라고 안심시켜 드렸죠.

새삼스레 '결혼식'이라고 말할 건 없고, 정식으로 부부가 된 사이임을 가족들께 알리는 예만 갖추자고 서로 합의했어요. 도쿄로 돌아오는 신칸센 열차 안에서였죠.

날짜를 정해, 카시와시에 있는 작은오빠 댁에서, 가장 가까운 친척만 불러 모은 저녁식사 자리에 시우 씨가 참석하는 것으로 간단히 부부의 선언식을 대신하기로 했어요. 한국의 고향에 계신 우리 어머니한테는 둘이 귀국하여 찾아뵙기로 했죠. 서울의 불광동에 살고 있다는 시우 씨의 여동생에게도 이런 사실을 알리는 건 그리 급한 게 아니므로 차차 하자더군요. 어차피 호적을 새로 정리할 일 같은 건 모두 귀국한 뒤의 일이니까요.

마유미 언니가 적극 나서서 결혼 기념으로 두 사람만의 여행을 주선해주기에 3박 4일간의 하와이 여행을 다녀왔던 일을 잊을 수 없네요. 언니 친구의 남편이 JAL의 간부직에 있다며 항공권 두 장을 구입해 와서는, 결혼선물이니 잘 다녀오라고 우리 두 사람의 등을 떠민 거였죠. 마유미 언니는 매양 그런 식으로 행동이 앞서는 스타일이에요.

하와이로 가는 일본인 관광객들 틈에 섞여 3박 4일간의 그 꿈결 같은 추억 속에서도 왠지 마음 한편에 스며드는 서글픔 때문에 편치가 않았어요. 태평양의 그 눈부신 햇살과 에메랄드빛 바다에까지 애잔한 그늘이 깃들여 있는 것 같은 이국풍광에 나도 모르게 이따금 눈시울이 젖어 한숨을 내쉬곤 했으니까요.

관광가이드가 '할로아'는 하와이말로 '긴 숨'이란 뜻이라고 설명해줄 때부터였던가 봐요. 내 딸 누사가 한 때 이 아름다운 섬의 어디선가 살아 숨쉬고 있었을 것을 문득문득 떠올리게 된 것은. 어디선가, 저 너머에서 속삭이듯, 나지막한 흐느낌 같은 게 의식 속을 계속 맴돌더군요. 그래서 가는 곳마다 그 애의 울음소리처럼 들리는 환청을 느끼고는 무의식중에 주위를 휘둘러보기도 했죠.

원주민언어로 '아후이 마이'는 '산 너머'의 뜻이라는데, 그들은 폭넓게 '저 너머'의 개념으로 곧잘 사용한다더군요. 그 가이드의 말로는, '아후이 마이'에서 현재에도 화산활동이 끝나지 않아 우리의 관광일정 중에 그곳에 가면 시뻘건 용암과 유황 연기가 쉼 없이 조금씩 뿜어 나올 때의 이상한 휘파람 소리 같은 걸 들을 수 있대요. 그건 마치 저승의 흐느낌 같겠지요. 그 얘기를 들었을 때 나는 누사의 울음소리를 먼저 연상했는지도 몰라요.

그 앤 어릴 때부터 유난히 무서움을 많이 탔어요. 밤중에 자주 깨어 자기 방의 어둠 속에서 혼자 울고 있기 예사였거든요. 나는 처음 얼마동안은 그 울음소리를 환청으로만 여길 만큼 신경이 둔했어요. 어둠이 무서우면 불을 켜든지, 혼자 있는 게 두려우면 금세 엄마아빠의 침실로 달려오든지 하면 될 것을, 한사코 누사는 침대 위에서 지칠 때까지 숨소리를 죽인 채 울고만 있는 거예요.

내가 가서 껴안아 주며 아가, 울지 마, 무서워하지 마, 널 사랑하는 엄마가 항상 옆에 있는데 뭐가 두렵니, 무서워하지 마, 라고 달래면 그제야 겨우 진정하고선 배시시 웃곤 했죠.

이런 일은 누구나 커가면서 한 번쯤 다 겪어봤을 경험담에 불과한 것일 수도 있겠지요. 하지만, 혼자 남겨진 그 공포감을 극복하는 데는 역시 사랑밖에 없다는 사실이 중요해요. 그걸 알면서도 우리는 커다란 상실의 체험을 당해보기 전까진 평소 모르고 살아가는 게 문제죠.

누사는 초등학교 3학년 때까지 혼자서는 엘리베이터 타는 일도 무서워했어요. 그런 추억들이 느닷없이 불쑥불쑥 떠올라와, 이 하와이 여행의 첫날은 기쁘기보다는 불편한 심정이 더 강했어요. 그래서 나도 모르게 가끔씩 한숨을 내쉬곤 했답니다.

뿐만 아니라, 관광 명소의 어디를 가든 〈알로하 오에〉라는 이별의 노래가 흘러나오고 있었어요. 그것은 하와이 왕조의 쓸쓸한 최후를 노래한 것이래요.

— 검은 구름 하늘 가리고/ 이별의 날은 왔도다/ 다시 만날 날 기대하며/ 서로 작별하여 떠나가리/ 알로하 오에(안녕, 그대여). 알로하 오에/

언젠가 우리 다시 만날 거예요/ 나무 밑에 서 있던 그대 모습/ 잘 가요, 손을 흔들며……/

정확한 건 아니지만, 대략 그런 의미가 담긴 노래라더군요.

작별과 기다림의 노래는 왜 한결같이, 그렇게 가슴을 울리도록 음률이 애절할까요?

하지만, 시우 씨와 함께 보낸 그 시간들의 벅찬 황홀감 때문에 서러운 음률마저 감미롭게 느껴졌고, 불안감을 떨쳐낸 여유와 안정을 가까스로 회복할 수 있었나 봐요. 하와이의 특별한 기후 때문인지, 한 번씩 스콜이 시원하게 더위를 식히고 지나가면, 비구름 걷힌 산마루에 길게 뻗어 있던 쌍무지개의 아름다움을 자주 볼 수 있었던 사실도 내 기분을 그처럼 쉬 들뜨게 만들었던 것 같아요.

'물 반, 고기 반'이라고 설명하던 가이드의 말처럼 '하나우마-베이'에서 우리는 물안경을 끼고 바닷물 속에서 진귀한 물고기들과 놀았죠. 또, 호놀룰루의 정취에 빠져 여기저기를 돌아다녔고, 와이키키해변에서는 유람선을 타고 섬을 둘러보는 석양의 뱃놀이도 마음 편히 할 수 있었고요. 이제 부부가 된 이상 두 사람에 관련된 모든 일은 함께 의논하기로 약속했지요. 나는 아내로서의 당연한 의무라고 여겨, 그때부터 이것저것 확실히 해두어야 할 것들에 대해 상의했어요.

앞으로의 생활설계를 위한 경제적 사정이며, 장차 영구귀국을 할 것인지 아닌지, 만약 일본에 더 체류할 의도가 있다면, 비자 갱신을 할 필요가 있는지 등에 대해서도 자세히 알아야 했죠.

시우 씨의 얘기로는, 1974년부터 93년 8월까지 만 20년의 교직경력을 다 채운 명퇴자의 경우에 해당되기에, 다행히 연금을 받을 자격을 얻었다고 하더군요. 93년 9월에 단기비자로 일본에 건너와, 카노 사장의 배려로 나중 〈펜·엔터프라이즈〉의 서류상 소속직원이 되어 3년짜리 취업비자를 출입국관리국에서 발급받아 아직 유효기간이 1년 가까이 남아있긴 했었죠. 그동안 월급은 받지 않는 대신, 매월 발간하는 연구회지에 고정필진으로 연재한 원고료를 생활비로 충당하고 있었대요. 만엽가의 새 해독에 관한 내용을 매달 400자 원고지 15매 분량으로 집필한 것이 축적되어, 그것을 이번에 두 권의 문고본으로 간행했다는군요.

시우 씨의 얘기를 듣고 있으니, 나 역시 애초엔 갤러리 토모시비의 직원으로 1년짜리 취업비자로 머물러 있었는데 나중 장기체류를 위해 3년짜리로 갱신하려고, 재직증명서와 외국인등록증을 지참한 채 시나가와品川 역에서 출발하는 버스를 타고 도쿄출입국관리국으로 갔던 때가 문득 생각났었죠. 시우 씨에 비하면 나는 아직 유효기간이 2년 6개월쯤 더 남아 있었고요.

원래 카노 사장과 얘기된 시우 씨의 계획은 해마다 한권씩, 3년 안에 책을 세 권 정도 출간할 목표였다고 해요. 비자 만료기간도 1년쯤 남았으니 기왕 시작한 일은 하는 데까지 해볼 생각이었던가 봐요. 물론 그런 생각은 나를 만나기 전의 계획이었던 거죠. 더구나, 재혼과 같은 인생의 큰 변화를 전제하지 않았을 때의 목표였고요.

하지만 이젠 사정이 변한 거죠. 우리는 일본에서의 생활을 이쯤에서 청산하고 영구귀국하기로 의견을 모았어요. 다만, 그때까지 어떻게든 나머지 책 한 권 분량의 원고를 완성시키면, 출판 전에라도 원고만 넘겨주고 곧장 귀국하기로 약속한 상태였어요. 그러면서 시우 씨는 이렇게 말하더군요.

"1년 365일을 나는 평소 4단계로 나누어 생각해요. 4월 10일, 7월 19일, 10월 27일, 그리고 그 나머지 기간으로 나누는 셈법이죠. 1년 중 각각 백일, 2백일, 3백일에 해당하는 날짜들인데, 10월 27일인 삼백일째부터는 65일간이 남아요. 이 두 달 남짓 사이는 한 해 계획의 결산이 좌우되는 시기예요. 그래서 10월 27일까지 최선을 다해 집필이 끝나도록 서둘러 보겠지만, 여의치 않으면 나머지 65일 안에 끝내도록 노력하지요. 그것마저 힘들면 내년 4월 10일까지 미뤄질 수밖에 없겠어요. 아무튼, 이건 내 셈법이니까 답답해도 좀 느긋하게 생각하면서 기다려줘요."

그 말을 들으면서 내가 제일 기뻤던 것은, 10월 27일이란 날짜가 어떤 식으로든지 이젠 내 남자가 된 그의 기억 속에 중요한 의미를 차지하고 있다는 사실이었어요. 그날은 바로 내 생일이기도 하니까요.

그러나 한 가지 아쉬운 게 있었죠. 사실상의 부부임에도 불구하고, 빨라야 내 생일인 10월 27일까지, 늦으면 이듬해 4월 10일까지도 우린 떨어져 살 수밖에 없다는 거였어요.

시우 씨는 보기보다 퍽 조심스럽고 섬세한 사람이라 그런지, 남이 조금이라도 눈살 찌푸리는 일에는 무척 신경을 쓰는 사람 같았지요. 오-타구에 위치한 카노 씨 소유의 아파트에 임시로 묵고 있는 처지임을 늘 염두에 두고 있었기에, 내가 그곳을 드나드는 일마저 꺼림칙하게 여길 정도로 몹시 소심한 편에 속했어요.

하긴, 그의 처신이 옳을 수도 있어요. 남에게 폐를 끼치는 것을 혐오하는 일본인들 사회에선 용납될 수 없는 일이기에 더욱 그랬죠.

경우에 벗어나는 일이라면 그는 스스로 조심하는 정도를 넘어 거의 병적일 만큼 결벽성을 보이더군요. 그 때문에 우리는 가급적 밖에서 만나곤 했어요. 우리의 신접살림을 차리는 건 귀국 후에나 생각해보자고 하더군요. 그의 고집 때문에 나는 여전히 작은오빠 댁에 머물며 거의 매일 전화 통화는 해도 직접 찾아가는 것은 며칠 걸러 한 번씩뿐이었죠. 그 외에는 서로 떨어져 지냈어요. 견우직녀가 따로 있는 게 아니더군요.

1995년 10월 27일, 마흔 일곱 번째 일본에서 맞는 내 생일날 — 그 어느 때보다 기쁨에 들떠 시우 씨와 함께 하려 했던 그날이, 실은 씁쓸한 날이 돼버린 걸 뒤늦게 알았죠. 그의 전처가 죽은 날이 공교롭게도 바로 그날이었으니까요.

그 뒤부터 시우 씨에겐 언제나 이 날은 〈기쁘고도 슬픈 날〉로 기억되게 마련이었겠죠. 이 사실을 알게 됐으니 나도 가급적 그의 눈치를 보며 말없이 조용히 하루를 보낼 수밖에 없어요.

하여간에, 10월 27일은 이젠 내게도 우울한 날이 돼버린 것 같네요. 그래도 나중엔 그가 심기일전하여 나를 즐겁게 해줄 의도로 함께 외출해서 이런저런 애쓰는 마음씀씀이를 보고는 그저 고마울 따름이었어요.

쓰던 원고는 처음 계획과 달리, 이듬해 4월 10일 이전에 겨우 매듭을 지었죠.

이제는 귀국할 날짜를 의논하며 손꼽아 기다릴 일만 남더군요. 한국에서의 새로운 생활이 펼쳐질 날을 상상해보니, 한시라도 빨리 돌아오고 싶어 안달이 날 정도였죠. 한국을 떠나올 때만 해도 내 심정은 고향의 어머니가 세상을 떠나시면 그때나 돌아올까 했었는데, 사람의 마음이 이렇게 한 순간에 바뀔 수도 있다는 게 정말 묘했어요.

특히, 두 사람이 함께 살 집이 일본에선 마땅찮아 우리는 한시 바삐 귀국을 서둘렀죠. 1996년 6월이었어요. 일본의 장마철에 막 접어들기 시작한 때 우리는 한국으로 나왔어요. 그러니까, 그게 재작년 초여름이었군요.

✤

한산도의 옛집에서 정작 새 사위를 맞던 그날의 어머니 기분이 어떠했는지를 나는 정확히 헤아릴 수는 없어요. 다만, '사위 사랑은 장모'라는 우리 속설이 그르지 않다는 걸 매일 확인하는 나날은 덩달아 내게도 비로소 깊은 행복감을 맛보게 해준 섬 생활이었어요.

집안에 웃음이 깃든 것이 정말 얼마 만인지 모르겠어요. 시우 씨의 친화력에 어머니는 단번에 그를 좋아했지요. 게다가, 그는 조용하고 한적한 시골생활이 취향에 딱 맞는 사람 같더군요. 진정 새로운 제2의 인생을, 우리는 그렇게 남녘 바다의 작은 섬에서 시작한 거예요.

모든 사람들이 각기 저마다 살아온 일생을 되짚어볼 때, 어떤 형태로든 고통이나 시련을 당해보지 않으면, 별일 없이 지내는 평범한 일상이 사실은 얼마나 행복한 시간들이었던가를 미처 깨닫지 못하는 법이죠. 시우 씨와 나는 뒤늦게나마 어머니를 모시고 외딴 섬의 그 바닷가 옛집에서 평범한 나날을 보내는 것에 만족하고 있어요. 어머니의 기쁨을 보는 일도 즐겁고요.

우리 어머니는 그동안 썰렁했던 집안에서 몹시 외롭게 지내며 예전에 비해 많이 야위긴 했지만 큰 지병이 없는데다 육체적 거동은 아직도 원활해요. 그것만으로도 참 다행이죠. 단지, 요즘 와서 시력이 자꾸 나빠지는 일이 좀 안타까울 뿐이에요. 돋보기를 끼고서도 이젠 바늘귀에 실을 꿰는 것을 힘들어하니까요.

아버지 묘소가 있는 산달과 그 아래쪽에 예전부터 개간해 채소를 심어 먹던 밭뙈기 등의 부동산 외에도, 특히 아버지 생전에 내 몫의 유산으로 이미 상속 절차를 밟아놓은 통영의 건물들이 있었죠. 그 임대료만 해도 경제적으로는 풍족해요. 그 이상 더 바랄 게 뭐가 있겠어요.

내가 집을 떠나 있는 동안 외종오빠가 여러모로 어머니를 돌보고 있었더군요. 아주 어릴 때 조실부모한 외종오빠를 고모인 우리 어머니가 친자식처럼 돌보고 키웠으니, 이젠 그 은혜에 보답하고 있었다고 봐야죠.

나하고는 워낙 연령차가 많은 외종오빠는 초등학생이던 나를 자전거에 늘 태워서 등교시킨 적이 있었거든요. 아, 참! 그러고 보니 두호오빠한테는 그 분이 큰 자형이었으니까 누구보다 잘 알잖아요?

내가 한산도에 귀향했을 그 무렵, 외종오빠는 이미 공직에서 정년퇴직한 뒤 연금으로 생활하며 소고포에 살고 있었죠. 결혼하여 출가한 자녀들은 모두 대처大處로 내보내고 돌담이 있는 그 옛집에 부부끼리만 남아서 오붓이 살더군요. 외종오빠는 한 때 한산면장을 거쳐, 뒷날 통영시청 총무국장직을 끝으로 은퇴한 지도 제법 오래됐대요.

이따금 친척끼리 서로 오가며 정분을 두텁게 쌓아가는 그 섬 생활에 시우 씨가 익숙해지고 또한 만족해할수록 나는 은근히 걱정이 싹트기 시작하더군요. 어쩌면 본의 아니게 또다시 그의 발목을 붙잡아맨 나로 인해, 아무데도 떠날 수 없도록 만들고 있는 게 아닐까 해서요.

일본에서 세 번째 책이 발간되어 부쳐져 온 뒤로는 아무것도 하지 않고 놀고 지내는 나날이 계속되자, 나는 못내 그의 재능이 아깝다는 느낌이 들었지요. 시우 씨의 책 출간으로 카노 사장은 터무니없는 학설에 동조한다며 극우파 인사들로부터 걸려오는 협박전화 때문에 꽤 시달림을 당하고 있나 보더군요. 일본의 위대한 고전문학인 《만요슈》가 한국어로 읽혀진다는 주장을 펴고 있는 그 책의 출판이 제법 큰 반향을 불러일으켜 일본 독자들에게 충격을 주었던 모양이에요. 카노 씨의 편지를 읽은 시우 씨는 자기로 인해 또 남이 피해를 입는다며 송구스러움에 침울해 했죠.

"나랑 매우 가까운 사람들은 왠지 불행해질 것 같은 예감이 들어서 마음이 편치 않아."

라고 어이없는 소리까지 하더군요.

나는 그이의 기분을 돌려보려고 조용히 물어봤죠.

"다시 소설을 써보는 건 어때요? 마냥 섬에만 묻혀 지내기 갑갑하지 않으세요?"

그러나 시우 씨는 전혀 그렇지 않다고 했어요. 자기는 바깥세상에서는 보이지 않게 멀리 떨어져, 한갓 구름 속에 숨은 섬처럼 살고 싶댔어요.

"혹시, 서울 쪽으로 한번 우리의 근거지를 옮겨 보면 어떨까요?"

내가 그렇게 은근슬쩍 떠보면, 시우 씨는 단박에 정색하고는

"아니, 난 싫어. 그건 좋지 않은 생각이야. 다시금 장모님을 홀로 섬에 남겨두는 일엔 난 반대야."

라고 말하는 거예요.

어찌 보면 사방 바다에 에워싸인 이 섬과 어머니를 동일시하고 있는 느낌이 들 정도로 말예요. 그러나 사실은, 자신이 그만큼 섬을 떠나길 싫어하는 것 같았어요.

나보다도 더 우리 어머니를 염려해주는 그이의 곰살궂은 언행과 태도에 감동하면서도, 내 마음 한편에서는, 우리 생활에 변화가 생기면 침체된 그의 창작욕구가 되살아나지는 않을까 하는 생각도 해보았어요. 불광동에 사는 내 시누이, 그러니까 시우 씨의 여동생을 핑계 삼아 한번 만나볼 겸

서울나들이라도 함께 하자고 권했지만, 그이는 끝내 나더러 혼자 다녀오라고만 할 뿐이었어요.

"서울 가거들랑 혹시 마포에 아직도 '다사랑'이란 전통찻집이 있을는지 모르겠네. 다행히 있다면, 그 집 '양애갓국'이 어떤지 꼭 한번 맛보도록 해요. 주인 마담인 이 여사님께 내 안부도 꼭 전하고……"

그런 말로 나의 서울행을 간접적으로 허락한 거죠.

암튼, 시누이와 이야기도 나누고 또 오랜만에 대학동창들도 만나볼 겸해서 상경했어요. 근데, 실은 내 속셈은 딴 데 있었죠. 시우 씨와는 애당초 의논조차 하지 않았지만, 도쿄 긴자의 갤러리 토모시비와 같은 것을 서울에다 차려보면 어떨까 하는, 나 혼자만의 꿍꿍이셈을 지니고 올라온 거예요. 그가 내 삶을 바꿔놓았듯이, 나 역시 그를 위해서라면 뭐든 해보려고요. 그이가 끝내 싫다하면 그야 어쩔 수 없지만……

다행히, 작년 97년도 2학기부터 시우 씨가 마산에 있는 C대학교의 문예창작과에 외래교수로 출강하게 되었어요. 학과장인 윤 교수가 시우 씨의 대학후배였는데 두 사람 사이가 매우 친밀했던 모양예요. 일본서 귀국한 뒤부터 가끔 서로의 안부를 묻고 지내며 왕래가 있더니, 그 분의 요청으로 소설 강좌를 맡아 일주일에 이틀간 출강하기 시작하더군요. 물론 섬에만 갇혀 있다가 그렇게라도 나들이를 할 수 있게 된 것은 좋은 일이지만, 그것이 정작 본인의 창작활동에 어느 정도 도움이 될지는 모를 일이죠.

제13장 같은 달 아래 저마다의 밤

전화로 나를 다사랑에 불러낸 하연은 차를 마실 동안 내 머릿속에서 거의 재구성되다시피 한 그 긴 사연을 한참 늘어놓았다.

그런 끝에, 일본어로 된 저서 《万葉歌の謎》(만엽가의 수수께끼)라는 문고본文庫本 세 권을 가방에서 꺼내 선물처럼 조심스레 건네는 것이었다. 재혼하여 지금 함께 사는 남편이 쓴 책이라고 수줍어하면서.

나는 할 말을 잃었다. 아니, 머릿속이 한 순간 텅 빈 것처럼 아무 말도 떠오르지 않았다. 멍해져 있는 나를 남겨두고 그녀는 다른 볼일이 있어 먼저 일어나야겠다고 하더니 자리를 떴다. 우리는 또 그렇게 헤어졌다.

나는 탁자 위에 놓인 책들을 물끄러미 내려다보았다. 그것은 1989년 겨울에 내 집에서 하룻밤을 새고 떠난 뒤 너무나 오래도록 종적을 감추었다가 홀연히 내 눈앞에 다시 모습을 드러낸 조시우의 야릇하게 낯선 흔적과도 같았다.

나는 한없이 언짢았고, 나중엔 우울해졌다. 그와 같은 기분은 도저히 형용할 수가 없었다. 어차피 일본어를 모르는 나는 그 책을 읽어낼 방도가 없었을 뿐더러, 애당초 내 관심 밖의 분야여서 자세히 들여다볼 것도 아니었다.

무엇보다 나를 화나게 한 것은 시우가 내 친구라는 점이다. 그 사실을 하연이 전혀 모르고 있는 것인지, 일부러 모른 체하면서 그와 재혼하게 된 저간의 사연을 미주알고주알 천연덕스레 늘어놓은 것인지 알 도리가 없었다.

조시우로부터 나에 관한 이야기를 들어본 적이 한 번도 없었는지 정 알고 싶었으나, 나는 꾹 참고 아예 묻지를 않았다. 시우가 나에 대해 하연에게 얘기한 바가 정말로 없었다면, 그 때문에라도 나는 속이 몹시 뒤틀려 언짢기 그지없었던 것이다.

내 속을 마구 휘저어놓은 이런 혼란스런 마음은, 내가 사무실로 돌아온 뒤에도 한참동안 지속되었다. 나는 이와 같은 결과를 어떻게 수용해야 할지를 몰랐다. 솔직히 말하면, 시우에 대해 이상야릇하게 솟구치는 질투심 비슷한 감정이 전혀 없었다곤 할 수 없다.

그러나 이 시점에서 내가 할 수 있는 일이라곤, 나와 하연과 시우의 관계가 참으로 묘한 인연의 끈으로 얽혀 있는, 이 곤혹스럽고 어이없는 현실에 대해, 가급적 깊이 생각하지 않으려고 애쓰는 길밖에 없었다. 그러자 차츰 마음의 안정을 되찾을 수 있었다.

어차피 이제는 나랑 더 이상 얽혀들 이유도 없고, 새롭게 상관할 필요도 없는, 오직 지난날의 지인관계로 끝난 인연으로 치부하면 그만이었다. 그리고 차츰 그렇게 되었다고 자처하며 시우도 하연도 까마득히 잊고 지냈다.

다행히 그동안 내가 운영하고 있던 출판사의 형편이 좋아져 한참 일거리가 늘어난 상태여서 나는 책 만드는 일에만 파묻혀 살았다. 몇 권의 베스트셀러를 낸 것을 기회로 그 직전까지 경영난으로 고전하던 나의 출판사는 비로소 숨통이 트인 가운데 더욱 분발할 여력을 얻고 활기차게 돌아갔다. 시골에 사는 두 누나들이 한식날이나 추석 때 성묘 이야기를 꺼내도 출판사의 바쁜 업무를 핑계로 거제도까지 내려갈 틈이 없다고 잘라 말할 정도였다.

그런 사정도 있었지만, 나는 하연을 마지막으로 본 그날 이후로는 다시

랑에의 출입도 뜸했다가 나중엔 발길을 끊었다. 그곳은 이제 내게 찜찜한 추억으로 자리매김 된 공간으로 남아서, 예전처럼 선뜻 가고 싶다는 마음이 내키지 않았던 것이다.

특히 한산도의 큰누나가 하연의 재혼 소식과 함께 그녀의 '새 남편' 이야기를 꺼낼 때는 당황해서

"으응, 그래?…… 알았어."

라고 건성으로만 대꾸했을 뿐, 더 이상의 이야기를 입막음하듯 나는 서둘러 전화를 끊어버리곤 할 정도였다.

1999년 여름의 일로 기억되는데, 큰누나는 그 전해인 98년 12월 거제 둔덕과 한산도의 소고포항 사이에 드디어 카페리호가 정기 취항하게 되어, 양안을 불과 15분이면 건널 수 있다고 전해주었다.

옛날에는 한산도까지 들어가려면 통영 부두의 여객선터미널에서 출발하는 파라다이스 호를 이용하는 선편이 가장 빠른 길이었던 것이다. 그러나 이제 고향 둔덕에 오면 선산을 둘러보고 난 뒤에라도 곧장 타고 온 차와 선객을 함께 실어 나르는 한산도카페리 호로 직행할 수 있는 뱃길이 열렸으니, 꼭 한번 놀러오라고 신신당부하였다. 나는 그러마고 대답은 했으나, 여전히 그 섬엔 자발적으로 가고 싶다는 생각이 일지 않았다.

어쨌거나 하연을 찻집 다사랑에서 두 번째 보고 헤어진 때가 98년 초봄이었는데, 그때부터 내 발길은 절로 뜸해졌다. 이듬해 99년 가을 무렵부터는 아예 한 번도 그곳엘 가지 않은 채 그럭저럭 3년 남짓 지났을 때였다. 하루는 이 여사한테서 예기치 않은 전화가 걸려왔다.

무슨 일 때문이냐고 묻는 내게, 이 여사는 전화상으로 간단히 말할 수 있는 게 아니라며, 하여간 틈나는 대로 다사랑에 좀 와 주면 좋겠다고 말하는 것이었다. 말하는 품이 격조했던 단골손님에게 건네는 의례적인 안부인사 투와는 분명히 달랐다.

퇴근 후에야 나는 마지못해 찾아갔다. 그렇게 말하는 편이 정확하다. 아닌 게 아니라, 3년 조금 넘게 발길을 딱 끊었으니, 영문도 모르는 이 여

사의 입장에서 본 나의 돌변한 태도를 고려해보면 난처한 것은 도리어 내 쪽이었기 때문이다. 혹시 그동안 무슨 섭섭하게 대한 일이라도 있어 변심 했느냐고 그녀가 묻는다면 내가 어떻게 설명해야 할지 무척 난감하기도 했던 것이다.

카운트 일을 보는 젊은 여자는 아르바이트생인 것 같았다. 워낙 인건비가 비싼 탓에 웬만한 업소는 거의 비정규직인 아르바이트생을 채용하고 있었다. 그 전에도 어쩌다 한 번씩 오면 모르는 얼굴이 대부분이었다. 하물며 3년 만에 찾아온 곳이니 오죽하랴 여기며, 나는 주인 마담인 이 여사를 만나러 왔다고 말했다.

사장님은 지금 주방에 계십니다. 조금만 기다려주세요. 곧 주방에 연락 드릴 테니, 우선 저기 빈자리에 앉으세요. 카운트의 아가씨가 말하는 대로 나는 빈자리를 찾아가서 앉았다.

한쪽 벽면에 그 오래된 게시판 — 아니, 차라리 낙서용 메시지판이라 해야 제격일 것 같은 — 이 눈에 들어왔다. 여느 때 같으면 읽지도 않고 지나쳤을 그 게시판에 덕지덕지 부착된 메모지나 스티커들을 나는 무심히 들여다보았다. 나와 아무 상관없는 온갖 내용들이 누군가의 눈길을 애타게 기다리며 거기 주렁주렁 매달려 있는 형국이었다.

주방에서 이 여사가 나올 때까지 기다릴 동안 심심풀이 삼아 훑어보다가 한 순간 내 눈길이 딱 멈추었다. A4용지 절반 크기의 백지에 적힌 글귀 때문이었다.

압정으로 부착해둔 그 쪽지의 주인공은 글씨체나 내용으로 보아 분명 여자임에 틀림없었다. 어설프게 시(詩)를 흉내 내어 써본 것 같기도 하고, 무슨 유행가 가사 같기도 한데, 그 내용이 어디선가 한 번쯤 들어본 것처럼 왠지 낯설지가 않았다.

흘러간 나날의 추억을 잊지 않으려/ 어제는 하늘을 바라봤어요./ 당신의 모든 것을 느끼고 싶어서/ 오늘은 바다를 바라봤어요./ 우리가 처음 만났던 그날, 그 장소를 기억하나요?/ 저 하늘, 저 바다 건너 어디선가 당신도 나를 생각하나요?/ 말해주세요. "나도 지금 당신을 만나고 싶다"고./ 어느새 당신과의 추억을 찾아 헤매는/ 이런 내가 슬퍼요./ 같은 달 아래 따로 지새는/ 저마다의 밤들이 너무 기네요.//

나는 당신이 돌아오기를 기다리며/ 오늘도 집 앞에 앉아/ 하염없이 저 하늘 저 바다를 바라봤어요./ 당신이 돌아와 나를 품안에 껴안아주는 상상에 잠겨./ 하지만, 당신은 돌아오지 않네요./ 여기서 보는 세상이 아름다웠던 걸 아신다면/ 내가 있는 이곳으로 바삐 돌아올 순 없나요?/ 날은 저물고 홀로 남겨진 식탁에 앉아/ 나는 이곳에 있고, 당신은 먼 곳에 있어/ 기억만이 오로지/ 당신에게 다가가는 희미한 길이네요.//

잊지 않을게요./ 당신이 내게 한 그 말/ 믿음이 있으면 반드시 이루어진다는 걸/ 기억하나요?/ 어디에 계시나요?/ 말해주세요. "나도 지금 당신을 만나고 싶다"고./ 이 세상 어딘가에 당신이 있기에/ 내게도 그리움이 남아 있군요./ 당신에게 전하고 싶은 말이 너무 많아서/ 하늘에 걸린 달을 보며 잠 못 이루는/ 이런 내가 슬퍼요./ 같은 달 아래 따로따로 꿈꾸는/ 저마다의 밤들이 너무 기네요.//

좋게 보면 그 유명한 〈님의 침묵〉이나 〈당신을 보았습니다〉를 쓴 만해 풍해風海의 연시戀詩 혹은 소월풍素月風의 이별시를 떠올리게 하는 가락도 없지 않았다. 그러나 전체적으로는 약간 치졸한 유행가 가사 같은 냄새를 풍겼다. 그렇다 해도 그 속에 담긴 그리움의 절절함은 이상하게 내 가슴에 와 닿았다.

누가 쓴 것인지 알 수 없다. 지은이의 이름이며 기록한 날짜 따위가 전혀 없었으니 말이다. 아마 어떤 영화의 주제곡에 붙인 가사를 적당히 베끼고 짜깁기 한 내용인 듯도 싶다. 하지만, 정작 누구의 소행인지 짐작해볼 만한 근거나 흔적 따위를 일절 남겨놓지 않았다.

"하 선생님, 오래 기다리셨죠?"

그때 이 여사가 웃으며 내 자리로 다가왔다.

예까지 오는 도중 별별 생각이 들었던 것은 한낱 기우에 지나지 않았다. 변함없이 반갑게 나를 맞는 이 여사의 표정은 여전히 밝았지만 외모는 이젠 예전 같지 않게 흰 머리칼이 눈에 띌 만큼 부쩍 늘어 있었다. 하긴, 내가 벌써 쉰여덟 살이니 지금쯤 이 여사는 아마 육십 대 후반에 접어들었을 터였다.

참으로 오래간만이라느니, 요 몇 년간 출판사 일로 눈코 뜰 새 없이 바빴다느니, 그런 입에 발린 변명도 부질없게 만드는 미소로 응대하며 이 여사는 단도직입적으로 말했다.

"어제 조시우 선생의 부인 되는 사람한테서 전화를 받았는데……, 혹시 조 선생님으로부터 이쪽에 무슨 기별 같은 거라도 없었는지 애타게 찾던데……"

정말이지 어안이 벙벙해서 나는 갈피를 잡지 못한 채 되물었다.

"그게 무슨 말이에요? 난 도무지…… 이 여사님이 지금 무슨 얘길 하시는지 영문조차 모르겠네요."

"아니, 하 선생님이 모른다니?…… 벌써 잊어버리셨나 보네. 몇 년 전에 여기서 하 선생님과 두어 번 만나 얘기를 나눈 적도 있었잖아요. 난 그때 그 분이 무슨 출판 문제로 상의하는 줄로만 알고 있었죠. 조 선생님 부인, 문 하연 씨 말예요. 아 참, 재혼한 부인이란 것도 난 며칠 전에야 겨우 알게 됐지만. 실은, 조시우 선생한테서 지난 4월 17일자 소인이 찍힌 편지가 얼마 전에 내게 부쳐왔어요. 그 전에도 가끔 편지나 엽서를 보내오긴 했는데, 지금은 조 선생이 유럽에 가 있나 봐요. 독일 함부르크에 사는 누님을 뵈러 간 길이었던 모양인데, 아내한테는 아무 말도 않고 그냥 훌쩍 떠나버렸던 모양예요……. 근데 말이죠, 내게 온 이 서신들이랑 그런 사실을 부인에게 그대로 알려줘야 할지 말아야 할지, 나로선 판단이 잘 안 서

는군요. 그 때문에 상의할까 해서 하 선생님을 부른 거예요. 나랑 하연 씨
랑 어제 전화로 통화하면서도 편지 얘기나 내 짐작에 따른 현재의 사정을
아는 대로 말해버릴까 하고, 무척 망설였거든요. 그러다가 섣불리 일을 그
르치면 안 되겠다 싶어 당장은 모른 척했죠. 하여간, 이 서신 묶음부터 좀
보고나서 얘기해요."

그러더니 이 여사는 손에 쥐고 온 사무용봉투 속에서 가느다란 노끈으
로 감싼 엽서와 편지 한 묶음을 내 앞에 꺼내놓았다. 보내온 날짜대로 쌓
아 놓은 것이라 했다. 나는 맨 위에 있는 엽서부터 빼내 찬찬히 읽어 나
갔다.

❖

홋카이도北海道의 네무로根室 본선本線에 있는 역들을 차례로 거치며, '행
복'을 찾기 위해 떠난 여행이었습니다.

내가 지나친 역들의 이름을 적어봅니다. 이케다池田, 마쿠베츠幕別, 오비
히로帶広, 아이고쿠愛國, 그리고 마침내 코후쿠幸福 역에 도착했습니다.

일본의 홋카이도에는 정말로 '행복'이란 이름을 가진 역이 있더군요. 만
화 같은 발상을 좋아하는 일본인들의 엉뚱하고 기발한 생각에 고개가 끄
덕여지면서도, 내겐 어쩐지 좀 유치하게 느껴졌습니다. 간이역의 썰렁한
대합실에는 관광객들이 써놓은 온갖 소감문의 쪽지들이 빽빽하게 붙어 있
었습니다. 하지만, 그들이 실제로 '행복'을 발견하고 돌아갔는지는 의문입
니다.

이 여사님, 1980년대 초에 마포의 〈다사랑〉에서 보았던 그 벽면 한쪽의
낙서판을 문득 떠올려 봅니다. 아직도 그 게시판이 그 자리에 있는지 궁금
하군요. 덩달아 거기서 맛보았던 양애갓국 맛이 문득 그리워집니다.

나는 역에서 내려, 다음 열차가 올 때까지 주위를 어슬렁거리며 돌아보
았습니다. 근처 왜가리 서식지 공원인 닛타노모리新田の森에도, 이 계절엔

새들조차 보이지 않고, 쓸쓸하고 황량한 풍경뿐이었습니다…….

❖

이 엽서에 찍힌 소인消印을 보니 1993년 12월28일자였다. 시우가 일본으로 건너간 그해 겨울, 이 여사에게 띄운 최초의 엽서였다.

깨알처럼 작게 쓴 글씨들은 한정된 엽서 크기에 비해 떠오르는 많은 생각들을 가급적 놓치지 않으려 한 결과인 것 같았다. 아마 이 무렵 크리스마스를 전후해 그는 홋카이도 여행을 하고 있었던 모양이다. 양력설을 쇠는 일본에서 시우는 연말연시의 연휴기간에 찾아가 볼 일가친척 하나 없는 처지라, 무작정 혼자 나선 여행길이었던 것으로 짐작된다.

❖

(1994년 1월 2일자 소인의 엽서)

오호츠크 해海가 눈앞에 펼쳐진 아바시리網走 역사 앞에 섰습니다.

〈찻집 정거장〉이 있는 곳에서 스탬프가 찍힌 이 기념엽서를 띄웁니다.

정초인데도 함께 지낼 가족이 없어 나 홀로 떠나는 여행길입니다. 히가시쿠시로東釧路 역에서 출발하여 여기 아바시리 역까지 운행하는, '동절기 북해北海 테마여행'의 열차편을 이용했습니다. 사람들이 타고 있는 찻간 한복판에 난로를 피우도록 개조돼 있는 열차 안의 광경이 참 재미있네요. 그 난로 옆 차창에 기대어, 북녘 하늘을 나는 새떼의 군무를 하염없는 눈길로 뒤쫓으며 어느덧 예까지 이르렀습니다.

❖

(같은 날짜의 소인이 찍힌 또 다른 엽서)

종착지인 아바시리 역에 이르기 전, 얼마간 열차를 세우고 쉬어가는 무인간이역이 있어 아까 거기서도 내렸습니다. 실은, 그곳이 오호츠크 해를 맞바라볼 수 있는 가장 적합한 장소라는군요. 바다 한가득, 캄차카반도 쪽에서 흘러온 유빙遊氷들이 둥둥 떠다니고 있습니다. 마치 진귀한 흰색 고래들이 떼를 지어 천천히 흘러가고 있는 모습 같군요.

온몸을 금세라도 얼어붙게 할 듯이 눈보라를 휘몰아 오는 세찬 북풍이 얼굴을 아프게 때립니다. 바람의 끝자락을 찾아 여기까지 왔지만, 그건 마음으로만 느낄 수 있을 뿐이겠죠. 언제나 내 사색의 출발점인 바다가 매양 나를 격리시켜 놓는군요. 그 때문에 또한 바다 저편의 세계를 꿈꾸고 있는지도 모르겠지만.

수학적 직선의 끝점은 무한한 우주의 어딜 가도 찾을 수 없듯이, 아무리 시선을 멀리까지 연장시켜 보아도 아득한 저 바다는 끝이 없네요.

바람소리에 귀를 기울여 들어봅니다. 절망을 마주하는 데도 용기는 필요하겠죠. 내부 깊숙한 곳의 공포를 응시하듯 실눈을 뜨고서, 눈보라가 자욱한 회색바다 저쪽을 한참 노려보았습니다.

❖

(1994년 6월 15일자 소인의 엽서)

일본에도 사막이 있다고 하면 안 믿으시겠죠? 그러나 분명히 있더군요. 돗토리현鳥取縣의 산잉山陰 해안에 남북 2km, 동서 16km에 걸친 광대한 사막을 연상시키는, 오묘한 자연이 빚어낸 해안사구가 있어요. 통칭 '돗토리 사구'라 합니다.

고국이 못 견디게 그리워, 한국의 동해를 바라볼 수 있는 이곳 해안에 나와 봤습니다.

일본어에서 바다를 뜻하는 '우미うみ'는 한국어의 '어미母'와 놀랍게도 유사합니다. '우미'란 단어엔 '낳음生み 혹은 낳기産み'의 뜻도 있어요. 그래서

일어로 '우미노 하하'는 곧 '생모生母'란 의미지요. 고대에 한반도에서 일본 땅으로 바다를 건너온 해인海人들에게 그 바다가 '어미'와 같은 뜻으로 인식됐을지도 모르죠.

모국이 있는 서쪽 하늘로 기우는 고운 해와 더불어 하루를 보내다가, 종내 무연憮然해 하는 까닭은 무슨 심사일까요? 음험한 내 마음의 동혈洞穴에 해거름 녘의 스산한 바람이 입니다. 바야흐로 새들이 둥지를 찾아 깃들이는 시간입니다. 밤이 될 때까지 해변에 앉아 우리나라 동해 쪽을 바라보는 저 멀리, 수면 위에서 하나씩 둘씩, 점점 늘어나며 켜지는 어선의 등불들이 장관입니다.

이곳까지 온 김에, 내일은 가까운 곳에 있는 이즈모다이샤出雲大社를 한번 둘러볼 생각입니다. 태초의 일본에 관한 수수께끼들이 있는 이즈모다이샤. 한반도와 관련된 사연들을 많이 간직한 그곳에는 고대신화의 세계에서만 느끼는 신비로움이 깃든 곳이기도 하지요. 이 여사님, 안녕히 계십시오.

❖

(1994년 6월 20일자 소인의 엽서)

일본은 지금 장마철입니다. 종일 내리는 빗속에 굳이 나들이할 일도 없어, 세상을 온통 눈물 같은 옛 추억으로 적시는 빗줄기에 갇혀 시름없이 창밖만 내다볼 뿐입니다. 애써 글을 써보려 해도 별 진척이 없습니다. 제가 임시로 머물고 있는 도쿄도 오-타구의 아파트 주소로 이 여사님이 보내신 편지가 또 우편함에 도착해 있더군요. 며칠 전이네요. 외출에서 막 돌아오던 길에 그것을 확인하고는 무척 기뻤습니다.

지난 번 여사님의 편지에서 도쿄 주재 한국대사관에 무관武官으로 계신 K씨를 소개해주셨는데, 이번에도 또 언급하셨네요. 여사님께서 K씨와는 사적으로도 집안끼리 아주 절친한 관계이니 저더러 기탄없이 도움을 요청하라 하셨지만, 아직 그 분께 연락을 드리지 못했습니다. 하지만, 언젠가는 한번 만나보려 합니다. 이 여사님의 부군께서 한 때 베트남에서 야전군으로 활약할 그 무렵 연대장으로 계실 때의 참모였던 분이 K씨라면 저한테도 역시 군대시절 상관이었기도 합니다. 그러니 아마 반갑게 맞아주시겠죠. 또 언제 소식 전하게 될지는 모르겠습니다. 안녕히 계십시오.

❖

일본에서 이 여사 앞으로 부친 시우의 엽서는 이것이 끝이었다.

보낸 날짜가 94년 6월 20일자 소인이 찍힌 것으로 보건대, 그해 8월 말경에 도쿄 근방에서 처음이자 마지막으로 내게 보낸 엽서는 그로부터 두 달쯤 지난 뒤의 것이었다. 내게는 딱 한 장의 그것이 전부였던 것이다. 이후로 영영 소식이 두절된 상태로 우리는 서로를 잊고 지낸 것이었다.

시우와 서울서 하룻밤을 같이 지내고 헤어진 1989년 겨울부터 계산하면 8년 몇 개월째 접어든 98년 초봄에, 나는 뜻밖에도 하연의 입을 통해 그의 소식을 듣게 될 줄은 몰랐다. 그가 2년 전인 96년 6월에 귀국한 사실도 하연의 입을 통해 비로소 들어 알게 되었다. 더구나 그것도 하연과 둘이 가정을 꾸려 한산도에서 함께 살고 있은 지 벌써 2년 9개월이란 세월이 흐른 뒤였다.

이래저래 그를 직접 가까이서 못 본 지가 올해 2003년까지 계산하면 십여 년의 오랜 기간이 경과한 것이다. 그쯤 되면 서로 점점 무관심한 관계로 변질될 수밖에 없는 사이였다고 해도 결코 지나치진 않다.

그런데, 그가 다시 한국을 떠나 이번엔 더욱 멀리 유럽 쪽을 떠돌아다니고 있는 것으로 보이는 엽서나 편지들이 이 여사께 부쳐져 온 것이었다.

그녀가 나한테 내보이는 다른 엽서나 편지들 중에 맨 먼저 온 것은 작년 11월 2일자 소인이 찍혀 있었고, 발신지는 독일의 함부르크였다.

❖

(2002년 11월 2일자 소인의 엽서)

이 여사님, 제가 지금 머물고 있는 곳은 독일 제2의 도시이자 항구도시인 함부르크입니다. 1960년대 당시만 해도 가난했던 한국의 젊은 광부들과 간호사들이 독일로 취업하러 떠날 때, 내 누님도 그 일행 중에 섞여 갔지요.

그 누님이 지금 함부르크에 살고 있습니다. 독일 남자와 결혼해서 이곳에 정착하게 된 이래 평생 모국만 그리워하며 살아갑니다. 그 누님 세대의 한국여인들은 자기의 일신을 돌보는 것은 뒷전이고, 언제나 가족을 위한 희생과 헌신적 봉사의식이 철저히 몸에 밴 분들이에요. 보기 딱할 정도로 안 입고, 안 먹고, 한두 푼씩 아끼고 또 절약한 것들을 모아 고국의 가족들에게 다 보냅니다. 그러고도 다시 더 줄 것이 없는지를 생각하는, 정말 착하고도 딱한 사람들이에요. 못 살던 시절의 근검절약이 습관이 된 삶을 살아왔기 때문일까요. 하여튼, 나는 그 누님을 보면 왠지 가슴이 아리고 안쓰러워집니다.

이 여사님도 그런 우리 누님 같은 세대의 한국 여인이기에 늘 머릿속에 떠올라, 이렇게 소식 전하게 되는군요. 안녕히 계십시오.

❖

(2002년 11월 10일자 소인의 편지)

다시 함부르크에서 소식 전합니다. 이 도시가 유명한 것은 위대한 작곡가 요하네스 브람스의 고향일 뿐만 아니라, 한 때는 바흐도 활동했던 음악의 고장이기 때문이 아닐까요?

브람스가 하노버 시市에서 제2의 음악생활을 하고 있던 때에 하노버 궁宮의 요하임이 권유하여 슈만을 찾아간 것은, 그의 음악세계에 새로운 운명이 펼쳐진 계기가 되었지요. 존경하던 스승이었던 슈만의 아내 클라라는 브람스보다 14년이나 연상의 여인이었답니다. 스승의 아내인 클라라를 사모한 나머지 브람스는 정신적 고뇌를 견디지 못해, 결국 정신병원에 입원까지 하게 됐을 정도였다지요. 사랑이 깊어지면 병이 되나 봐요. 인간은 그 본질 면에서 소유할 수 없는 것, 도달할 수 없는 것을 꿈꾸며 헛된 소망을 끝내 버리지 못하는 모순된 존재인가 봅니다.

하기야 이처럼 이루어질 수 없는 사랑의 벽 앞에서 절망한 사람이 세상 천지에 어디 브람스 한 사람뿐이겠습니까? 시공일여時空一如의 유사한 사례들은 동서고금을 막론하고 얼마든지 있으니까요. 그는 평생 결혼이란 말을 입에 올리지 않은 대신, 클라라의 이름만 머릿속에 간직하며 살았다고 하대요.

헝가리춤곡인 '차르다시'를 위해 지은 브람스의 〈헝가리 무곡〉은 리스트의 헝가리랩소디와 함께 순수한 영혼의 음악가인 브람스의 명성을 더욱 높여주었죠.

특히 그가 오스트리아 페르차흐에 있는 베르트 호수 근처의 수도원에 머물며 작곡했던 교향곡 1번은 베토벤에 버금간다고 해서, 오죽하면 〈벤토벤 교향곡 10번〉이라고까지 불렸을 정도였으니까요. 이 무렵이 브람스 음악의 황금기였다고 후세에 평가하대요.

오늘은 함부르크 시가지를 돌아보았습니다. 도시의 풍경은 어디서나 비슷합니다. 내가 가본 여러 도시의 시민들은 폭력과 투쟁으로 얼룩졌던 지난 세기와는 달리, 새로운 밀레니엄 시대에 대한 막연한 희망을 품은 듯 생기에 찬 표정들이었습니다. 특히 2차 세계대전과 분단의 아픔을 겪고 바야흐로 통일을 얻은 독일인들에겐 더욱 그런 것 같아 보입니다.

그러나 이방인인 내게는 단지 이 도시에 항구와 바다가 있다는 사실이 위안이 됩니다. 그것은 언제나 고향의 앞바다와 연결되는 요소로 나의 뇌리에 작용하니까요.

내 누님도 그 때문에 일부러 바다가 보이는 언덕 쪽에 집을 구해 살게 됐다대요. 이 낯선 타국에서도 모국의 고향 바다를 연상하면 그나마 외로움을 견디는 데 도움이 된다나요.

'바다'를 지칭하는 프랑스어의 '메르mer'는 어머니를 뜻하는 '메르mère'와 소리가 같은 걸 보면, 참 재미있는 현상이란 생각이 듭니다. 지구상의 모든 생물체가 태초에 바다로부터 생겨났다는 인식체계와 무관하지 않았기 때문일까요? 아마 제 추측에 불과합니다만, 어쩐지 그럴 것 같기도 하군요. 이것은 바다를 생명체의 모태로 파악한 데서 유래했을 것으로 추리됩니다.

오늘은 번화한 시가지를 벗어나 예술적 영감이 떠오를 법한 한적한 교외를 혼자 거닐기도 했습니다. 브람스의 음악 속에 서렸을 법한 이 도시의 추억을 더듬어보면서요.

나뭇잎이 거의 다 진 늦가을 풍경이 고즈넉합니다. 고전주의 음악의 거장인 베토벤과 모차르트의 정서를 조화롭게 결합한 신고전파 음악의 창시자로 알려진 브람스를 추모하며 걷는 내 머릿속에는, 지금 〈브람스 교향곡 1번〉 C단조 제1악장의 선율이 끊임없이 흐르고 있습니다.

♣

(2002년 12월 17일자 소인의 엽서)

함부르크의 내 누님 댁으로 뜻밖에 답장을 보내주신 이 여사님의 친절에 감사드립니다. 그 편지 속에 여사님의 큰아들 영호 씨가 파리 주재 한국영사관에 근무하고 있어 제게 언제든 도움이 되어주도록 부탁했다는 말씀이 적혀 있는 걸 보고는, 그 깊으신 배려에 참으로 고마움을 느낍니다. 혹시 프랑스에 갈 일이 있게 되면 영호 씨께 연락하여 꼭 한번 만나보도록 하겠습니다.

특히 프로방스는 옛날부터 내가 꼭 한번 가보고 싶었던 곳입니다. 학창시절 문학 교과서에서 접한 알퐁스 도데의 〈별〉과 함께 오래 기억에 남았었지요. 서양의 견우직녀에 해당하는 뻬에르와 마글론의 별자리 전설을 소재로, 주인집 따님인 스테파네트 아가씨에 대한 목동의 애틋한 사랑을 형상화한 것이 퍽 인상 깊었습니다.

　머잖아 다시 연락드리지요. 안녕히 계십시오.

✤

　(2002년 12월 20일자 소인의 편지)

　독일에 머물고 있을 동안, 평소 꼭 가보고 싶었던 장소들을 찾아볼까 하여 지중해 연안까지 왔습니다. 남南프랑스의 생폴드방스는 눈부시게 햇살이 내리쬐는 예술가들의 마을이었습니다. 니스로부터 15km 떨어져 있는 생폴드방스는 그 지명이 예수님의 사도使徒인 '성聖 바오로의 마을'이란 뜻이랍니다.

　중세에 만들어진 좁은 골목길, 햇빛이 만드는 화려한 색조와 감청색 지중해의 빛깔, 성문을 들어서면 중세로 돌아온 듯한 16세기의 거리가 펼쳐져 수많은 관광객들을 불러 모으는 곳이었어요.

　생폴드방스는 천천히 걸어도 30분이면 마을을 다 돌아볼 수 있습니다. 그만큼 작은 규모인데, 지금도 많은 예술가들이 찾아들고 수십여 화가들의 아틀리에와 갤러리가 있는 곳입니다. 과거에 마티스, 르누아르, 모딜리아니, 피카소, 샤갈 등이 이곳을 찾아와 작품 활동을 한 곳이라네요.

　특히 언덕 꼭대기에 집을 짓고 마을을 이룬 모습을 일컬어 〈매-둥지 마을〉이라 하더군요. 마치 매나 독수리가 절벽 꼭대기에 둥지를 튼 모습 같다는 뜻이겠죠. 중세의 이탈리아 샤보이 공국公國의 침입에 대비하여 높은 곳에 성을 쌓았다고 하는데 지금은 대체로 윤곽만 남아있군요.

　거기까지 오르는 곳곳에 돌로 된 거리 풍경, 아담한 마을의 온갖 것들이 시선을 끌어당깁니다. 성문城門의 반대쪽까지 오면 햇살이 무척 아름다운 생폴드방스의 마을 전체와 지중해가 한눈에 내려다보이는 전망대가 있습니다. 멀리 코트다쥐르의 풍광에 넋을 잃고 말았습니다.

앞으로의 방향을 제시하는 과거의 생활사를 둘러보는 여행. 어쩌면 역사공부란 것이 이처럼 다른 시간, 다른 공간으로의 여행과도 같다는 생각이 드네요. 이 과정을 통해 작게는 나 자신의 생활을, 그리고 나아가 인생 자체를 바꾸는 것에서 의미를 찾아보려고 합니다.

근처에 있는 샤갈의 묘지에 들러봅니다. 그리고 멀지 않은 곳에 니체의 산책로가 있다는 것은 아까 관광안내소에서 알게 된 사실입니다. 〈차라투스트라는 이렇게 말했다〉를 구상하며 니체가 거닐었다는 그 산책로는 나중에 가볼까 합니다.

오늘 나는 예술의 역할에 대해 생각해 봅니다. 모든 예술이 다 그렇지만, 특히 그 중에서도 내가 아직도 관심을 버리지 못하는 소설의 역할이란 무엇일까 하고, 곰곰 생각해 봅니다. 그건 단순히 호기심을 충족시켜주는 재미있고 멋진 이야기를 꾸며내는 일에 그치는 게 아니라, 우리가 살고 있는 세상을 제대로 이해할 수 있게 해주는 것이라고요.

예. 그런 것 같다고 자문자답합니다. 소설의 역할은, 밖으로 드러나지 않아서 좀처럼 그 정체를 알 수 없는 인생의 참모습과 이 세계의 감춰진 의미를 드러내어 쉽게 깨달을 수 있게 유도해내는 일이기도 하다는 것을요.

외로운 방랑자들의 휴식처. 어쩌면 그것이 바로 예술의 세계이고, 그래서 또한 그들은 이 〈매-둥지 마을〉로 모여들었던 게 아닌가 하는 느낌을 받았습니다.

피곤한 일정이 끝나는 대로, 오늘은 이 근처 니스에서 하룻밤을 묵어가는 것도 괜찮을 것 같다는 생각이 듭니다. 비싼 호텔에 들 형편은 못 되고, 배낭여행객들을 위한 게스트하우스는 물론 그보다 더 저렴한 숙소가 어디에 있는지도 이젠 알 만큼 되어, 별로 어렵잖게 돌아다니며 지냅니다. 이 여사님의 큰아드님인 영호 씨와는 내가 파리에 도착하면 만나보기로 전화통화가 이뤄졌습니다. 조만간 또 소식 전하겠습니다.

❖

(2003년 3월 15일자 소인의 편지)

마침내 트롬쇠까지 왔습니다. 실은, 이번 여행길은 출발할 때부터 마음 속에 이곳을 최종 목적지로 설정하고 있었지요.

노르웨이 북부에 위치한 트롬스 주의 주도州都인 트롬쇠는 그 자체가 하나의 섬이고 항구도시입니다. 본토와 북극해의 남南크발뢰위 섬 사이에 위치한 조그만 섬으로, 본토 육지와는 불과 1km 남짓(1,036m) 길이의 현수교 懸垂橋로 연결돼 있습니다.

기어이 북극해를 보고자 한 까닭에 예까지 왔습니다. 그 다리를 지나 트롬쇠에 들어서는 순간, 나는 한국의 작은 섬인 한산도로부터 머나먼 거리를 흐르고 흘러서, 마침내 북극해 연안의 이 섬까지 도달한 셈이군요. 작년 10월 27일에 집을 나선 뒤부터 계산하면 오늘까지 꼭 141일째가 됩니다.

1년 중 300일째가 되는 10월 27일은 나에겐 〈기쁘고도 슬픈 날〉이기도 해요. 그날은 재혼한 지금의 아내 생일이자, 죽은 전처의 기일이기도 하니까요.

일본에서 귀국한 직후 고향에 있는 가족묘지에 찾아갔습니다. 그때는 현재의 아내와 동행하여, 잡초가 무성한 그 언덕을 깨끗이 손질하고 성묘를 마쳤는데, 이듬해엔 나 혼자 다녀왔습니다. 전처의 무덤 앞에 꿇어앉아 슬픔에 잠기는 내 모습을 되도록 현재의 아내에겐 안 보이는 게 좋겠다는 판단 때문이었어요.

이후 아내의 생일이자 전처의 기일인 이 날은 물론이고, 추석 명절에도 성묘를 핑계대고 집을 나서는 게 주저되더군요. 그렇게 벌써 4년이 지나도록 묘지를 방치해놓고 있었습니다.

그러다가 작년 10월 27일에 말없이 집을 나와 고향 앞바다가 내려다보이는 가족묘지에 혼자 찾아갔지요. 함부르크에 살고 있는 누나도 이제는 연로하여 언제 한번 얼굴을 뵐 수 있을지 모른다고 생각하니 난감해져, 나는 독일행 비행기에 무작정 몸을 실었습니다. 이미 집을 나올 때 여권을 챙겨 온 것은 사전에 그런 꿍꿍이셈이 있었으니까요.

아내를 설득하여 동행할 수도 있었지만, 끝내 혼자 떠났습니다. 그건 생전에 단 한 번이라도 외국여행을 시켜준 적이 없는 죽은 전처에게 한없이 죄송한 마음이 앞섰던 탓이에요. 6년 남짓 줄곧 시어머니 뒷바라지 하느라고 제 한 몸조차 돌보지 못하고 허무하게 생을 마감한 그녀를 생각하면 나는 그 무엇으로도 보답할 길 없는 처지에 스스로 처량할 뿐입니다.

집을 떠나던 날 아침, 아내더러 소고포의 카페리호 터미널까지만 차를 태워달라고 부탁했습니다. 그날은 강의가 없는 대신 학과행사의 야유회가 있어 부득이 술을 마시고는 운전해 올 수 없다는 핑계를 댔지만, 그건 어디까지나 아내를 걱정시키지 않으려고 한 거짓말이었습니다. 그런 줄도 모르는 아내는 굳이 바다 건너 둔덕 선창에 이르러도 마산까지 가는 버스를 타기는 힘들다며 거제시의 고속버스 터미널까지 동행해 주더군요. 그런 착한 아내를 속인다는 게 마음 아프기도 했구요.

대학은 때마침 10월 축제기간이라서 한 주일 내내 수업이 없었습니다. 나는 조교에게 일찌감치 기말고사 문제를 출제해서 맡겨놓고, 학과장에겐 뒤처리를 부탁하며 오랜 해외여행을 떠나야 하는 나의 피치 못할 사정으로 독일에 사는 누님을 또 핑계대지 않을 수 없었지요.

하여간, 이번 내 여행길의 최종 목적지인 트롬쇠를 작년 11월에 일찌감치 찾아보지 않고 금년 3월에 온 데는 그 나름의 이유가 있습니다. 11월 25일부터 다음해 1월 21일까지 트롬쇠에는 해가 뜨지 않고, 거의 두 달간에 걸쳐 기나긴 밤만 계속되기 때문입니다. 물론 이 시기에는 그 진귀하고 황홀한 오로라를 관측할 수야 있겠지만, 길고 침울한 밤의 어둠이 아니더라도 이미 내 마음은 빛을 그리워하는 어둠의 시간이 너무 오래 지속되었으니까요. 그래서 일부러 눈이 시리도록 찬란한 햇살을 보려고 지중해 연안을 먼저 돌아보았던 겁니다.

특히, 아드님인 영호 씨의 도움 덕분으로 프랑스에서의 추억이 무척이나 즐거웠음을 꼭 전하고 싶습니다. 게다가 나의 노르웨이 방문도 영호 씨가 그쪽 한국대사관에 근무하는 지인에게 연락을 취해놓았다고 찾아가 보라는군요. 아무쪼록 여러모로 배려해주신 마음씀씀이는 고맙게 간직하되 결코 폐가 되지 않도록 하겠습니다.

이제 다시 두 달쯤 지나서, 5월 21일부터 내년 7월23일까지, 그 기나긴 시간동안에 이 트롬쇠란 도시에선 해가 지지 않습니다. 말 그대로 백야白夜지요. 시간상으로는 한밤중인데 창백한 해가 땅끝 언저리에 희미하게 걸려있는 광경을 상상해 보세요.

그나마 낮과 밤을 동시에 경험할 수 있는 지금과 같은 계절을 택하여 북극해를 보려고 이 도시를 찾아와 여기저기 기웃거려 봅니다. 장미꽃과 비슷하면서도 더 아름다운 아네모네, 머리에 터번을 쓴 것 같은 튤립, 그리고 노란 수선화는 제 철을 만나 활짝 피었더군요. 나는 어느 집 앞뜰을 지나치다 그것들을 한참 서서 바라보았습니다. 심지어 한국에선 초여름부터 볼 수 있는 히아신스나 글라디올러스를, 비록 온실에서 키운 것이긴 해도, 북극지방의 이 트롬쇠에서 벌써 보게 될 줄은 상상도 못했습니다.

나는 길을 묻다가 우연히 화훼농업을 하는 친절한 노부부를 만나 그들의 온실까지 따라가 구경하게 됐지요. 그들이 설명하는 바로는, 백야가 시작되는 기간부터는 온 도시에 꽃이 만발해진다는 겁니다. 그건 멕시코만류를 타고 북극해까지 올라오는 난류의 영향 때문이라는군요. 놀라운 이야기지요.

미국의 마이애미를 거쳐 북상하는 멕시코만류가 북대서양해류와 섞이며 북극권을 통과해 이윽고 노르웨이 연안을 거쳐, 심지어 스발바르 제도諸島나 바렌츠 해海까지 북상한다는군요. 인간의 상상을 초월하는 대자연의 순환 앞에 나는 할 말을 잃고 맙니다. 훈풍이 불고 가면 꽃들은 일제히 피어나고, 인생도 저 꽃처럼 피어났다 시들고를 반복하는 거겠죠.

학창시절, 수학시간에 우리는 두 점을 잇는 최단거리는 직선이라고 배

윘잖습니까. 한데, 그건 종이라는 제한된 공간 안에서의 논리였습니다. 사실은, 직선의 끝점은 어디에도 없습니다.

이 광대무변한 우주의 어디에서도 찾기 힘든 것이 직선의 끝점이라면, 그 연장선상에서 또한 사랑에 관한 영원한 진실의 끝점도 없다는 깨달음이 참 안타까울 따름입니다. 새삼스레 그 사실 앞에서 죽음도 삶의 끝점은 아니라고 깨닫게 된 것은 자연스런 귀결로서 그나마 다행이군요.

바람의 길을 따라 걸으며, 어느덧 나는 미래에 대한 두려움도 사랑도 모두 형체가 없는 바람과도 같다는 걸 깨달아가고 있었나 봅니다. 하여, 내가 찾아 나선 바람의 끝자락은 이 북극해에 와서도 끝내 보이지 않았습니다.……

❖

(2003년 4월 17일자 소인의 편지)

가슴이 찢어질 듯이 아픕니다. '찢어진다'는 표현 외에는 달리 설명할 길이 없는 통증입니다. 간호사 출신인 누님은 내 증상을 보자마자 단번에 협심증이라며 서둘러 병원으로 날 데려갔습니다. 한 때 누님이 오래 근무했던 적이 있는 병원이었어요. 그래선지 그곳에는 아직도 내 누님을 알아보고 반갑게 대하는 사람들도 더러 있더군요.

이것저것 정밀검진을 받은 결과, 역시 누님의 예측이 옳았습니다. 협심증이 분명하다네요. 아직은 경미하지만 심혈관 협착 증세가 나타나 그렇게 가슴이 찢어질 듯이 아팠나 봅니다. 당장 혈관을 뚫는 수술을 받아야 할 만큼은 아니더라도 이제부터 장기적으로 치료받으며 늘 약을 복용해야 한다는군요. 오래 전부터 길을 걸을 때면 숨이 가빠오고 가슴이 갑갑해지며 자주 하품이 나오곤 하여, 꼭 음식에 체한 듯한 느낌과도 흡사한 증상이었어요. 한데, 어느 틈에 이 지경에 이른 줄은 까마득히 모르고 있었군요. 흡연으로 인한 니코틴이 협심증엔 사약과도 같다는데, 담배를 끊는 게 참 힘드네요.

우리 아버지가 바로 이 병으로 오래 고생했어요. 가난했던 옛 시절엔 병원을 찾을 형편도 못 되었고, 특별히 다른 치료도 받지 못했죠. 아버지는 막상 최후에 이르렀을 때조차 적절한 응급조처 없이 결국 급성심근경색으로 의식을 잃은 채 세상을 떴습니다. 그 사실을 이번에 누님이 다시 환기시키는 바람에 왠지 불길한 느낌이 들더군요. 일종의 가족병력으로 이젠 내 차례인지도 모르겠네요.

'이것도 유전일까? 마치 내 장래를 예고하는 것 같아서 싫다'고 누님께 농담을 던지고는 웃었지만, 마음은 영 개운치 않습니다. 요즘 와선 왠지 내가 특별하게 여기고 있는 사람들은 이상하게 불행해진다는 미신 같은 망상이 떠나질 않는군요.

병원에 다녀온 뒤부터는 쉬 피로해지고 자주 잠속에 빠집니다. 복용하는 약기운 탓일지도 모릅니다. 잠은 아주 먼, 한 번도 가본 적이 없는 곳에 이르는 통로였고, 나는 예전에도 늘 그런 곳을 꿈꾸었습니다. 육체에 갇혀 있던 자유로운 영혼이 맘껏 활보하는 그 평온한 잠의 세계. 거기서는 괴로운 현실마저 쉽사리 무너집니다. 차라리 눈을 뜨는 게 두렵지요. 욕망의 결여가 곧 마음의 평온이라면 삶이란 그때부터 무기력한 존재의 허망함과 뭐가 다르겠습니까?

이 여사님, 공연한 걱정인지 몰라도 앞으로는 왠지 두 번 다시 편지를 쓸 수 없을 것 같은 느낌이 듭니다. 만약 내가 다시금 편지를 쓴다면, 그건 아마 한산도에 있는 아내에게 보낼 마지막 소식을 전할 경우에나 해당될 듯하군요. 그동안 이렇게 떠도는 생활에 필요한 경비는 내 통장에 적립되는 연금에서 틈틈이 비자카드로 인출하여 썼기에, 혹시 아내가 그것을 확인했다면 내가 떠돈 행적과 머문 위치를 그녀도 대충 짐작은 하고 있을 겁니다.

비록 서로가 헤어져 평생 못 만나고 지내더라도, 우리는 저마다 누군가의 기억 속에 그리움의 존재로 살아있겠지요……

섬을 떠나오기 전까지 아내와 내가 자주 거닐던 해안의 산책길과 장인 장모님의 무덤가 '산담'에 기대어 함께 바라보곤 했던 그 바다…… 그리고, 때로는 이젤을 세워두고 캔버스 위에 그림을 그리다 말고는 잠시 나무 그늘 아래 우리가 다정히 어깨를 맞대고 앉아 쉬던 그때의 즐거웠던 추억들이 점점 아득해집니다.

날이 저물 때까지 테라스의 흔들의자에서 문밖을 쓸쓸히 내다보고 있을 아내. 밤이 되면 홀로 남겨진 식탁에서 맞은편 빈 의자만 우두커니 대한 채 외로움에 잠겨 있을 그녀를 이따금씩 꿈속에서 봅니다. 사랑은 불 꺼진 창에 켜지는 추억의 등불 같이, 길 잃은 자의 외로운 마음을 자꾸 그리로 이끄는 신호와 흡사하군요. 그리고 기억은 우리의 마음이 이어지는 희미한 길이기도 하구요. 그 때문에 이젠 나 자신을 위해서도 얼른 그곳으로 돌아가 편히 쉬고 싶다는 생각이 불현듯 고개를 듭니다.

이 여사님, 그동안 여러모로 정말 고마웠습니다. 부디 안녕히 계십시오. 오늘 따라 이상하게 강렬한 고향의 냄새같이 양애갓국 맛이 그립군요. 함부르크에서 조시우 올림.

✢

이 여사 앞으로 보낸 엽서나 편지는 이것이 전부였다. 7장의 엽서와 4통의 편지. 모두 합쳐봐야 열한 건(件)이었다. 소인의 날짜로 보면 맨 나중에 노르웨이의 트롬쇠를 둘러보고 다시 그의 누나가 있는 함부르크로 돌아온 한 달쯤 뒤에 부친 이 편지를 끝으로, 시우의 행방은 더 이상 짐작할 길이 없었다.

가엾은 하연!…… 왠지 모르게 그런 생각이 들었다. 그것은 한 순간 나의 내부에 커다란 울림으로 소용돌이치더니, 끝내는 희미한 메아리처럼 아릿한 여운을 남기며 지나갔다.

"내 생각으로는, 하연 씨에겐 알리지 않는 게 좋을 것 같네요."

내 대답은 단호했다. 어쩌면 끝내 사실을 알려주지 않음으로써 영문도 모르는 슬픔과 실의에 빠져 지낼 하연의 처지를, 나는 멀찌감치 지켜보며 잔인한 마음으로 즐기려 했던 것일까.

아냐, 절대 그렇지 않아, 라고 나는 속으로 강하게 부인했다. 우선, 죽은 전처에 대한 애틋한 사랑과 죄책감 때문에 괴로워한 사연을 하연에게 사실대로 고백하지 못한 시우의 심정과 입장을 먼저 고려해 보지 않을 수 없다고 생각했다. 그 점을 염두에 두고 판단하면 두 사람의 관계에 대해 주변 사람들이 침묵하는 편이 훨씬 현명한 대처 방법이라고 나는 확신했던 것이다. 그 부분에 대해선 누구보다 내가 제일 잘 안다고 여겼다.

"그렇겠죠? 알리는 게 더 큰 충격과 아픔을 줄 수도 있겠죠? 아무래도……."

이 여사도 역시 나와 같은 생각을 했는지 고개를 끄덕였다.

"참 좋은 여자라는 인상을 받았었는데……. 거 왜, 그런 일이 있었잖아요. 사오년 전인가, 하 선생님과 이 찻집에서 만났던 일이……. 그러고 난 뒤에도 그녀가 두어 번 더 여길 찾아와서는 양애갓국 만드는 비법을 꼬치꼬치 캐물었죠. 남편이 아주 좋아하는 된장국이라 꼭 이 맛을 우려내보려 한다며 어떻게든 좀 배우고 싶다고 하대요. 그때만 해도 난 그녀가 남편에 대한 사랑이 지극한 여자라고만 여겼지, 설마 조시우 선생의 부인이라고는 꿈에도 생각 못했어요. 그 점에 대해선 의도적으로 감추려 했던가 봐요. 어제 비로소 통화 중에 그 얘길 꺼내더군요. 혹시 옛날에 양애갓국 만드는 비법을 배우고 싶어 하던 자기를 기억해낼 수 있겠느냐고……."

그런 일이 있었던가. 나는 하연과 나 사이에 얽힌 사정은 아예 한마디도 입 밖에 내지 않은 채 이 여사의 그런저런 이야기를 하냥 듣고만 있었다. 내가 할 수 있는 일은 없었다. 더 이상 아무것도.

이윽고, 나는 돌아서 나왔다. 모처럼 온 김에 저녁을 먹고 가라는 이 여사의 제의를, 나는 사무실에 아직 할 일이 좀 남았다는 핑계로 적당히 거절했다. 식욕이 전혀 일지 않았다.

마포에서 택시를 타고 강서구의 화곡동 집으로 돌아오는 내 마음이 한없이 무거운 이유를 나는 잘 알 수가 없었다. 차가 성산대교 위를 지날 무렵, 나는 차창 밖으로 한강 위에 뜬 달을 무심코 올려다보았다. 아까 〈다사랑〉의 낙서판에 붙어있던 쪽지의 글귀들이 어지럽게 머릿속을 맴돌고 있었다. 그러나 정확히 기억해낼 수 있는 것은 단 한 구절뿐이었다.

같은 달 아래 따로 지새는, 저마다의 밤들이 너무 기네요.……

나는 속으로 몇 번 이 말을 중얼거려 보았다.

제14장 내 마음의 미려 泥濾

　시골 고향에서는 그 옛날 낯익었던 이웃 노인들이 어느 틈에 주변에서
사라지고, 낯선 아이들이 벌써 자라 어른 행세를 하고 있는 것 외에는 별
로 달라진 게 없었다.

　어머니가 별세한 뒤로 거의 가보지 못했던 고향 둔덕을 11년 만에 다시
찾았다.

　곳곳에 지역개발의 바람이 불어 산뜻하게 아스팔트로 포장된 도로가 생
기고, 그 옛날 초가며 기와집들 대신 벽돌로 지은 양옥들과 전원풍의 통나
무집들, 그리고 외관이 날씬한 신식 스틸하우스들이 여럿 들어찬 모습으
로 탈바꿈해 있었다. 그러나 산야와 개천은 그나마 옛 모습을 그대로 간직
하고 있어, 아직은 여기가 내 고향이란 느낌이 들었다.

　"여기 둔덕도 옛날에 비해 참 많이 변했죠? 물론 고현古縣이나 장승포
쪽과 견주면 여전히 낙후된 시골 그대로기는 하지만……."

　동행한 김 시인이 피왕산避王山으로 오르는 산길에서, 마을이 한눈에 내
려다보이기 시작하는 어느 길목쯤에 이르자, 문득 나의 의중을 떠보듯이
훌쩍 한마디 던진다.

　"그야 그렇긴 하지만, 세상에 어디 변하지 않는 게 있어야지……. 고향
이 전혀 발전하지 않고 계속 낙후된 채로 남아 있는 건 지역민에겐 아쉬울

지 몰라도, 우리처럼 출향한 사람들에겐, 솔직히 말해, 그냥 옛 모습 그대로 있어주기를 바라는 심정도 있는 걸 보면, 이게 참 묘한 인간의 이중심리라 우습기도 하고……."

차가 오를 수 없을 만큼 좁아진 산길에서부터 걷기 시작한 지 10분쯤 지나자 벌써 숨이 가빠온다. 나는 턱에 받히는 숨을 고르며 잠시 멈춰 서서, 아래쪽 둔덕 골에 엎드린 마을과 건너편 산방산, 그리고 그 서남방에 아득히 펼쳐진 바다 쪽으로 시선을 돌린다. 점점이 떠 있는 작은 섬들 너머로는 남북으로 길게 뻗은 한산도가 시야를 가로막았다.

고향 둔덕을 떠나 마산에서 고등학교를 다닐 무렵, 방학을 이용해 며칠 간 집에 돌아와 있는 기간이면 나는 틈틈이 이 산에 올랐었다. 그럴 때면 나는 늘 붙잡히지 않는 사랑의 실체를 눈길로만 더듬듯이 한산도 쪽을 바라보곤 했다.

산바람이 바다 쪽으로 불어내리면 또 그 바람의 흔적을 뒤좇는 심정으로 멈춰 서고는 습관처럼 그쪽의 먼 섬을 응시하는 것이었다. 방학 때니까 아마 하연이도 지금쯤 진두리의 집에 내려와 쉬고 있겠지 — 그렇게 혼자 짐작하며 공연히 여기 산등성이에 올라, 지금 같이 멀리 한산도 쪽을 우두커니 바라본 적이 한두 번이 아니었다. 사라진 시간들의 추억에 젖는 동안 언제나 한숨뿐인 애틋한 그리움만 깊어지는 줄 뻔히 알면서도.

6월 초순의 때 이른 더위 때문에 산길을 오르는 발걸음이 더 힘겨워졌다. 나는 양복 윗도리를 벗어 손에 들었다. 그리고는 땀도 식힐 겸 자주 멈춰 서서 바다를 보았다. 든직한 체구의 김 시인은 앞서 가다말고 그런 나를 뒤돌아보며 동시에 걸음을 멈추고는 잠깐 기다려준다. 그러나 단순히 숨이 가쁘기 때문만은 아니었다. 실은, 호흡을 가다듬을 동안 내 시선은 그때마다 한산도 쪽에 가 있다.

산허리에서 내려다뵈는 저 아래쪽 둔덕 골의 들판 곳곳에는 다 자란 청보리가 제법 누렇게 익어가고 있었다. 그러나 아직 진초록 빛깔로 일렁대는 바다의 물결 역시 하나의 거대한 청보리 밭과 흡사했다.

누가 과연 바람의 끝자락을 보았을까. 보리밭 이랑을 스치는 바람은 지금 바다를 건너며 잔물결을 일으킨다. 그때마다 일파만파로 퍼져나가는 그 바람결의 푸른 동세動勢가 햇살에 반사되어 어지럽다. 초여름 보리밭 위로 무르익어 가는 바람은 가쁜 숨결처럼 내 안에서도 허덕였다. 내년이면 환갑을 맞을 이 나이에도 지난날을 되돌아보면, 그 옛날 하연에게로 향하던 내 마음이 늘 그랬던 것 같다. 정작 꽃망울을 터뜨려놓고는 종적을 감춘 바람의 여운을 멀리서 눈으로 뒤쫓는 것처럼. 언제나 사라진 뒤에야 깨닫고 아쉬워하는 어리석은 후회의 감정처럼.

나는 뒷짐을 쥐고 서서 바다 쪽을 향해 숨결을 고르듯 길게 한숨을 내쉬었다.……

❖

2005년 6월 초의 어느 날, 거제문협巨濟文協과 지역 신문사의 공동주최로 열린 문학행사에 초청을 받아 정말 오랜만에 가보는 거제도 방문길이었다. 이 지역 출향문인 중에 소설가를 대표할 만한 자로 나를 초빙한 강연회 겸 향토문인들의 정기간행물인 작품집 출판기념회에 꼭 참석해달라는 제의를 받고 모처럼 귀향한 것이었다.

서울서부터 직접 차를 몰고 경부고속도로를 타고 오다가, 남해고속도로 인터체인지를 지나 마산 쪽으로 접어든 다음, 고성과 통영을 거쳐 거제도까지 오는 데 무려 6시간 가까이나 걸렸다.

행사장이 있는 거제시는 과거 고현읍이었던 곳이다. 지금은 세계 유수의 조선소들이 주로 동쪽 해안을 중심으로 들어서기 시작한 때부터 급격히 불어난 인구 유입으로 인해 시로 승격되었다. 조선소가 있는 거제도의 동부방면 지형은 이젠 옛 모습을 거의 찾을 수가 없었다. 고향을 떠난 지 십여 년 만에 몰라보게 변한 모습에 놀라워하며, 나는 거제와 통영의 경계를 짓는 견내량見乃梁 위를 가로지른 대교를 지나면서부터 격세지감이니,

상전벽해니 하는 말들을 눈앞에서 실감했다.

목적지까지 차를 운전해 가는 내내 차창에 비치는 동쪽 해안선 쪽엔 수십 리에 걸쳐 선박건조용 골리앗 크레인들이 즐비하게 늘어서 있었고, 수많은 대형선박들이 바다에 떠 있었다. 나는 차량에 부착한 내비게이션에 의지해 오후 3시부터 행사가 시작되는 장소까지 겨우 시간에 맞춰 도착할 수 있었다.

내게 주어진 강연 내용은, 한국현대소설에 등장하는 거제도를 주요배경으로 삼은작품들이 갖는 의미와 공통성을 짚어보는 것이었다. 나는 우선 '지역의 특수성을 통한 한국문학의 자원 확대'라는 면에서 접근을 시도했다. 대개 6·25전쟁의 비극과 이념대립으로 상징되는 '포로수용소'와 관련하여 남북분단의 축소판이기도 했던 거제도를 떼놓고 설명할 수 없었기 때문이다.

특히, 나처럼 이 고장 출신 작가인 손영목의 장편소설 〈거제도〉를 중심으로 그 이전 세대인 장용학의 〈요한시집〉과 강용준의 〈철조망〉을 비교 대상으로 삼았다. 그 작품들의 주제 구현과 사건 배경의 상관성 등이 내 강연의 요지였다.

실제 거제도야말로 1.4후퇴 당시 미군의 흥남철수작전으로 인해 생겨난 수많은 난민들의 집합지이자, 동시에 포로수용소의 설치와 해체의 과정을 통해, 한국인의 의식 속에 각인된 근대사의 한 비극적 공간으로 자리매김할 수 있다는 것으로 강연을 마무리 지었다.

행사가 끝나고, 첫날은 주최 측에서 마련한 저녁회식 자리를 장승포에서 가졌다. 나는 그 자리에서 거제문협 간사 일을 맡고 있던 김 시인을 처음 알게 되었다. 호산湖山이란 그의 아호雅號답게 호인풍의 얼굴과 듬직한 체구를 지닌 김 시인은 내게 조심스레 술잔을 건네며 자신을 소개했다. 더구나 고향이 나와 같은 둔덕면이라고 하기에 초면임에도 나는 몹시 반가웠다.

그는 나보다 연령이 여섯 살 아래로 올해 쉰네 살이었다. 나는 중학교를 한산도에서 다녔고 고등학교 역시 마산에서 졸업한 까닭에, 이전까지는 그와의 직접적 교분이 전혀 없었다. 단지 동향의 문단선배일 뿐인 나에게 그가 내내 깎듯이 예를 다하는 태도를 취하므로 나는 조금 민망하기도 했다. 그러나 오히려 그 때문에 이내 마음을 터놓을 수 있었다. 태생지가 같다는 것은 그런 점에서 참 편리하기도 하다.

우리는 나중 자리를 옮겨서까지 기꺼이 대작對酌할 기회를 만들었다. 이런 행사에는 늘 그렇듯이, 첫날의 공식 일정이 끝난 뒤에까지 남은 주최측 지역문인들 몇몇과 어울려 뒤풀이의 여흥을 즐긴 것이다.

밤이 되자, 어둠이 사물들을 아늑하게 감쌌다. 초여름의 때 이른 더위를 식혀주는 시원한 바람이 갯비린내를 싣고 바다 쪽에서 끊임없이 불어왔다. 그윽한 장승포만의 양쪽 방파제에 갇힌, 항港 안의 호수 같은 밤바다가 내게 평온함을 주었다.

이곳 장승포는 이범선의 서정적 단편소설 〈갈매기〉의 중심무대가 된 곳이기도 하다. 우리는 그날 밤 그 소설 속에 등장했던 방파제 끝에 세워진 두 개의 무인등대가 옛날과 다름없이 수면에 물댕기를 드리우고 있는 해안가를 잠시 거닐었다. 부두에 즐비한 포장주점에 들렀다가, 밤이 이슥해서야 숙소로 정해둔 동편 언덕 위 호텔로 돌아왔다.

행사의 둘째 날은 지심도只心島를 둘러보는 코스였다. 이 섬은 또 소설가 윤후명의 단편인 〈팔색조〉의 배경이 된 곳이었는데, 간밤에 묵었던 호텔 방의 남향 유리창을 통해 날이 밝아오자 빤히 바라다보일 만큼 아주 가까이 있었다.

상공에서 내려다보면 그 섬의 형상이 꼭 마음 심心자 모양을 하고 있다고 해서 붙여진 이름이란 것은, 우리가 유람선을 타고 내린 선착장의 표지판에 그려진 섬의 조감도와 함께 곁들인 설명서에도 잘 나와 있었다.

그러나 나는 이 지심도를 그 형상에서 따온 이름과는 아주 다른 의미로 오랫동안 인식해왔었다. 물론 이 섬의 어딘가에는 예로부터 팔색조가 서식한다는 전설을 들어온 지는 오래됐지만, 전설 그 자체 때문이 아니었다.

그 이야기를 하연이 직접 내게 들려준 추억 때문에, 나는 〈단지 마음속에만 있는 섬〉이란 의미로 지심도只心島의 한자를 제멋대로 해석해온 거였다.

아침식사를 끝낸 직후 장승포에서 배를 타고 그 섬에 도착하자마자 내 머릿속에는 언젠가 추봉도에서 하연과 함께 했던 그 추억의 시간 속으로 되돌아간 것 같은 느낌이 들었다. 동시에 그녀가 내게 들려준 그 이야기가 자연스레 떠올랐던 것이다. 팔색조를 목격하거나, 하다못해 그 울음소리를 듣기만 해도 소망하는 사랑이 이루어진다는 말이 있다던데, 라고 했던 하연의 그 이야기가.

이후부터 팔색조가 깃들인다는 지심도는 내겐 사랑의 섬이었다. 그래서 그것은 현존하는 섬이 아니라 마음속에만 있는 것이어야 했다. 마치 제주 사람들이 상상 속에 간직한 '이어도'처럼.

그런 관념 때문에 내게는 이 지심도가 그동안 언제나 마음속에만 있는 하연의 존재와 같은 의미로 인식돼왔다. 나는 그 사실을 새삼스레 깨닫고 있었다. 거제도가 내 태생지이면서도 나는 실로 이 날 처음으로 지심도에 발을 들여놓은 것이었다. 지금까지 나는 스스로를 속이듯 최면을 걸어, 지심도가 실재하는 섬이라기보다 마음속 어딘가에 떠 있는 상상의 섬처럼 여기며 굳이 찾아가볼 엄두조차 내지 않았던 것이다.

지심도는 수령樹齡이 백년 이상이나 된 고목들을 쉽게 찾아볼 수 있을 정도로 원시동백림이 가장 잘 보존된 곳이었다. 섬의 수종 중에서도 동백이 차지하는 비중이 3분의 2를 넘는다 해서 동백섬이라고 불리기도 한다고 김 시인은 내게 설명해주었다. 그 말이 사실이었다. 희귀종인 거제풍란, 후박나무, 팔손이나무, 대나무 등이 곳곳에 눈에 띄어도 지심도에 발을 내딛는 순간부터 제일 흔한 동백나무가 아름드리 섬을 에워싸고 어두컴컴한 숲길을 이루고 있었다.

여기서도 사람들이 꽤 사는 모양이구먼. 선착장에 내리자마자 발견한 현대식 건축물인 휴게소와 민가를 발견한 내가 중얼거리자, 김 시인은 암요, 대략 열세 가구에 스무 남은 명쯤 되는데 밭농사와 민박 업을 하며 살아가죠, 라고 말해주었다.

노일전쟁露日戰爭 발발당시 러시아 발틱 함대를 노려 구축한 일본군 포진지砲陣地가 있었다는 장소 쪽으로, 일행 중 일부가 아직 거기 남아있는 포대砲臺의 흔적을 둘러보러 간 사이, 나머지는 소형비행기 활주로로 사용됐던 등성이의 개활지로 먼저 올라갔다. 거기엔 전망대가 설치되어 대한해협과 그 너머 태평양이 아득히 펼쳐진 광경을 볼 수 있었다.

전망대가 있는 등성이에서 서쪽으로 눈을 돌리면 지세포 쪽 해안의 벼랑 아래엔 국가 유사시에 대비하여 비축해둔 상당수의 유류저장탱크들이 햇살에 반사되어 은빛을 발하고 있었다.

바다는 지금 수많은 표정을 가라앉히고 짙푸른 쪽빛 일색으로 조용히 숨을 쉬고 있는 듯이 보였다. 조선소가 가까이 있어서 그런가. 여기저기 화물선과 유조선들이 여러 척 떠 있는 먼 수평선 저편은 마치 햇빛에 바랜 듯이 연한 옥색을 띠었다. 굴곡 하나 없이 푸른 빙판 같이 잔잔한 그 바다 위를 배들이 천천히 미끄러지듯이 움직여 간다.

하 선생님, 둔덕 골의 폐왕성廢王城에 대해 잘 아시죠? 막힌 것 없이 일망무제로 확 트인 바다를 건너다보고 있던 나에게 김 시인이 불쑥 물었다.

알다마다요. 내 태생지가 거긴데, 라고 나는 대답했다. 고려시대 소위 '무신武臣의 난'으로 알려진 정중부鄭仲夫의 반란으로 결국 폐위된 의종毅宗이 여기 거제도까지 피신하여 둔덕 골의 산등성이에 성을 쌓고 3년을 머물렀던 곳이라고 알고 있지. 폐왕성 혹은 피왕성이란 명칭유래도 그 때문인 것으로 아는데…….

예, 맞아요. 그가 고개를 끄덕였다.

근데, 갑자기 폐왕성 얘기는 왜?……

왜 그 이야길 끄집어내게 됐냐면 말이죠.…… 그는 약간 주저하면서 말을 잇는다. 사실은……우리 둔덕 골 사람들은 그 비운의 왕 의종을 추모하는 사사로운 제祭를 섣달그믐마다 올려온 지 8백년이나 됐어요. 그런데,

박대통령 당시에 새마을운동이 일어나면서 조국근대화란 이름 아래 이런 행사 자체를 한낱 허례허식이며 미신으로 취급하여 그 맥이 잠시 끊겼던 적도 있었거든요. 한데, 이제는 지방자치시대에 걸맞게 이걸 공식적인 문화행사로 만들고 싶었죠. 왕의 생전 업적이나 공과功過를 따지자는 게 아니고, 이 고장에 남겨진 역사적 유적지를 보존하는 차원에서 말이에요. 이를 통해 폐왕성의 존재를 널리 알릴뿐만 아니라, 역사적 사실을 바르게 인식하는 계기로 삼자는 취지였어요. 그래서 지방문화제의 일환으로 강원도 영월의 단종제端宗祭와 같은 걸 우리도 해보자고 뜻을 모은 사람들 몇몇이 발기를 했죠. 문협과는 상관없이. 제가 소속돼 있는 거제 화수회花樹會가 주축이 되어 몇 년 전부터 추모제 실행위원회를 만들었어요. 그런데……

그는 다시금 주저하는 눈치를 보이더니, 이윽고 용기를 내서 말한다.

하 선생님께 한 가지 부탁드릴 게 있어요. 실은, 어제부터 이런 말씀을 드려도 좋을지 어쩔지 무척 망설였습니다만……, 제가 그 제문祭文을 지었는데, 이 글의 내용이 어떤지 선생님께서 좀 봐주십사 하고…….

그는 뭔가 쑥스러운 듯한 표정을 짓고는 여전히 조심스런 태도로 양복 윗옷의 안쪽 호주머니에서 꺼낸 종이를 내게 보였다. 아까 보았던 흰 화물선의 뒤꽁무니가 아득히 수평선 쪽에서 희미한 그림자처럼 보일 때까지 눈길로 배웅하고 있던 나는 비로소 깨달았다. 그가 어제부터 줄곧 내 옆에 붙어 있었던 이유가 이런 부탁을 하기 위한 의도였다는 것을. 나는 그가 이런 사소한 부탁 하나라도 상대방의 마음을 거슬리지 않으려고 최대한의 배려로 상의하는 태도에 믿음이 갔다. 나는 그가 정중히 내민 글을 못 봐줄 이유가 전혀 없어 기꺼이 읽어보았다.

………허물어진 성벽을 부여잡고 핀 저 억새꽃들이 전하를 흠모하던 신하의 백성이며, 가을 하늘에 공허하게 떠가는 흰 구름은 모든 것이 다 부질없었음을 말해주는 듯하옵니다. 다만 노송의 가지 끝에 걸려 우는 천년의 바람만이 정녕 잊혀진 폐왕의 슬픈 역사를 알고 우옵니다.………

아주 잘 지은 제문이에요. 다 읽고 나서 나는 말했다. 특히 이 마지막 대목은, 내 생각엔 격식에 구애받지 않고…… 뭐랄까, 역시 시인다운 에스프리가 반짝이는 명문이군요. 나는 진심으로 칭찬을 아끼지 않았다.

더 손볼 데는 없을까요? 그가 조심스레 내 눈치를 살피며 다시 묻는다.

아뇨, 그냥 이대로도 좋아요.

그럼 안심입니다만, 혹시 나중에 서울 가시는 길에 둔덕에 잠시 들렀다 떠날 계획 같은 건 없습니까? 시간이 나면 폐왕성에도 한번 올라가 보실 의향이 있으시면 제가 동행하여 안내해 드리면 어떨까, 해서요.

아, 그거 잘 됐네요. 모처럼 고향 온 김에 선산에라도 다녀갈 생각이었으니까. 마침 부모님 묘소가 그 산자락에 있어요.

그럼, 나중 저랑 함께 가시도록 하죠.

그럽시다.

✤

"저기 아래쪽에 견내량이 보이죠? 무신들에 의한 왕권찬탈의 피비린내나는 창검을 피해 의종전하께서 남쪽으로 도망쳐 내려와, 지금 거제대교가 있는 바로 아래쪽인 저기서 바다를 건넜다고 해요. 그래서 옛날부터 저곳 지명을 '전하도殿下渡'라 한 거죠. 나중 뒤따라 내려온 일부 귀족이나 측근 신하들, 그리고 이에 합세한 백성들이 둔덕면 거림리 우두봉 중턱인 여기에 임시도읍을 정하고 3년간 와신상담한 곳이에요. 폐왕성이니 피왕성이니 하는 이곳 성터의 명칭도 그렇고, 그밖에 이 일대의 여러 지명들이 모두 그 당시에 불렸던 이름대로 주목朱木의 옹이처럼 남아 슬픈 전설로 구전돼 내려온 거겠죠."

김 시인과 함께 올라온 산 중턱에는 신라시대부터 이미 바다 쪽으로부터 간혹 출몰했던 왜구의 침입에 대비해 쌓았던 신라 성의 축조법에 따라,

의종의 폐위(1170년) 이후 수축修築된 고려 때 성벽의 잔해며 흔적이 고스란히 남아 있는 걸 볼 수 있었다. 성터는 대략 둘레가 550미터, 높이가 5미터로 되어 있는 산성으로서 그 안에는 연못과 우물터가 있고, 하늘과 산신에게 제를 지내던 신단이 남아 있었다.

"아까 지심도에서 하 선생님께 보인 그 제문 내용에서도 언급한 바 있지만, 자주방自主坊과 둔전屯田을 중심으로 상둔과 하둔으로 병사들을 나누어 주둔시켰던 데서 지금의 둔덕屯德이란 지명이 유래한 것으로 볼 수 있어요. '쇠널[鐵板]'이라고도 불린 외인금外人禁은, 화살을 비롯해 각종 무기를 비축해둔 무기고가 있었기에, 아마 외인출입금지란 의미에서 붙여진 지명이었을 겁니다. 수역水驛을 통해 뭍으로부터 많은 물자를 실어 조달하는 동안 혹시 있을지도 모를 토벌군의 내습을 감시하는 일종의 관측소가 있던 곳은 '호망壕望골'이라 했죠. 이 역시 날쌘 초병哨兵들로 하여금 만약의 사태를 대비하여 참호塹壕를 파고 망을 보던 데서 유래했을 것으로 짐작돼요. 농막農幕, 거림巨林, 마장馬場, 시목柴木 등의 옛 지명들은, 또 제가 끔 그 이름들이 뜻하는 바대로 농사짓고, 선박건조를 위해 거목들을 가꾸고, 훗날 요긴하게 쓰일 말을 기르거나, 땔나무를 하거나, 뭐 하여간 그런 용도와 관련된 이름이란 건 금방 알 수 있잖습니까. 그밖에도 왕을 알현하러 오는 고관들이 말에서 내렸다는 하마下馬터, 여관곡麗館谷, 고려무덤高麗墓, 공주샘公主泉, 대비장안치봉大妃葬安置峰 등등……. 이 둔덕 골의 곳곳에 널려 있는 이런 명칭들을 통해, 당시 상황이 충분히 연상되고도 남으니까요……"

김 시인이 하나하나 예를 들어가며 설명해주는 바를 듣고 있자니 과연 그럴 듯도 하여, 나는 연해 고개를 끄덕였다. 솔직한 내 심정을 드러내진 않았지만 나는 약간 부끄러웠다. 이 둔덕 골은 바로 나의 태생지이기도 한 까닭에서였다. 어릴 때부터 수없이 들어온 귀에 익은 지명들임에도 불구하고 나는 그 유래에 대해서는 전혀 알지 못했을 뿐더러, 깊이 생각해보려고도 않았던 것이다.

그래서 나는 이따금 고개만 끄덕거리면서 묵묵히 듣고 있었다.

"……1173년에, 동북방면 병마사 김보당金甫當이 무신들의 타도를 꾀하여 난을 일으키자, 그 소식을 접한 의종은 이곳에서 3년간의 피신생활을 끝내고 섬을 떠났어요. 아마 복위復位의 꿈을 접지 못했던 탓이었겠죠. 기어이 둔덕 골을 떠나 옛 서라벌인 경주로 가서 기회를 엿보던 중, 김보당 일당을 토벌한 정중부 일파에게 끝내 살해당한 거죠. 그럼에도 불구하고, 둔덕 골 사람들은 의종을 그들의 왕으로 섬기며 살아온 3년의 정이 너무 짧아서였는지, 그때부터 추모제를 올려온 것이 무려 8백년의 전통으로 이어져 내린 겁니다.……"

"……………."

"제가 여기저기 문헌들을 조사해 봤더니, 여기 이 폐왕성이란 명칭은 일제강점기였던 1936년에 펴낸 〈통영군지〉를 통해 처음 붙여진 것으로 나오데요. 하지만, 더 오래된 문헌으로 1530년에 편찬한 〈신증동국여지승람〉 등의 자료에 따라 이곳 거제의 옛 지명이라든지 성곽의 역사성과 정체성 등을 중시하여, 최근에는 거제 둔덕기성巨濟屯德岐城으로 명칭을 바꿔 사용하게 됐지요. 자연히 추모제의 이름도 거기 맞춰 〈둔덕기성 추모제〉라고 부르는 게 합당하다고 의견을 모았어요."

"그건 그렇다 치고, 어떻게 그런 걸 다 알게 됐는지 어지간히 놀랍군요. 솔직히 말하면 나도 이 둔덕 골 태생인데, 지금껏 그런 사실에 대해 너무 몰랐던 게 새삼스레 부끄럽기도 하고……."

"에이, 별말씀을 다……. 하 선생님은 안태본安胎本이 여기였다 뿐이지, 그동안 늘 객지로 나가서 산 세월이 훨씬 많다고 들었거든요. 그러니 잘 몰랐다는 게 당연하죠."

"하기야, 그렇긴 하다만……."

"저야 이 둔덕에서 태어나 평생을 여기서 살았고, 앞으로도 떠날 생각 같은 건 해본 적이 없어요. 어릴 땐 동무들과 함께 이 둔덕기성을 놀이터 삼아 숱하게 땔나무를 하러 오르내리기도 했죠. 그때마다 허물어진 성터의 유래가 궁금하기도 했구요. 조상묘도 다 이 근방에 있으니까, 선산을 돌보며 고향을 지키는 나 같은 사람도 있어야죠.…… 과거 임진왜란 때, 저희 윗대 김준민金俊民 할아버지께서는 거제현령巨濟縣令을 지내셨는데 관군이 패산敗散하자 의병장으로 활약하며 무계현茂溪縣에서 왜장 모리毛利輝之의 부대를 격파했지요. 나중 김천일金千鎰의 휘하로 의병을 거느리고 진주성晉州城 전투에서는 동문東門을 고수하며 악전고투하다가 전사했다고 〈선조실록〉에도 기록돼 있어요. 뒷날 병조판서에 추증追贈되어 충민사忠愍祠에 제향되었구요.…… 아무튼, 그런 조상에 부끄럽지 않게 어떤 식으로든 내 고장을 지키는 것도 보람 있는 일이라고 생각해요."

"아무렴, 그렇고말고. 거 참 바람직한 일이에요. 한데, 내 생각엔 말이지, 기왕에 성을 보수하고 추모제를 지내는 문화행사를 할 바엔 좀더 '이야기가 있는' 현장으로 손질하고 다듬는 것은 어떨까, 하는 생각이 드네요. 언젠가 도장포에 있는 '바람의 언덕'에도 가봤지만 거긴 전혀 이야깃거리가 없는 언덕으로 꾸며져 있어서 실망했거든."

"가령, 스토리텔링이 있는 공간으로 꾸민다면 어떤 게 있을까요?"

"그건 차후에 여럿이 논의해야 할 사항이긴 하지만, 가령 우리 한국인의 정체성과 연관된 역사 유적지라는 느낌이 드는 것이어야겠지. 일본에 가보면 가장 일본적인 상징물의 하나인 '도리이鳥居'를 아주 쉽게 볼 수 있거든. 그들이 신성시 여기는 장소나 유적지엔 어김없이 세워두는 거니까. 하늘 천天자 형상의 조형물이라고도 하던데, 천상과 지상을 오르내리며 하늘의 메신저 역할을 하는 새가 그 조형물에 깃들인다는 의미로 해석되는 상징물이죠. 아무튼 그런 점도 한 가지 참고사항은 될 테고……."

"…………."

"우리 한국의 경우엔 그와 유사한 '홍살문'이 있긴 해도 그건 일본의 '도리이'만큼 보편적인 상징물은 못 돼요. 홍살문보다는 차라리 장대 꼭대기에 앉은 새의 형상을 조각한 솟대가 그와 같은 발상에서 나온 거지. 그건, 시각적으로도 분명한 데가 있으니까. 예컨대, 북방을 향해 날고자 하는 새의 모습을 만들어 장대 끝에 앉힘으로써, 아득한 옛날 그 북방에서 온 청동기인靑銅器人의 후예였던 한국인의 의식구조와 정체성을 시각적으로 드러냈달까……. 뭐, 그런 걸 얘기해준다고 볼 수 있어요. 알고 보면, 솟대는 우리민족의 뿌리에 대한 근원적 이야깃거리를 담고 있는 상징적 조형물이라고 난 생각해요. 삼한시대에 천신을 제사하던 성지聖地를 소도蘇塗라고 했는데, 이 말의 어원이 '솟터' 혹은 '솟대'에서 유래했다는 설도 있으니까……."

"…………."

"시베리아권역인 외몽골 서북쪽에서 유입된 카라스크식 고인돌무덤을 조성한 자들은 주로 비파형동검이나 동경을 사용했던, 이른바 청동기문화를 지닌 종족이었어요. 이 청동기인들이 한반도로 이주하면서, 선착이주민이었던 고아시아족을 정복하고 혼합된 것이 우리민족의 뿌리라고 설명하는 게 한국사학계의 정설이지. 단군신화가 말해주는 것이 바로 그거예요. 다른 각도에서 설명하자면, 빗살무늬토기를 사용하고 곰 숭배사상을 가졌던 신석기인들을, 뒤에 온 민무늬토기를 사용한 그 청동기인들이 정복하고 혼합된 민족, 예컨대 중국 측 기록에 나오는 예濊·맥貊·한韓족이 바로 우리의 조상이라고 볼 수 있죠……."

이번엔 줄곧 내 이야기를 듣고 있던 김 시인이 비로소 감을 잡은 듯이 대꾸한다.

"아하, 그러니까, 솟대는 그런 민족의 뿌리에까지 가닿는다는 말씀이겠죠? 떠나온 그 아득한 본향에 대한 그리움을 담고 북방을 향해 날아가려는 새의 형상과 자연스레 연결되는군요."

"글쎄 뭐, 나는 그런 조형물도 괜찮겠다는 하나의 예를 들었을 뿐이지. 꼭 그걸 만들어 여기 세워야한다는 뜻은 아니고……. 어느 시대에나 외부로부터 안전한 '소도'와 같은 공간이 필요한 사람들이 있기 마련이지. 대개 현실에서 밀려난 자들이 그러한데, 그런 심리적 공감대가 형성되는 사람들에겐 한번쯤 스스로 찾고 싶은 역사적 공간이 되게 꾸며야 한다는 얘기죠……."

"예. 무슨 말씀인지 알겠습니다."

"하여간, 언젠가 '둔덕기성 추모제'가 열리게 되면, 그땐 내게도 꼭 연락 주세요. 아무리 바빠도 고향의 그런 주요행사에 한 번은 와야겠죠?"

"아, 그럼요. 당연히 연락 드려야죠. 하 선생님께서 참석해주시면 우리 도 영광입니다."

산은 오르는 것보다는 내려오는 것이 훨씬 수월했다. 아까 우리가 타고 온 차를 세워둔 곳이 보이자 거기서부터는 꽤 넓고 평탄한 산길이었다. 내 차는 저 아래쪽 마을의 등산로 입구에 세워두었었다. 나는 김 시인의 픽 업트럭에 편승해서 올라올 때 약간의 제물을 가져온 게 있었다. 이 산자락 에 부모님의 묘소가 있어 온 김에 참배하려고 미리 준비했던 것이다. 까만 비닐봉지에 담아 아까 트럭 뒷자리에 놓아두었던 그 제물을 들고 나는 멀 지 않은 곳에 있는 부모님 묘소를 찾았다. 김 시인도 기꺼이 내 뒤를 따라 왔다.

♣

한 시간 간격으로 정각에 출발하는 한산도카페리 호를 타려고 나는 김 시인과 둔덕 선창에서 헤어졌다. 거기까지 그가 길 안내를 하였다.

카페리호의 내부구조상 일층 바닥 전체는 차량을 싣도록 돼 있었고, 선 실은 이층이었다. 배의 이물 쪽이 열리면서 마치 성의 해자垓字 위로 걸쳐 지는 쇠널다리[鐵板橋] 같은 것이 내려와 부두에 접안接岸되었다. 나는 승용 차를 탄 채 성문을 통과하는 기분으로 그 쇠널다리 위를 천천히 지나 카페 리호의 뱃속으로 들어갔다.

선무원船務員의 안내에 따라 차를 주차시킨 다음, 계단을 통해 이층 선 실로 올라갔다. 큰누나 댁에 오랜만에 다녀올 생각을 한 것은 이미 서울을 떠나올 때부터 염두에 두고 있었던 것이다.

그제 아침 9시쯤, 아파트의 집을 나설 때 나는 아내에게 그 점을 미리 이야기하면서 이번 여행길이 한 사나흘 걸릴지도 모르겠다고 일러두었다. 거제문협의 공식행사 외에도 모처럼 한산도의 누님 댁을 찾아 사정을 봐 가며 하루나 이틀쯤 지낼 것이라고.

귀경길엔 다시 둔덕으로 나와 이웃 사등면에 사는 오촌 당숙 댁에도 한 번 들렀다 올 예정이니까 그렇게 며칠은 걸릴 거라고 했었다. 그동안 서울 집이나 출판사에 무슨 특별한 일이라도 생기면 즉시 휴대전화로 연락하라 하였다. 그럴 경우 일정을 앞당겨 오리라고도 말해두었다.

며칠 전, 내가 사는 아파트의 건너편 동棟 13층에서 초상을 치른 집이 있었다. 거제도로 출발하기 바로 그 전날이 발인發靷이었는지, 때마침 영 구차靈柩車가 들어와 그 동의 일층 현관으로 운구가 나가는 것을 나는 아침 출근길에 보았다.

물론 사나흘 전부터 근조謹弔라고 쓴 초롱불이 일층 현관의 입구 쪽에 매일 밤 빛나고 있던 것을 우리 집 발코니에서도 쉽게 볼 수 있었던 것 이다. 그것은 문상을 오는 사람들에게 쉽게 집을 찾을 수 있도록 알리기 위한 표식으로 달아놓은 근조 등이었을 터였다. 서울처럼 복잡한 대도시 의 아파트 단지 안에서 요새도 저렇게 문상객을 맞는 것은 꽤 보기 드문 일이었다. 대개 종합병원의 영안실이나 장례예식장을 이용하는 추세여서 나는 그것이 도리어 생소한 느낌이 들었다.

"참, 딱한 사람들이야. 어쩌면 이웃에 불편함을 끼치면서까지 요새도 저런 식으로 아파트 단지 안에서 문상객을 맞나?"

나는 혼자 중얼거리듯 한마디 했던 것이다. 내 목소리가 제법 컸던 모 양으로 옆에 있던 아내가 듣고는, 어디서 전해들은 양 그 이유를 대신 설 명해주는 거였다.

"10년 넘게 중풍으로 자리보전하고 있던 노인이었던가 봐요. 세상 떠난 사람이. 근데, 그 집 며느리가 시아버님 병수발하면서 적지 않은 세월동안 대소변을 받아내며 지극정성으로 모신 효부라고 아파트 안에 소문이 자자

했어요. 요즘 며느리치고 누가 그런 궂은일을 감내하려고 하겠어요?……
며칠 전에 노인이 자는 듯이 숨을 거두었대요. 그래서 미처 병원으로 옮겨
갈 틈도 없이 그냥 집안에 빈소를 차린 거라고 하대요."

그 이야기를 듣자 문득 한산도의 큰누나 생각이 들었다. 이웃동의 죽은
노인과는 아무런 연관도 없으면서 엉뚱하게 그런 생각이 든 것이다.

실제 아파트의 우리 동에서도 같은 엘리베이터를 타고 오르내리며 종
종 본 적이 있는 어떤 노인이 어느 날부터 갑자기 통 보이지 않는 경우도
있었다. 한 때 뇌일혈로 쓰러졌다가 병원에서 치료를 받고 상당히 회복한
뒤에도 마비가 왔던 왼쪽 팔다리는 여전히 부자연스러웠다. 다리를 질질
끌다시피 아파트 경내를 오락가락 부지런히 걸으며 재활훈련을 해쌓던 그
노인의 모습이 통 안 보이게 된 것이다. 그래도 나는 그냥 무심했고, 전혀
신경 쓸 겨를조차 없었다. 나중에야 그 노인이 세상 떠났다는 사실을 우연
한 기회에 알게 되기도 했다. 그처럼 이웃에 누가 하나 죽는다 해도, 실상
은 자고 나면 달라지는 건 아무것도 없었다.

아마 그런 깨달음 때문이었을 터였다. 왠지 이번 기회에 누나를 꼭 한
번 찾아뵙지 않고는 마음이 편치 않을 것처럼 그동안 무심했던 나에게 그
깨달음이 공연한 초조감으로 작용했던 것 같다. 나보다 열두 살이나 많은
큰누나는 금년에 벌써 일흔 둘이었다. 전화 통화 외에는 서로 못 본 지가
십여 년이나 되었다.

어릴 때부터 큰누나는 늦둥이로 태어난 외아들인 내게 늘 어머니 못잖
게 곰살갑게 대한 반면, 꾸짖을 때도 사정없이 매서웠다. 그런 누나였기에
만만하면서도 한편으론 두려웠다. 그러나 세월이 흘러 함께 늙어가는 이
제는 그 모든 게 다정한 추억으로만 회상될 뿐이다.

"저어, 혹시…… 하 두호, 아니야?"

누가 서슴없이 내 이름을 들먹이기에 쳐다보니, 어깨가 떡 벌어진 당당
한 체구의 웬 중늙은이가 내 앞을 딱 막아선다. 반백의 머리에 짙은 눈썹,
해풍에 그을린 구릿빛 얼굴, 뭉툭한 코와 각진 턱. 첫눈에 알아볼 수 없는

낯선 인물이었다.

"예. 맞습니다만, 누구신지?……"

"에끼, 이 사람. 날 모르겠어? 나, 손 찬웅이야. 니랑 동창생 찬웅이……"

"아! 이름을 들먹이니까 이제야 알겠어. 어쩜 이렇게 몰라보게 변했냐? 너, 어릴 때 추봉도에 살며 나룻배로 통학했지?"

"그래 맞아. 이제 확실히 알아보네. 한산중학 졸업 후 니가 고등학굘 마산 쪽으로 갔을 때 난 통수고(통영수산고)로 갔응께, 아매 그때부터 쭉 한 번도 못 만나고 말았네, 그쟈?"

어릴 때 그의 별명이었던 '뭉팅코' 하나만 안 변했을 뿐, 그것 외에는 수십 년의 세월이 그를 완전히 다른 사람으로 변모시켜 놓은 것 같았다.

"도대체 이게 몇 년 만이야? 난 너를 통 못 알아봤는데, 어쩜 놀랍게도 너는 용케 날 알아보네."

"에헤, 니가 유명인사라는 건, 우리 고향 동창들은 대강 알고 있응께 그렇지. 신문이나 잡지 같은 데서 가끔 니 사진이랑 글이 실리는 걸 보고는 친구들끼리 모이면 더러 니 얘길 해 쌓았구면."

"으응, 그랬어? 너야 여기 눌러 사니까 가까운 곳에 있는 친구들끼린 자주 만나겠지만, 나야 어디 그렇냐? 한산도에서 산 건 고작 5년 정도였고, 거제 둔덕으로 다시 이살 가버렸으니까. 이미 그때부터 서로 뜸해진 게 벌써 수십 년이 지나버렸으니 말이야……."

"하긴, 두호 니가 국민학교 5학년 때 전학 와서 내랑 한반이었어. 기억나냐? 6학년 올라가서도 같은 반이었제. 그때로 치면 우리가 오늘…… 한 오십 년 됐나? 아니, 그렇게 오래는 아니고, 그렁께 한산중학 졸업 후로 따지면 44년쨈가? 맞아. 그쯤 되는구면. 아무리 객지로 떠돌며 산다 캐도 니는 우짜모 그리 동창회에 무심하냐? 니도 이젠 동창회에서 초청하면 자준 못 와도 한 번씩 참석도 하고 그래라. 서로 늙어가는 마당에, 그렇게 옛정을 나누어 가면서 살아야지……. 으잉? 내 말 맞제?"

말버릇은 좀체 바꿀 수 없는가 보았다. 찬웅은 투박한 어투에 사투리는 물론, 이제는 이미 초등학교로 바뀐 지 오래되어 사용하지도 않는 '국민학교'란 말을 좀처럼 버리지 못하고 있었다.

"응. 그래 알았어. 앞으론 그렇게 하지. 헌데, 넌 요즘 뭘 하고 지내냐?"

"아, 미처 그걸 말 안 했구먼. 실은, 나 말이야, 이 카페리호 선장 노릇 하고 있어. 통수고 졸업한 뒤부터 이날 이때껏 줄곧 배만 수십 년 탔는데, 나이 드니까 이젠 멀리 한바다로 나가는 건 못하겠더라. 그래, 집 가까이서 강 건너 댕기듯이 소일거리 삼아 왔다 갔다 하는 이 직업도 내 나이엔 괜찮더라. 이 카페리호가 여기 둔덕과 소고포항 사이에 취항한 게 지난 98년도 12월부터였지. 그렇께, 햇수로 치면 그럭저럭 벌써 7년째 접어들 었네. 야, 그건 그렇고…… 인자 곧 배 떠날 시간도 됐다. 나랑 함께 조타실로 가자. 좀 전에 니가 배에 오르기 전에 말이야, 부두에서 웬 남자랑 악수하면서 헤어지데. 그걸 내가 저기 선장실에서 내려다볼 동안 낯이 익어서 너를 어디서 봤더라, 하고 한참 기억을 떠올렸지. 그러다가 바로 두호너란 걸 퍼뜩 깨달았거든."

나는 그가 이끄는 대로 조타실로 통하는 바로 옆방인 선장실로 옮겨 갔다. 찬웅은 이 날만큼은 특별히 외부인 출입금지의 그 방에 나를 들여놓은 셈이었다.

이윽고, 출항시간이 되었다. 선장을 보좌하는 조타수에게 운항을 맡긴 대신, 그는 옆에서 지켜보며 지시를 하는 틈틈이 내게 한산도로 가는 배위에서 이것저것 설명해주려고 애쓰는 듯했다.

"요샌 거제도랑 한산도의 이쪽 공유수면에 굴 양식업이 마치 유행처럼 성행하는 판이야. 저것 좀 봐. 저어기, 하얀 부표들이 수없이 떠 있는 것 보이제? 저것들이 전부 수하식 굴 양식장이야. 하긴, 요새는 컴퓨터 갖고 인터넷에 홈페이진가 뭔가 하는 것으로 온통 광고를 해대는 세상이더라. 그렇께 거제도나 통영에서는 '굴 구이 특미'라고 들입다 소문을 내갖고, 전국 각지에서 관광객들이 일부러 이곳까지 굴 구이를 먹으러 오데. 주문도 쇄도해서 재미가 아주 쏠쏠하다 카데."

"아, 참! 찬웅이 너, 혹시 우리 동창생 중에 박 주용이라고 기억하냐?
그 친구 지금 뭐하는지, 소식 들은 거 있어? 걔가 나랑 같은 소고포 염호
리에 살던 친구였는데……"

"그럼. 알다마다. 니가 묻지 않아도 시방 막 그 친구 얘기하려던 참이었
어. 주용이 걔 칠팔년 전에 간경화로 오래 못 살고 죽었어. 걔도 굴 양식
업을 했지만 그땐 지금처럼 손쉽게 판로를 개척할 방도도 없었던 때였어.
게다가 태풍이나 적조현상이 한 번씩 겹치면 굴 껍데기만 남기고 종자가
모조리 폐사하는 기라. 그 바람에 몇 번 살림살이 말아묵었거든. 녀석이
자포자기해서 술에 늘 찌들어 살더니 간을 버려놨어. 하기야 그렇게 마셔
댔으니 온전할 리가 없지. 주용이 뿐만 아니라 동창생들 중에 죽은 친구들
이 더러 있어."

"그래애? 그것 참……. 주용이랑 나랑 한 동네 살아서 등하교 때 늘 같
이 어울려 다니고 했었는데, 그거 참 안 됐네.…… 그래, 그밖에 또 내가
모르는 무슨 다른 소식 같은 거 없어?"

"문 선주댁船主宅 외동딸, 하연이 소식은 들었나? 허기야, 걘 두호 너
랑 친척뻘 되니까 아마 누님한테서 이미 소식 전해 들었는지도 모르겠다
만……. 하연이가 재혼한 건 잘 알고 있지?"

"응. 그건 알아."

"근데, 그 재혼한 새 남편이 누군지, 그건 아매 니는 잘 모를 기야."

나는 짐짓 모른 채 시치미를 뚝 떼고 어물쩍 넘기듯 말했다.

"글쎄…… 나야 뭐, 이곳 소식 모른 지 하도 오래 돼놔서…… 하여간,
그 사람이 누군데?"

"옛날, 우리 모교인 한산중학에서 한 삼년 남짓 교편을 잡았던 사람이
라 카데. 헌데, 알고 보니 그게 말이야, 내 딸내미 3학년 때 담임선생이었
지 뭔가. 국어선생이었다던데, 우리 집 애들 얘기 들으니까, 아주 실력 있
고 학생들한테 인기가 참 좋았다 카더라."

"……………"

나는 아무 대꾸도 할 수 없었다.

기억을 상실하면 존재도 사라진다. 그런데 시우는 이 순간 그 실상實像이 어디에도 없는 존재이면서, 타인의 기억을 통해 곳곳에서 그 흔적을 드러내고 있는 것이었다.

그때부터 찬웅은 카페리 호가 소고포항에 도착할 때까지는 줄곧 하연과 그 남편에 관한 이야기로 일관하였다.

✤

옛 동창인 찬웅이로부터 대충 들은 것과 비슷한 이야기를 나는 다시금 큰누나한테서 더 상세히 듣게 되었다. 그건 물론 나중의 일이었고, 또 이미 내가 예상했던 것이기도 하였다.

아니, 나 자신에게 좀더 솔직해지자. 나는 어쩜 이번 여행길에 누나에 대한 안부도 안부려니와, 무엇보다 귀 기울여 듣고 싶어 했던 바로 그 이야기에 대한 억누를 수 없는 궁금증에 촉발되어 한산도 행을 결심했던 것이라 해도 틀린 말은 아니다. 그 점을 결코 부인하지 않으련다.

그러나 하연에게는 도무지 영문을 모를 시우의 가출에 대해, 내가 어느 정도 설명을 해줘야 하는지 말아야 하는지, 그것만은 여전히 생각해보지 않았다.

어쨌거나 실로 몇 년 만에 디뎌보는 소고포항인가! 고등학교를 졸업하고 대학등록을 마친 그 직후에 한번 다녀간 뒤로 40년 만이었다. 나는 카페리호의 부두에서 옛 친구와 헤어지며, 오늘이나 내일쯤 배의 운항을 끝낸 저녁 무렵에 틈나면 소줏잔이라도 기울이자고, 빈말이 될지도 모를 약속을 했다. 실제 그것이 지켜질지는 나 자신도 알 수 없었다.

나는 누나네 집 근처 — 과거 우리 식구가 5년 정도 함께 살며 드나들었던, 자형의 그 옛집 돌담 곁 — 에 차를 세웠다. 밖에서 보이는 돌담이랑

넓은 마당은 그대로였으나, 내부는 완전히 개조되어 있었다.

옛날의 목조 대문은 떼어내고 새로 해 단 신식 철문은 하얗게 도색된 화려한 형상의 쇠창살문으로 바뀌어, 내부가 환히 들여다보였다. 그리고 한쪽에 작은 쪽문이 달려있어 사람들이 그리로 드나들도록 설계돼 있었다. 게다가 시골집 사정은 어디나 비슷해서, 안에 사람이 있거나 없거나 대개 날이 새면 잠금장치를 풀어두는 그 쪽문은, 내가 손으로 밀자 그냥 열렸다.

누나는 집에 없었다. 자형도 안 보였다. 집은 텅 비어 있었다.

마당 한쪽은 섬에서 아주 귀한 물을 저장해두려고 예전에는 시멘트 저수조를 설치해 수도꼭지를 달고 그 옆에 세면대 시설까지 해둔 곳이었는데, 지금은 말끔히 치워지고 없었다. 그 대신 장독대 옆의 남새밭까지 포함해 마당의 절반을 정원으로 바꿔놓았다. 옛날에 우리 식구가 얹혀살 때 거주했던 아래채까지 완전히 헐려 정원에 포함돼 있었다. 언젠가 누나와 통화하면서 자형이 퇴직한 뒤로는 집을 개조하고 마당을 손보아 새로 정원을 꾸미는 일로 소일하고 있다던 게 바로 이거였구나 하는 생각이 들었다.

나는 빈 집의 그 정원을 살펴보았다. 갖가지 종류의 상록 목본에서부터 계절 따라 피는 초본들까지 다양했다. 담벼락을 따라 즐비한 키 큰 접시꽃들과 백일홍이 흐드러지게 피어 있었다. 정원 한가운데는 초롱꽃, 샐비어, 시크라멘, 베고니아, 재스민, 엔젤트럼펫, 제라늄, 그리고 색깔도 다양한 장미꽃들이 지금 만발했다. 눈을 자극하는 색의 배합과 조화로 정원 전체가 화려하게 수繡놓여 있었다.

향기로 치면 하얀 꽃치자의 냄새가 으뜸이었다. 앙증맞은 오렌지재스민 꽃향기도 백화등白樺藤의 그것과 흡사했다. 그러나 정원에 진동하는 향기는 역시 치자꽃 냄새가 다른 것들을 압도한다. 야래향夜來香도 자잘한 꽃숭어리들을 지금 잔뜩 달고 있다. 그러나 그 애애藹藹한 향기는 역시 해가 진 뒤에라야 맡을 수 있을 것이렷다.

정원을 둘러보던 내 발길은 어느 한 곳에서 딱 멈춘다. 그 옛날 돌담으로 경계를 지었던 바로 이웃 하연의 집 마당가에 서있는 비자나무 아래였다. 울담 너머 그 집의 주인이 몇 차례나 바뀌었는지는 알 길이 없다. 그러나 비자나무가 선 그 아래 청석과 흑석은 여전히 거기 있었다.

나는 잠시 허리를 구부려 그 눈에 익은 빛깔의 돌들을 어루만져 본다. 차가운 감촉을 전하며 내 시선에 붙잡힌 그 돌들의 틈새가, 사라져버린 시간의 추억 속에 나를 빠뜨려 놓는다. 그동안 기억과 상상력에 의존해 황망히 지나간 그 시절에 관한 이야기들을 소설로 쓰기도 하면서 나는 시간을 부정해보려는 일들에 얼마나 헛되게 매달렸던가! 그러나 다시는 되돌릴 수 없는 사라진 시간들. 고향이나 다름없는 옛 장소로 돌아왔지만, 영원히 잃어버린 어린 시절에 대한 애틋한 그리움만이 이곳 정원의 아련한 향기처럼 떠돌고 있다.

한창 매실 따는 철이어서 누나는 집 근처 밭에 나가 있었던 모양이다. 동네 아낙들과 어울려 매실을 따느라고 집을 비워두고 있었나 보다. 광주리에 가득 채운 매실을 담아들고 들어오던 누나가 뒤늦게 나를 발견하고는 대뜸 꾸중부터 한다. 그것이 반갑다는 의미라는 걸 나는 잘 알고 있다. 요즘처럼 편한 세상에 휴대폰은 엇다 쓰려고 갖고 댕기냐며, 미리 전화하지 않았다고 꾸짖으면서도 누나는 한없이 나를 반겼다.

자형은 때마침 출타 중이었다. 상조계喪弔契의 일원으로 부산에 살던 친구의 부고를 받은 자형은, 계원들이 번갈아가며 발인 때까지 울력하는 관습대로 어제 출타하여 며칠간 집을 비우게 되었다는 거였다.

대청마루와 기와지붕을 얹었던 옛 본채 건물은 완전히 헐리고 없었다. 그 자리에 현대식 건물이 들어선 주택 내부는 아파트의 실내구조와 똑같이 꾸며져 있었다. 주방기기며 싱크대, 붙박이장과 식탁 등. 방은 전부 세 칸이었는데, 욕실이 딸린 안방 외에도 거실에 따로 만든 욕실이 하나 더 있고, 뒷 베란다에는 세탁기가 놓인 다용도실이 있는가 하면 앞 베란다에서는 정원이 환히 내다보였다.

"점심은 먹은겨? 시장하면 내가 금방 차려내 올게."

"아니, 괜찮아. 지금 시간이 몇 신데…… 벌써 먹었어. 아까 둔덕에서 아버지 어머니 산소에 들렀다가 내려온 뒤 점심은 그때 먹었고……."

"그럼 시원한 거라도 한잔 마셔라. 더운데 세수라도 좀 하든지."

그러면서 누나는 주방에 있는 냉장고에서 주스를 꺼내 컵에 따라주었다.

"근데, 한산도카페리 호를 탔더니, 뜻밖에도 선장이 내 동창이데. 거 왜, 추봉도에 살던 손 찬웅이라고 하면, 혹시 누나도 알란가?……"

"암. 잘 알지. 늬 자형이랑 둔덕에 성묘 간다든지 그쪽에 댕겨올 일이 있으면 우리도 그 배를 종종 이용하는데, 갸가 나하고 늬 자형이랑 먼저 알아보곤 깍듯이 인사를 하며 그러데. 지가 두호 니랑 동창생이라 캐서, 아, 그런가, 하고 그때 알았지. 물론 그전에 어릴 땐 전혀 몰랐어. 근데, 찬웅이 얘기는 와?……"

"그 친구가 하연이 집안 사정에 대해 이런저런 얘길 들려주데. 하연이 어머님이 자형한테는 고모뻘 되지? 아직 진두에 살아계시나?"

"웬걸, 그 고모님, 세상 떠난 지가 언젠데…… 찬웅이가 그 얘긴 안 했던가뵈. 지난 2000년도에 사고가 났지. 진두리 집 뒤의 산비알에 철따라 배추랑 시금치, 도라지랑 땅두릅, 뭐, 그런 간단한 채소 등속을 심어 소일 거리 삼아 밭일을 좀 하셨걸랑. 늘그막에 그냥 놀면 병난다고 쉬엄쉬엄 밭에 나가셨는데, 날이 어둑해져 산을 내려오시다 그만……"

그즈음 시력이 몹시 나빠진 하연의 어머니가 산비탈에서 발을 헛디뎌 넘어지는 바람에 뇌진탕으로 의식을 잃었다고 했다. 더욱이 그런 상태로 뒤늦게 발견되어 피를 너무 많이 흘렸고, 병원에서 수술을 받았지만 결국 숨졌다는 것이다.

"그렇게 어이없이 세상을 떠난 지가 벌써 5년째 됐구먼. 너야 원래 바쁜 사람이라 못 올 걸 뻔히 알고 연락도 안 했다만……. 하연이가 원체 번거로운 걸 싫어해서 여기저기 알리지도 않고 조촐하게 장례를 치렀지. 암튼,

늬 자형이랑 하연이 남편인 조 서방이 상제역喪制役을 단단히 했구먼. 그래
도 말년엔 딸이랑 사위 덕분에 원도 없이 호강은 하시다 갔으니 불행 중
다행이긴 하다만……."

그렇게 운을 뗀 누나는, 지금의 '조 서방'과 재혼한 하연이 일본에서 귀
국한 뒤로 진두의 옛집에서 홀어머니의 여생을 위해 참으로 정성껏 편히
모셨던 이야기들을 늘어놓기 시작했다.

"지난 96년도 6월인께, 절기상으론 딱 이맘때였네. 하연이가 아주 작정
하고 한산도로 살러 들어온 때가. 암튼, 그때부터 세상 떠나시던 2000년
여름까지 한 4년간 고모님은 정말 행복하게 여생을 보낸 셈이야.…… 자
동차를 한 대 사서 하연이 부부가 고모님 모시고 세상구경 시켜드린답시
고 봄이면 꽃구경 다녔지, 가을엔 단풍구경 하러 떠났지, 게다가 아예 며
칠씩 걸려 저 멀리 동해안을 따라 여행도 다녀오시곤 했어. 어떤 때는 서
해안을 돌아 각지의 명산대천을 둘러보고 오신 고모님이 우리한테 늘어놓
는 자랑이 이만저만 아니었어. 멀리 출타했다가 소고포항에 도착하면 꼭
우리 집부터 찾으셨거든. 그 조 서방이란 사람, 참 무던하고 점잖은데다가
하연이랑은 정말 인연이었던가 봐. 천생연분이란 게 따로 없더구먼. 애초
에 난 몰랐는데, 들리는 소문엔 그가 과거에 여기 한산중학에서 교편을 잡
은 적도 있었던 모양이데. 더러 옛날 제자들이 알아보고는 참 훌륭한 선생
님이었다고 칭찬을 해쌓더라. 헌데, 여기 섬에 머물러 있던 몇 년 동안에
도 조 서방이 마산 쪽에 있는 무슨 대학교에 학생들 가르치러 나가기도 했
었지. 하연이 말로는, 그게 초빙교수라든가 왜래 교수라든가, 뭐 그런 직
책이었다더라. 암튼, 늬 자형도 조 서방의 지식이나 인품이 보통 사람은
아니라며 흡족해 했어……."

"……………."

"고모님 별세 후로 진두리 집에선 하연이랑 재혼한 남편이랑 둘만 살았
지. 부부금슬이 좋기로 이 섬 안에서는 파다하게 소문이 났는데, 둘은 어
디를 가든 늘 붙어 다녔어."

아까 카페리 호를 타고 오면서 찬웅이한테서 들었던 것과 비슷한 이야기를 나는 또 다시 듣는 형국이었다. 타인들의 기억 속에서 시우의 존재는 다양한 흔적으로 남아, 느닷없이 그 모호한 잔영을 내게 불쑥불쑥 떠올려주곤 한다.

"뜻대로 되지 않는 게 인생이라던데, 둘 사이에 무슨 사연이 있었는지는 몰라도 조 서방이 집을 나가버렸어. 언제였더라, 그게…… 아마 2002년도 가을이었지 싶어. 지금까지 소식 없어진 지가 벌써 2년 반도 넘었네. '달 밝은 밤이 흐린 낮만 못하다'는 속담도 있듯이, 허울좋은 행복이 티격태격 싸우며 사는 정情만 못할 수도 있는 기라. 예로부터 부부싸움은 '칼로 물 베기'라 안 캤나. 그러니까, 미운 정 고운 정 쌓이면서 사는 게 부부야. 아무리 금슬이 좋기로서니 마냥 희희낙락할 순 없는 기지. 겉으로 아무 탈 없이 보여도 속으로 괴로움을 삭여야 할 게 있다면, 그것도 불행한 삶인 게야……."

누나의 얘기를 듣고 있는 동안 문득 찬웅의 말이 떠올랐다. ……한때는 카페리호로 두 사람이 차를 몰고 와선, 어디 멀리 놀러 가는지 둔덕 쪽으로 나가, 자주 드라이브를 즐기곤 하데. 또 어떤 때는 외지구경을 시켜드린다고 노모를 모시고 나온 적도 있었고……. 그런데, 남자가 떠난 뒤 매일 하연인 이 소고포항에 나와서는 그가 돌아오는지 하염없이 기다리다 되돌아가곤 했어. 한 달 가량 계속 그랬던 같애. 그러다가 어느 날부터 갑자기 모습을 안 보이더니, 이후론 아예 소고포 쪽엔 얼씬거리지도 않데…….

그런 찬웅의 말을 되짚어보며 나는 누나에게 불쑥 던지듯이 물었다.

"그럼, 요샌 진두에 하연이 혼자 살고 있겠네? 남자가 왜 떠났는지 이유가 있을 게 아냐? 뭣 때문이라던가?"

"이유야 있겠지. 허지만, 당최 제 입으로는 아무 말을 안 해주니, 들여다보지 못한 남의 속을 누가 알겠어? 우리 집에도 발길 끊은 지 오래 됐어. 전화 통화도 안 되고……. 진두에서 두문불출하며 방구석 귀신이라도 씌었는지, 아예 집 밖으로도 안 나오는 갑더라."

"섬 안에 소문이 파다할 만큼 금슬 좋던 부부가 갑자기 그렇게 헤어졌다니, 무척이나 충격을 받아 상심이 컸겠어. 남들은 이유도 모를 사정 때문이란 게 더욱 수상하기도 하고……."

"누가 아니래? 살면서 어차피 모두 상처를 받게 돼있는 게 인생이지. 사람을 잃는 일엔 이미 이골이 난 하연이야. 생각해 봐. 벌써 걔 주변 사람들이 얼마나 많이 사라졌는지……."

누나는 안타까울 때 늘 하는 습관대로 연달아 쯧쯧쯧, 혀를 찼다.

"………………."

나는 그때부터 입을 꾹 다문 채 아무 말도 않기로 했다.

"남자가 떠난 지 꼭 1년쯤 지난 작년 10월 말경인 갑다. 하연이가 부모님 묘소 아래 가묘假墓를 나란히 두 개나 썼지. 일을 맡았던 인부들 얘기로는 가족 공동묘지를 조성한 거라던데, 그 가묘 두 개는 나중 자기와 남편이 묻힐 곳이라나. 뭐 하여간, 그런 끔찍한 소리를 하더래. 일절 문밖출입도 안 하게 된 것은 그런 일이 있은 직후부터였어……."

하연이 소고포 쪽으로의 나들이는 물론이고 진두에서도 좀체 바깥출입을 않는다고 했던 누나가 이번엔 누가 들을세라 갑자기 말소리를 낮추더니, 무슨 비밀스런 전갈을 속삭이듯 내게 말했다.

"들리는 소문에는 글쎄, 하연이가 달밤에 부모님 묘소가 있는 산담 아래 그 가묘 근처를 서성거리는 모습을 본 사람도 있다 카고, 갯논을 만든 방축 끄트머리에 우두커니 앉아 바다를 보고 있는 걸 목격했다는 소리도 들리고……. 어쩜 미친 게 아닌가 하는 말까지 나도는 판이라, 참, 희한하다 카이."

❦

나는 바닷바람이나 좀 쐬다 오겠다며 핑계를 대고 집을 나선 뒤로 무작정 진두리 쪽으로 향했다. 저녁식사 준비를 해놓을 테니 너무 늦지 않게 들어오라는 누나의 당부에도 나는 건성으로 그러마고 대꾸했을 뿐이다.

천천히 차를 몰아 나아가며 나는 40여년 만이구나, 아, 이 길을 다시 찾아와 보는 게 이토록 오랜 세월이 걸리다니, 정말 감개무량해, 라고 꽤나 감상적感傷的인 느낌에 젖어들고 있었다.

차창에 연속하여 비치는 바다를 끼고 한 줄기로 길게 뻗은 좁은 아스팔트길의 양 옆으로 엷은 그늘과 햇빛 속을 오락가락하는 해안 풍경들. 눈에 익은 나지막한 돌담으로 울을 친 집들이 옹기종기 모인 마을들을 지나쳐 갔다. 들판 여기저기에 지난해 올보리를 심었던 곳은 벌써 수확을 끝낸 곳도 있었다. 그런가 하면 이제 막 한창 베어내 경운기로 실어 나르는 광경도 보였다.

어느덧 창동마을을 지났다. 그리고 조금 더 나아갔다. 이윽고, 옛날 내가 그 먼 거리를 걸어서 다녔던 초등학교 정문 근처에 이르렀을 때였다. 나는 그냥 지나쳐가려다 말고 잠시 차를 세웠다.

어릴 때는 소고포에서 예까지 그렇게 멀게 느껴졌던 학교가 차로써 불과 10분이 채 못 되는 거리에 있는 것이 사뭇 놀라웠다. 하긴 옛날엔 비포장도로였고, 어린이의 걸음걸이로 오갔기에 그럴 수도 있었겠다. 일과가 모두 끝난 학생들이 스쿨버스로 귀가한 뒤의 학교 운동장은 텅 비어 있었다. 요즈음엔 이런 섬마을이나 산골구석에까지도 스쿨버스로 아이들을 실어 나르기에 걸어서 통학하는 초등학생을 거의 볼 수 없었다.

나는 브레이크에서 발을 떼고 천천히 엑셀을 밟으며 다시 나아갔다. 왼쪽으로 줄곧 바다를 낀 외길이 섬의 일주도로였다. 입정포 마을을 지났다. 그리고 5분쯤 더 나아간 곳에서 해안 길의 한 모퉁이를 돌자 추봉도가 한눈에 들어왔다. 여기까지 오면 이미 진두에 다 온 것이다.

봉암과 진두 사이에 추봉교를 건설하려고 이미 작년부터 착공에 들어갔다던 찬웅의 말대로 가장 폭이 좁은 두 섬의 양안을 연결하는 교각이 한창 바다 가운데 만들어지고 있었다.

나는 우체국 앞의 공터에 차를 세웠다. 내려진 차창을 통해 저만큼 공사현장과 그 너머 추봉도를 멀거니 건너다보았다. 머릿속에선 그쪽에 있을 봉암해수욕장을 눈어림으로 가늠해보며 지나간 추억의 시간들을 잠깐 떠올렸다.

해가 기울면서 열린 차창으로 서늘한 갯바람이 몰려들어 왔다. 나는 짭조름한 그 갯냄새를 실어오는 바람 쪽으로 얼굴을 향한 채 길게 한번 숨을 들이마셨다.

어디선가 왁자지껄한 소리들이 한꺼번에 울려 퍼지는 바람에 나는 그 소음의 행방을 더듬었다. 한 떼의 중학생 무리가 가방을 들고 막 하굣길에 오른 것인지 서로 재잘재잘 지껄이는 소리들이었다. 그 무리들 속에 끼어 있는 중학생 때의 내 모습을 잠깐 연상해 보았다. 그 시절 단발머리 여학생이던 하연의 모습도 머릿속에 그려보았다.

이때 여학생 몇몇이 바로 내 차 옆을 스쳐가며 저희들끼리 갑자기 날카로운 톤으로 까르르 웃는다. 그 웃음소리는 내 귀를 때리고 허공에 메아리치듯 번졌다. 그것은 되돌릴 수 없는 시절에 대한 한 순간의 그리움에 잠겼던 내 흐리멍덩한 의식의 스크린을 갈가리 찢어놓는 소음과도 같았다.

나는 번쩍 정신이 들어 차의 유리문이 자동으로 닫히는 스위치를 눌러 바깥의 소음을 차단하고는, 다시 천천히 차를 몰아 그 자리를 떠났다.

차는 한산중학교의 정문 앞을 지나갔다. 귀가하는 학생들이 길가에 띄엄띄엄 간격을 둔 채 걸어가는 모습들이 눈에 띄었다. 여학생 하나를 뒤에 태운 웬 남학생이 자전거의 페달을 열심히 저으며 내가 가는 방향으로 나아가고 있었다.

나는 자전거를 앞지르지 않으려고 일부러 속도를 늦추어 아주 천천히 차를 몰았다. 소고포에서 진두까지 자전거 통학을 하던 옛 시절이 연상되었다. 또 자형이 출근길에 하연을 자전거에 태우고 다녔던 그때의 일도……. 하지만 과거는 마음속에 흐르는 시간의 미려泥濾에 실려 영영 되돌아오지 못하고 말 뿐인가.

하연과 나와 시우. — 우리는 각자 제 나름의 인식에서 출발하여 서로 다른 바람의 행방을 좇아 여기까지 오게 됐나 보다.

조시우, 하고 나는 나지막이 그의 이름을 불러본다. 너는 때때로 편지가 갖는 힘을 모르고 있었겠지. 언젠가 이 여사께 띄운 너의 서신들은 어쩜 네 자신의 내면을 토로한 사적인 일로만 여겨 예사로 생각했을 수도 있겠지. 그러나 본인의 의사와는 상관없이, 어느 틈엔가 너와 하연과의 사이에 내가 연결고리일 수밖에 없다고 스스로 인식하게 된 때부터 그것이 내게 영향을 끼친 줄도 아예 모른 채.

그래서 넌 항상 네 자신의 믿음대로 갈 길을 갔을 뿐이겠지. 하지만, 그 때문에 난 결국 여기까지 오게 됐는지도 몰라. 너는 절망과 공허 뒤에 숨어 적당히 평온과 타협해서 사는 삶이 싫어서 떠났겠지. 자의식이 강한 자는 삶도 역시 고통스러울 수밖에 없으니까…….

이 여사께 써 보낸 그의 고백의 서신들 속에서 정작 내가 발견한 행간의 의미는 무엇이었던가? 그것은 낭만적 자유와 향수병鄕愁病 사이에서 찢기는 그의 내면이었던 것 같다. 아주 오래 전 시우가 내게 말했던 것처럼, 무도無道한 세상에 어디를 가든 우린 결국 절망에 이르고 말지 않을까? 어쨌거나, 우리 세 사람에게 공통점이 있다면 그건 현실이 비극이라는 서글픈 깨달음일지도 모르지…….

✢

마침내, 나는 하연의 옛집 앞에 이르렀다. 아득히 먼 지난날에 본 그 집의 외관과는 상당히 다른 느낌을 주었다. 나는 차에서 내려 가까이 다가갔다.

맨 먼저 눈에 띈 것이 낮은 울타리 같았던 옛날의 사립문 대신에 자형의 집에서 본 것과 비슷한 철문이었다. 그리고 그 문은 굳게 닫힌 채였다.

철문이 달린 벽돌기둥 옆에는 맞배지붕을 씌운 작은 삼각모형의 집같이 만든 편지함이 세워져 있었다. 철문 위로는 지금 한창 만발한 짙붉은 장미 덩굴이 스테인리스강철로 된 아치를 휘감고 있다. 나는 견고한 창살로 된 그 철문의 안쪽을 기웃거려 집안의 동태를 잠깐 살펴보았다. 안에 사람이 있는지 전혀 짐작할 수 없을 만큼 정적에 휩싸여 오래 방치된 빈 집처럼 느껴졌다.

마당에는 전에 못 보던 정원수들이 더욱 울창하여 짙은 그늘을 드리우고 있었다. 현관으로 오르는 계단 위의 테라스 쪽에도 인기척 하나 없었다. 내 기억 속에 하연이 늘 기거했던 그 이층 방의 유리창엔 커튼이 쳐져 있었다. 집안의 그 깊은 고요가 왠지 섬뜩하게 느껴질 정도였다.

요리조리 집안을 살피던 내 눈에 그때 마침 철문을 단 벽돌기둥 쪽에 인터폰이 설치돼 있는 것이 보였다. 초인종을 누르면 집안에 울리는 신호음과 동시에 화면이 켜지며 카메라센서에 비친 바깥 방문객의 얼굴이 확인되는 그런 장치였다.

나는 초인종을 눌렀다. 딩동, 하는 신호음이 집안에 울렸을 터인데 안에서는 아무 기척이 없다. 나는 간격을 두어 누르고 또 눌렀다. 그래도 여전히 대답이 없었다. 이 순간에 나는 결코 하연의 실체를 확인하려 한 것이 아니라, 이 빈 집의 어딘가에서 누구세요, 라고 울려올 목소리만이라도 들을 수 있기를 기대했던 것이다.

하지만, 집안에서는 종내 기척이 없었다. 가망 없이 돌아선 나는 다시 차로 되돌아왔다.

운전석에 앉은 채 한참을 떠나지 못하고 이층 베란다가 있는 방의 창가에 드리운 커튼을 물끄러미 올려다보았다. 미세한 낌새라도 발견할 수 있을까 하는 조바심으로. 나는 그렇게 오래 기다리고 있었다.

하연을 생각하면 언제나 깊은 밤 홀로 서재의 책상 앞에 앉아 멍하니 쓰다만 원고들을 들여다보며 공허로 지새운 지난날들의 내 모습이 떠오르곤 한다. 비록 한 때나마 하연에게로 향한 사랑 가득한 마음으로 그녀의 입술을 훔치고, 끓어오르는 욕정을 다스리지 못해 그녀를 애무했던 그 행위의 자책감으로 인해 끊임없이 동요와 불안에 시달렸었다. 그래도 나는 최선을 다해 이후론 내 감정을 숨기고 자제하려 애썼다.

젊은 날의 이루지 못한 사랑 때문에 도리어 깊어진 후회와 자책과 좌절의 시간을 보낸 뒤 깨달은 것은, 그래도 행복했던 기억은 삶을 구원한다는 믿음이었다. 나는 가급적 더 어린 시절, 우리가 초등학교 때의 그 순수했던 소년소녀의 시간 속으로 되돌아갈 수만 있다면 하고, 간절히 바랐다.

성관계의 경험이 전혀 없는 일방적 사랑일 경우 기억에서 쉽게 잊힐 수밖에 없다는 속설이 반드시 옳은 것만은 아니었다. 하연에 대한 기억은 운명이 내게 준 일종의 선물이었다. 그걸 깨닫지 못하고 그 소중한 선물을 그동안 부끄러움 때문에 나 자신 속에 너무 오래 감춰두고만 있었던 것이다. 그러나 어차피 불가능한 그때로의 회귀를 꿈꿀수록 더 깊어지는 안타까움에 나는 다시금 한숨만 짓는다.

내 마음의 미려, 그것은 한번 사라지면 영원히 돌아오지 않는 시간이었다.

모든 것이 시간에 의해 변질되고 끝내 파괴돼 버리는 이 유한한 현실에 커튼을 드리우고 하연은 자기 방안에 숨듯이 틀어박혀, 홀로 제 나름의 변함없는 사랑을 상상하고 꿈꾸는 기다림의 세계로 도피한 것일까.

그녀를 생각하면 나는 항상 나이를 잊고 만다. 내 속에 잠재돼 있던 어린 시절을 거쳐 이삼십 대에 와서까지도 변함없던 그 열정과 객기가 또 발동하는지 모를 일이었다. 사랑은 쉽게 치유되지 않고 수시로 도지는 병이었다. 나는 운전석 옆자리에 놓아둔 작은 손가방 안에서 꺼낸 노트의 한 페이지를 찢어, 즉흥적으로 떠오르는 생각들을 몇 줄 적어보았다.

하연아,
40년 만에 찾아온 한산도에서 너를 만나볼 수 있을까 해서 예까지 들렀다. 살아오면서 헛된 기다림으로 낭비한 인생이 얼마였는지를 생각해 봐. 세상은 날씨처럼 잘 변한다는 걸 알잖니? 커튼을 걷고 창밖을 내다보면 구름 속에 갇혔던 태양이 홀연히 빛나는 모습을 드러내는 날도 많으니까. 부디 바깥의 현실을 내다봐. 그러면 우리가 종종 창밖의 청명한 하늘을 볼 때마다, 오늘은 햇살이 맑아서 외출하기 정말 좋겠구나, 라고 입버릇처럼 뇌까리잖아? 그래, 그런 식으로 오늘은 문밖, 내일은 세상 밖으로, 그렇게 한 단계씩 천천히 움직여보렴. 어떤 문제든 저절로 풀리는 법은 없어. 스스로 해결하려고 노력하는 길밖에는.

하연이 넌 잘 몰랐겠지만, 조시우는 나에게 소중한 옛 친구였어. 때가 되면 그는 이곳으로 돌아올 거야, 반드시……. 현실에서 밀려난 자에겐 마음의 평온을 찾아서 은둔할 피신처가 필요한 법이지. 시우에겐 이 섬이 바로 그런 곳이야. 옛날의 '소도'와 같이 신성한 장소가 그에겐 이곳일 테니까. 집으로 돌아오는 어느 길모퉁이에서 자신을 추스르며 부르는 그의 망향가는 하루를 마감하는 노을처럼 생의 아름다움에 대한 예찬의 노래일 수도 있지 않을까?

그가 바람의 길을 따라 찾아 나선 것이 정작 무엇인지는 본인 외엔 알 수 없겠지. 하지만, 그가 찾는 그 무엇의 끝점은 아무리 찾아 해매도 발견하지 못할 거야. 왜냐하면 세상의 중심은 오직 자기 자신의 의식으로부터 시작되고 끝날 따름이니까. 그와 같은 진실을 깨닫는다면 그도 출발한 곳이 곧 끝점인 것을 알고 되돌아올 거야.

떠날 수도 없고 머무를 수도 없는 난처한 상황일 때면 그 누구에게든 오로지 필요한 건 믿음이야. 그걸 명심하는 한, 결국 소망하는 것이 네 앞에 다시 나타날 것이라고 난 확신해.

그리고, 잊지 말아야 해. 지금껏 너에 대한 기억은 내 정체성을 일깨워준 소중한 선물이었고, 여기까지 다시 오게 한 매개체였다는 걸. 누구나 흔히 하는 말이지만, 네가 없었으면 아마 지금의 나도 없었을 거야.

잘 있어라. 나는 내일 이 섬을 떠난다. 갓 태어나 세상 밖으로 나가는 아이와 같은 심정으로. 섬을 빠져나가면 언제 또 올지 모를 이 오래된 추억의 바다를 건너겠지……. 하지만, 그 전에 마지막으로 한 번 더 방문할지는 아직 내 마음을 정할 수가 없구나. 안녕! 진심으로 너를 염려하는 두호 오빠가.

다 쓰고 나서, 나는 이것을 다시 읽었다. 이 나이에 나의 이 같은 행동이 스스로 유치하단 생각이 들어 잠깐 망설이긴 했으나, 이내 리본처럼 접어들고 차에서 내렸다. 아까 철문 앞에 섰을 때 집 모형으로 만들어 세운 우편함을 봐두었기에 이런 쪽지를 남길 생각을 떠올렸던 것이다. 당장 이 쪽지를 발견하지 못해도 상관없다. 언젠가 그녀의 눈에 띄게 될 날이 있으면 그것만으로도 다행이다. 다만 내가 이곳에 왔었다는 증표로 남겨두고 싶을 뿐이었다.

나는 이제 막 그것을 벽돌기둥 옆의 편지함 속에 밀어 넣는다. 그러면서 아득한 그 옛날 하연이네 집 비자나무가 있는 돌담 아래쪽, 청석과 흑석의 틈새에다 그녀가 내게 보낸 쪽지를 몰래 끼워 두던 때를 연상하였다. 손을 집어넣었을 때 다행히 편지함 속은 텅 비어 있어 내 쪽지만 고스란히 남겨질 것이었다. 나는 안심하고 돌아섰다.

어느덧 수평선 쪽으로 가라앉는 노을을 바라보며 차를 몰고 파도치는 해변 쪽으로 달렸다.

옛날 초등학교 시절 미술사생대회를 준비할 동안 자형의 자전거를 빌려 하연을 뒤에 태우고 놀러갔던 그 갯가도 이젠 다른 모습으로 변해 있었다. 거긴 이미 바닷가의 개펄에 둑을 쌓고 만든 갯논이 생겼고, 방파제가 설치되어 바다 쪽으로 쭉 뻗어 있었다. 나는 차에서 내려, 논둑길을 걸어가 그 방파제 끄트머리까지 가보았다.

멀리 수면 위로 노을이 짙붉게 타는 바다를 보고 있자니, 어느 틈에 심란하던 가슴속이 편안해지며 한결 위안을 얻었다.

이번엔 자잘한 몽돌들이 파도에 씻기고 있는 해변 쪽으로 저벅거리며 내려갔다. 바다를 건너는 새떼들이 북쪽 하늘을 향해 날고 있었다. 발밑에서 밀물이 자갈돌을 요란스레 핥듯이 자르르르……소리를 내며 치오르다가, 다시 자르르르……하는 소리와 함께 쓸려 내려간다. 그 소리는 일정한 간격으로 끊임없이 반복되고 있었다.

자르르르……. 자르르르……. 단조롭고 변함없는 음향이 내 귀를 통해 가슴속에까지 울려 퍼지며 나의 내부를 가득 채우는 것 같았다.

　세상에서 가장 멋진 말
　"사랑해요."
　"나도 사랑해."
　그러면
　최상의 언어가 됩니다.
　속삭이는 밀어는
　바다를 넘나듭니다.
　밀물과 썰물 같은
　말의
　물결이여.

이것은 언젠가 후배인 송 교수가 내게 부쳐온 자기 시집의 맨 끝에 수록한 〈최상의 언어〉라는 시였다. 문학평론가로서 시도 쓰던 그가 일본에 교환교수로 건너가 1년가량 연수硏修하고 있던 시절, 서울에 있는 아내를 생각하며 쓴 시라고 했다. 송은 지방의 한 국립대학에 근무하고 있었고, 서울의 모 종합병원 의사였던 아내와는 평소에도 늘 떨어져 살 수밖에 없었던 소위 주말부부였다.

송 교수와 그 부인은 둘 다 마흔 중반을 넘긴 나이에 결혼을 했기에 자녀가 없었다. 아이를 갖기에는 아내 쪽이 너무 늦은 나이여서 오로지 서로의 사랑에 의지하며 살아가야 하는 처지였으리라고 나는 짐작하고 있었다.

한 해 남짓한 꽤 긴 시간을 각자 서울과 일본에서 떨어져 지내야 했던 까닭에, 두 사람은 그 당시 매일 전화상으로 대화하고 안부를 묻고는 맨 나중에 가서"사랑해요."하면,"나도 사랑해."하는 말로써 통화를 끝내곤 한 경험이 이런 시로 표현되었던가 보다.

현해탄을 넘나들던 그 사랑의 밀어는, 이 세상에서 밀물과 썰물이 반복되는 한, 영원히 아름다운 울림을 띠고 살아남을 멋진 말임에 틀림없을 것이었다.

나는 이 시를 단가풍短歌風의 4행으로 압축시킨 게 더 마음에 들어 중얼중얼 읊조려 보았다.

세상에서 멋진 말
"사랑해요."
"나도 사랑해."
속삭이는 밀물과 썰물.

그러자 마치 발밑에서 자갈돌을 울리며 밀려왔다 쓸려 나가는 파도소리 속에서, 바다와 육지가 실제 그런 음률로 속삭이고 있는 것 같은 착각을 일으킨다.

앞의 것이 '바다'라는 장애를 초극하는 '사랑의 위대성'을 노래한 것이라면, 뒤의 것은 항시 반복되는 밀물과 썰물처럼 '변치 않는 사랑의 영원성'에 초점을 맞춘 것이었다. 둘은 확연히 그 느낌과 울림이 달랐다. 적어도 내가 최상의 사랑이라 여긴 것은 후자 쪽이었다. 그것은 시간에 의해 퇴색되고 변하지 않는 것이 아무것도 없는 현실에서 가장 가치 있는 인간의 행위라고 믿고 있기 때문이다.

나는 송 교수 부부가 40대 중반을 넘겨 결혼을 결심한 것과 유사한 사례로, 시우와 하연의 관계를 떠올려 은연중 비교해본 적이 있었다. 이 두 가지 경우는 각기 초혼과 재혼이라는 서로 다른 성격을 띠면서도 선택의 문제에선 아마 비슷한 고민의 시기를 가졌음직도 했을 것이라고 여겼던 까닭에서다.

부부로서 함께 살아가는 삶, 그리고 사회 속에 혼자 살아가는 삶 — 그 중 어느 것이 더 자신에게 알맞고 편안한지를 선택해야 하는 문제에서는 동일했을 것이었다. 사랑하는 사람과 함께 할 수 있다는 건 행복하다. 그래서 그곳이 어디든 함께 하면 불편함도 덜해질 것이다.

사랑은…… 상대를 받아들이고, 또한 함께 미래를 꿈꾸는 삶을 유지해 주는 원동력이라고 그들은 판단했을 것이다. 사랑은…… 지속적으로 관계를 유지하면서 이별에 이르지 않도록 늘 상대방에게 관심을 기울여, 애정의 밸런스를 맞추는 동기부여가 중요하다고 판단했을 터였다. 그래서 "사랑해요."라고 하면, "나도 사랑해."라고 속삭이는 밀어가 끊임없는 조수간만潮水干滿의 저 반복적 지속성으로 변함없이 유지될 수만 있다면……. 아, 그럴 수만 있다면…….

자르르르……. 자르르르……. 발밑에서 자갈돌 구르는 단조로운 소리에 시간마저 저물어가고, 해변은 더욱 적막하게 느껴졌다. 나는 내가 잘 아는 그 사람들을 머릿속에 떠올리며, 사랑의 속삭임과도 흡사한 파도소리의 웅얼거림을 한참 듣고 있었다. 시간의 물결이 기억의 너덜을 끊임없이 찰싹이며 밀려오고 밀려갔다.

돌아오는 차 안에서 나는 찬웅으로부터 걸려온 전화를 받는다. 아까 카페리 호에서 그에게 일러준 내 휴대폰번호로 연락을 취해온 것이다. 한산중학 동창생 몇이 모여 소고포의 부두식당에서 나를 기다리고 있으니 빨리 그쪽으로 오라는 전갈이었다. 나는 누나에게 이런 사실부터 먼저 알려놓고 가겠다고 대답하고는, 지금 진두에 와 있어서 시간이 좀 걸리겠다고 하고는 전화를 끊었다.

6월의 낮 시간은 한참 길어서 사방은 아직도 어둠이 내릴 기색은 보이지 않는다. 해는 이미 서산으로 기운 듯했지만 새벽 같은 희미한 밝음이 누리를 가득 채우고 있었다. 단지 시간상으로는 오후 7시가 넘었는데도 오히려 사물들의 명암만이 더욱 뚜렷해져 보일 뿐이었다.

나는 가면서 곰곰이 생각해보았다. 그는 정말 자유인으로 살고 있는 것일까? 아냐, 그건 아니다, 하고 나는 고개를 흔든다. 나는 고쳐 생각한다. 어쩜 시우에게는 현실이 비극이었는지도 모른다고. 그래서 그는 의도적으로 현실에 장막을 드리우고 살았는지도 모르겠다고. 또한, 그 때문에 그에게 이 비극적 현실은 하나의 환영일 뿐 실체가 없는 것으로 인식됐을 수도 있지 않았을까? 그가 현실에서 더 이상 소설을 쓰지 못한 원인도 어쩌면 그런 것이 아닐까?

지금까지 조시우가 쓴 소설들은 한갓 꾸며낸 등장인물의 이야기가 아니라 바로 자기 자신에 관한 고백적 이야기였다고 나는 생각해본다. 하지만, 더 이상 소설 속 허구의 인물을 통해 자신의 얘기를 할 수 없게 돼버린 어떤 현실 앞에서, 그는 아주 굳게 침묵해버렸는지도 모른다. 자기가 알고 있는 상식과 그의 진정성이 그대로 받아들여지지 않고 왜곡되는 현실에 그는 몹시 힘들어했다. 그게 사실임이 틀림없을 것이다. 그렇다면 나는 어떤가?

나는 문득 구도의 순례에 나선 대세와 구칠의 이야기를 떠올린다. 그들은 그 뒤 현자賢者를 만나 과연 삶의 구원을 얻었을까? 지금껏 내가 갇힌 의식의 세계, 그 깊숙한 의식의 밑바닥에 언제나 순수한 기쁨으로 기억되는 어린 시절의 그 회귀할 수 없는 공간으로의 향수鄕愁가 내게는 스스로 갇힌 창살 울타리나 다름없었다.

그리하여……,

끝내 나에게 모습을 드러내지 않는 그녀, 내 관념 속의 하연은 내가 아무리 잡으려 애를 써도 바람처럼 결코 붙잡을 수 없는, 그리고 현실에서는 이루어질 수 없는 '사랑의 실체'와 등가等價는 아니었을까? 뒤틀린 욕망을 사랑이라 합리화하면서 평생 혼자 가슴에 담고 살아가야 할 애틋한 사연의 아픔이 본질인 그 실체와…….

시간이 지나면 상처도 아문다. 짜장 그렇기도 하다. 그러나 아무리 시간의 부드러운 손길이 내면에 사무친 아픔을 위무하고 해결해준다 해도 기억을 완전히 지울 순 없다.

한산도에서의 첫날 밤, 나는 옛 친구들과 어울려 거의 인사불성이 될 만큼 술에 취하고 말았다.

제15장 기억의 저쪽

내가 눈을 떴을 때는 한낮이었다. 갈증으로 목이 칼칼했다.

냉수를 마시려고 일어나 거실로 나왔을 때, 누나는 앞 베란다에서 빨랫감을 널고 있다가 나를 보자마자 또 야단이다.

"이제 정신이 좀 드냐?…… 그 나이에 웬 술을 그렇게나 마셔? 몸 생각해서 좀 작작해야지. 어젯밤 집에 들어올 땐 아주 인사불성이더라. 그래, 아침에도 일부러 안 깨웠어. 아예 정신을 못 차리고 어떻게나 곯아떨어졌던지, 그대로 그냥 푹 자게 내버려뒀구면."

"평소엔 나도 이러지 않아. 워낙 오랜만에 만난 동창들이라……. 적당히 마시고 일어서 나오려니까 자꾸 붙잡아 앉히는 걸 어떡해."

"허기야, 수십 년 쌓인 회포를 풀자니 오죽했겠냐만, 그래도 그렇지……. 빈속에 밥술이라도 좀 떠야지. 속도 풀 겸, 잠시 국 뎁혀놓을 동안 샤워라도 하려무나."

누나가 냉장고에서 꺼낸 오차를 한 컵 가득 따라 식탁에 내놓는다. 그걸 단숨에 벌컥벌컥 들이키는 순간, 퍼뜩 떠오른 생각에 내가 말했다.

"참, 큰누나, 그끄저께 서울서 내려올 때 우리 집사람이 누나랑 자형한테 전하라며 선물을 하나 준비한 게 있는데, 어젠 깜빡하고 차 안에 그냥 두었어. 그런데 말야, 어제 친구들 만나면서 차를 부두식당 앞에 세워뒀는데, 아직도 그냥 차가 거기 있을 거야……."

"니가 그런 말 하는 걸 보니, 확실히 어젯밤엔 필름이 끊긴 게 맞구먼. 음주운전하면 사고 난다고 부두식당 주인이 니 차에 친구들 두엇 태우고 우리 집 앞에까지 대리운전을 해온 기라. 그런 기 하나도 생각 안 나는 걸 보이, 확실히 인사불성이 맞네. 예까지 따라온 친구들이랑 또 우리 집 앞에 서서 한참을 지껄이다가 작별한 것도 아예 생각 안 나제?"

"아하! 그랬었나? 난 그것까진 도무지 기억이 없어."

나는 고개를 절레절레 흔들었고, 누나는 못마땅할 때면 늘 그랬던 것처럼 또 쯧쯧쯧, 혀를 찼다. 어젯밤의 일부분은 기억 속에서 깡그리 공백이었다. 그렇다면 정확한 진상은 사라진 기억의 저 너머에 있을 터였다.

간단히 샤워를 한 뒤에 늦은 아침식사를 끝낸 나는 식탁에 앉은 그대로 누나가 끓여 내온 커피를 나눠 마시며, 이런저런 집안 식구들 얘기로 시간을 보냈다. 출가해 모두 대처로 나가 사는 조카들 소식이랑 서울의 내 가정 이야기랑 출판사의 근황 따위를 말하다가, 갑자기 누나가 거제 사등면에 사는 당숙을 들먹이자, 나는 얼른 돌아갈 핑계거리를 찾았다.

"그렇잖아도 서울 가는 길에 그 아재 집에 들러, 잠시 인사하고 가려던 참이야. 너무 늦기 전에 지금쯤 나설까 하는데……."

누나는 벌써? 하는 눈치였다. 모처럼 온 김에 하루쯤 더 묵어갔으면 오죽 좋아, 하고 아쉬움까지 표한다. 그러나 나는 자형이 계셨더라면 그럴 수도 있을지 모르겠지만, 어차피 서울의 사무실도 너무 오래 비워둘 수야 없는 노릇이고……, 라는 말로 엉뚱한 핑계를 대고는 지금 떠날 수밖에 없는 사정을 과장해 보였다.

결국 나는 그 길로 누나네 집을 나섰다. 그러나 곧장 소고포항으로 차를 몰아간 대신 진두 쪽으로 향하였다. 어제와 똑같은 그 길을 따라 내 마음이 가는 대로 차의 운행을 맡겨버렸다. 한산도를 떠나기 전에 꼭 확인해야 할 무슨 일이 있기라도 한 것처럼 공연히 초조해지는 심정이었으나, 그 일이 정확히 무엇인지는 스스로도 알지 못했다.

조시우를 다시 현실로 불러들일 수 있는 방법은 없을까, 라는 생각을 하고 있었던 것 같기도 하다. 그러기 위해서라도 이 시점에서 하연을 다시 만나, 둘이서 나름대로 상의해 볼 일 같은 건 없을까, 하고 궁리하던 참이었는지도 모르겠다.

하여간 나는 어제 가봤던 하연의 집을 다시 찾아가고 있는 것만은 확실하였다.

그녀의 집 앞에 이르렀을 때, 굳게 닫힌 철문과 이층 베란다 쪽 그 방의 유리창 가에 드리워진 커튼은 여전히 그 모습 그대로였다. 그러나 어제는 미처 못 보았던 것을 나는 새삼스레 하나 발견했다. 돌담이 끝나는 한쪽 모퉁이에 아치형 천막으로 지붕을 씌운 차고가 만들어져 있는 사실을 처음으로 확인한 것이었다.

사실 어제 나의 관심은 온통 출입구의 철문과 집 내부의 동태와 이층 베란다 쪽으로만 쏠려 있어서, 주변을 자세히 눈여겨볼 겨를이 없었던 것이다. 어둠침침한 천막형의 차고 안에 까만색 승용차가 그대로 있는 걸로 봐서 분명히 집안에 사람이 있다는 걸 짐작할 수 있었다.

나는 그쪽으로 다가가 찬찬히 차고 안을 살폈다. 차는 운행을 하지 않은 지 오래된 모양으로 먼지가 부옇게 앉아 있다. 손가락 끝으로 슬쩍 문질렀더니 금세 기름때 같은 얼룩이 묻어나온다. 이것만으로도 나는 이미 모든 정황을 한 순간에 다 파악한 것으로 생각했다. 그동안 주변 사람들로부터 들었던 이야기가 모두 사실임을 증명해주는 것 같아서 나는 아주 묘한 기분이었다. 그렇다면 하연은 지금 이 집안에 분명히 있음에도 불구하고 그 어떤 누구든 만나려 할 의사가 없을 것이었다. 찾아온 사람이 설령 나라고 할지라도.

나는 문득 어제 내가 편지함 속에 넣었던 그 쪽지가 그대로 있는지 확인해볼 생각이 들었다. 하연이 미처 발견하지 못한 채 아직 그 속에 들어 있다면 차라리 그녀의 손에 들어가기 전에 그냥 도로 꺼내 올 심산이었다. 어쩐지 그게 낫겠다고 갑자기 생각이 바뀐 것이다.

편지함의 걸쇠 고리를 들어 올려 작은 문을 열고 침침한 그 속을 들여다 보았다. 희끄무레한 쪽지 같은 게 안쪽 구석에 그대로 있었다. 손을 집어넣어 더듬거리자, 어제 나비리본처럼 접어 넣었던 쪽지가 내 손가락 끝에 붙잡혀 나왔다. 엷은 실망감을 느끼며 자세히 들여다보았더니, 전혀 다른 쪽지였던 것이다. 아니, 그렇다면?……

갑자기 가슴이 뛰놀았다. 주체할 수 없는 어떤 흥분의 파동이 전신을 가볍게 훑고 지나가는 듯한 느낌이었다. 몇 겹으로 접혀진 그 쪽지를 나는 얼른 펼쳐보았다. 대학노트 크기의 백지에 제법 긴 내용이 빽빽이 적혀 있었다. —

내 집의 초인종을 눌렀던 사람이 두호 오라버니였던 걸 알고는 몹시 놀랐어요. 편지함 속에 뭘 넣어두고 가는 걸 나는 이층 창가의 커튼 뒤에서 그냥 우두커니 보고만 있었지만요. 끝내 나서지 못하는 내 마음을 헤아려 주세요. 아직은 아무도 만나고 싶지 않아요.

어제 쪽지에 쓴 것처럼, 오빠가 섬을 떠나기 전에 꼭 한 번 더 여길 찾아올 것 같은 예감이 들어, 내 심정의 일단만이라도 전할 수 있을까 해서 몇 자 적어봅니다.

우리가 소고포에서 살던 때 돌담 틈새에 몰래 끼워놓던 내 편지 쪽지를 기억하세요? 하도 오래된 옛날 일이긴 해도 그때처럼 혹시나 이 쪽지가 오라버니 손에 들어간다면 다행이고요. 아무튼, 세월을 건너뛰어 다시금 이렇게 찾아올 수 있다는 건 우리가 아직 살아있기 때문이겠죠.

나는 항시 기다리고 있었어요. 어제도, 그제도 그끄제도……. 그리고 오늘도 기다리고 있어요. 어느 날 예고도 없이 문뜩 찾아올 손님을 맞을 준비를 이미 끝낸 채……. 신을 기다리는 마음으로 진정 따사로이 나를 보듬어줄 사랑을 기다리는 심정을 아세요? 인간은 뭔가를 기다리며 살아가는 존재인가 봐요.

사람 일이란 늘 예측하지 못한 데서 버그러질 수도 있다는 걸 생각하면 까닭도 모를 불안이 은근히 고개를 치켜드는 거예요. 한 때 시우 씨와 나 사이가 그랬어요. 대학 강의가 있는 날이면 그때마다 집 앞에서 그이를 배웅하는 내 마음 속에 불안의 그늘이 드리우곤 했으니까요. 이건 사랑이 지나쳐 병적일 만큼 변한 쓸데없는 집착이었겠죠. 그이가 혼자 차를 몰고 섬을 떠날 때마다 종일 기다려야 하는 시간이 왠지 편치 못하다는 건, 내 스스로도 이해가 되지 않는 심리 상태니까 말예요…….

시우 씨가 이곳을 떠난 건, 무너진 옛 가정과 함께 기억 속에 지워지지 않는 그 어두운 상처의 흔적 때문에 황폐해진 마음을 치유하는 기간을 갖고 싶었던 것인지도 몰라요. 난 그렇게 생각하고 있어요. 하지만 언젠가는 반드시 그이가 길 위의 삶을 끝내고 내게로 돌아올 것을 믿어요.

성서적聖書的 '부활'의 내용을 아시죠? 그건 예수 그리스도에 관한 하나의 전설 같은 이야기지요. 나에겐 그것이 액면 그대로의 부활이 아니라 단지 현실을 견디는 '희망'의 수사적 표현으로만 읽혀질 뿐이에요. 옛날 추봉도에서 오빠가 내게 들려준 말을 평생 잊지 않고 있어요. 소망은 '전설'에서 구할 게 아니라 '현실'에서 찾아야 한다던 그 말을.

너무 오래 되어 벌써 잊어버리고 기억조차 못하는 건 아녜요? 삼광조든 팔색조든 그 울음소리를 듣는 자에겐 소망하던 사랑이 찾아온다는…… 그런 전설이 있다고 했던 내 말을. 아마 잊고 있을지도 모르겠군요. 그때 오빠의 반응이 그랬던 걸 곰곰 기억해내 보세요. 그런 잊을 수 없는 기억이 있기에 사람들은 강해질 수도 있는 거겠죠. 모두의 상처가 모두에게 힘이 되는 기억이…….

이번에도 내게 다시금 용기를 주니, 정말 고마워요. 두호 오라버니.

……그리고, 잊지 않겠어요. 이후에도 늘 안녕히 지내세요.

나는 이 메모지에서 그녀의 마음의 표정까지 다 읽었다. 그러자 그 옛날 우리가 소년소녀 시절에 돌담 틈새로 편지쪽지를 주고받던 추억의 미진했던 한 단락이 비로소 여기서 완결된 것 같은 홀가분한 기분이 들었다. 이젠 됐다, 라고 나는 생각하며 돌아섰다.

그 순간 이층 창가의 커튼 자락은 실제 미동조차 없었다. 그런데도 나는 굳이 그것이 미미하게 흔들렸다는 억지착각에 빠져, 이제는 정말 홀가분하게 섬을 떠날 수 있다는 편안한 마음을 회복할 수 있었다.

차의 시동을 걸고 아쉬운 듯 하연의 집 앞을 천천히 벗어나고 있을 때였다. 문득 운전대 바로 옆의 왼쪽 백미러에 멀찌감치 비치는 웬 여인의 모습을 보는 순간, 나는 가슴이 서늘해졌다. 실제의 거리보다 훨씬 멀어 보이는 백미러 대신에 이번엔 눈앞의 룸미러를 퍼뜩 올려다보았다. 한결 가까이 보이긴 해도 누군지 명백히 판별할 수 있는 정도는 아니었다. 하연의 집 근처 가로수 아래 그림자처럼 조그맣게 서서 그녀는 이쪽을 우두커니 바라보고 있었다. 역시 너무 멀어 자세하진 않아도 몸의 윤곽이 어쩜 하연의 모습 같기도 했다.

나는 브레이크를 밟았다. 천천히 길 한쪽에다 바싹 차를 대고 세웠지만 막상 그 다음엔 어떻게 해야 할지를 몰랐다.

차에서 내려 멀리서나마 작별인사 겸 알은 체하며 허공에 손이라도 흔들어 보일까? 아니면, 그녀가 하연임이 틀림없는지를 확인하러 아예 차를 되돌려야 할까?

마땅한 분별이 서지 않았다. 나는 그냥 운전석에 앉은 채 고개를 돌려 한참을 멍하니 뒷 유리창을 통해 바라보았다.

어차피 아무도 만나고 싶지 않다고 했던 그녀였지만 막상 떠나는 내 차를 보자 충동적으로 문밖을 나와 보긴 했던 거겠지. 하지만 그건 멀리서 마지막 배웅을 위한 행동에 불과했을 게다. 그렇다면 먼발치에서 이렇게 말없이 작별하는 것이 더 현명하지 않을까? 내가 이렇게 차를 세워놓고 한참을 망설이고 있는 것만으로도 그녀의 심정을 충분히 읽고 지혜롭게 반응하는 것으로 그녀는 해석하고 있을지 모른다. 아니, 이 모든 생각들이 순전히 나 혼자만의 착각일 수도 있었다.

나는 다시 차를 몰아 나아갔다. 돌아오는 길 곳곳의 들판에서 올보리를 베어낸 텅 빈 밭을 갈아엎고 가을농사에 대비해 벌써 파종하는 사람들의 모습이 눈에 띄었다. 옛날에는 씨뿌리기 전에 쟁기를 단 소들을 앞세워 밭을 갈고 질삿반에 얹은 퇴비를 부려 농사를 짓던 광경을 쉽게 보았었다.

그러나 이젠 기계를 이용해 그 모든 과정이 이뤄지고 있어도 씨뿌리는 것만은 옛날과 다름없었다. 나는 길가에 차를 세우고, 씨를 뿌리는 농부들의 모습을 한참 바라보았다.

파랗게 갠 하늘에 햇빛이 눈부시게 화창한 날씨였다. 모내기를 끝낸 논에 그득 담긴 물 위로 햇살이 황금빛으로 반사되고 있었다. 새들이 이미 새끼를 친 이 계절엔, 운이라도 좋으면 이 섬의 어느 으슥한 그늘에서 삼광조 혹은 팔색조의 낮고 푸르른 휘파람소리를 들을 수도 있으려나? 금년이 아니면 그 다음해라도, 새 울음소리와 함께 황홀한 그 모습까지 보게 되는 행운을 얻을 수도 있을까?……

소고포항 쪽으로 차를 몰아가면서 나는 이제 곧 서울로 돌아가면 우선적으로 착수해야 할 일을 한 가지 떠올리고 있었다. 그동안 내 책상서랍 속에 오래 처박아둔 채로 거들떠보지도 않았던 조시우의 일본판 간행물을 다시 꺼내 한국어 판본으로 출간을 검토해 보리라고 생각하고 있었다.

벌써 7년쯤 지났나? 그 당시 하연이 내게 그 책을 건넸을 때 진작 나는 그 생각을 해봤어야 한다고 지금 새삼스레 깨닫고 있다.

본래 연구 서적이란 나의 출판경험상 잘 팔리는 책도 아닌데다 금전적 이득을 기대하기도 힘든 거였다. 그러나 단지 그런 내 고정관념만으로 출판을 보류했던 것만은 아니었다. 그때는 여러 가지 심리적 이유가 겹쳐 아예 그 생각을 못했던 것이다.

지금에서야 나는 이 일이 시우와 하연을 위해 내가 할 수 있는 유일한, 그리고 최선의 도리임을 알고 있었다. 또한, 그것이 언젠가 길 위의 삶을 끝내고 다시금 현실로 돌아오도록 그를 불러낼 수 있는 한 가지 방책일 수도 있음을 나는 잘 알고 있었다.

설혹 어떤 망자亡者라 한들, 기억이 있는 한 그는 마음속에 찬란히 되살아나 새로이 존재하게 될 테니까. 그가 천년도 넘은 옛날의 만요가인万葉歌人을 이 시대에 다시 불러낸 것처럼 나 역시 그러하리라고 마음먹었다. 나를 매개로 조시우의 존재를 되살려냄으로써, 그가 현실에 모습을 드러내게끔 하는 것은 이제 나의 몫이었다.

책의 발문跋文도 내가 직접 쓸 생각이었다. 그 내용을 나는 머릿속에서 나름대로 가닥을 잡아가고 있었다. 어쩌면 먼 훗날 우리네 소설들은 다 빛이 바래지는 경우가 올지라도, 세상에서 그만이 쓸 수 있었던 그의 공들인 연구서는 여전히 살아남아 진정 '자기 목소리'를 값지게 유지할지도 모르는 일이 아니겠는가.……

한산도카페리호의 선착장에 이르자, 나를 본 찬웅은 새삼스레 반기며 대뜸 어젯밤 부두식당에서 한 약속을 상기시킨다. 우리가 태어난 그해의 60년 환력還曆을 맞이하는 내년 가을에는 좋은 날을 골라 회갑기념 동창회를 열자고 술김에 했던 그 약속이었다. 그때는 나더러 꼭 참석해 달라는 이야기를 그가 또 들먹거린다. 나는 고개를 끄덕였다.

얼마 뒤, 나는 아늑한 항만을 벗어났다. 나를 품고 길렀던 섬을 떠나 바다를 건넜다. 갑판의 난간에 기대어 옛날과 다름없는 바다를 물끄러미 바라보았다.

아버지를 따라 처음 건너올 때와 똑같은 바다였건만 어두운 데서 갑자기 환한 곳으로 나올 때와 같이 어쩐지 낯선 파도, 낯선 바람과 햇빛 속에 실눈을 뜨고서 나는 지나온 시간의 옛일들을 저 물결에 자꾸 흘려보내고 있었다. 사랑한 사람들, 그리운 사람들이 하나 둘 점점 내 곁에서 사라져가고 있었다.

내년 가을에 있을 회갑기념 동창회에 오면 또 누군가 우리 곁에서 영영 떠났다는 소식을 들을지도 모를 일이렷다. 생각해 보면 죽음은 언제나 낯선 곳으로 향하는 우리의 왼발과 오른발이 번갈아 교차하는 순간에도 몸 가까이 있었던 것이다. 그래서 늘 생사가 발걸음을 맞추어 함께 걷는 형국으로 세상의 미세한 흙바람에도 나란히 우리의 목숨이 흔들리고 있는 것을 깨닫는다.

어제처럼 배는 물결을 거슬러 가며 흔들리고, 나는 기관실에서 울리는 힘든 동력動力 소리에 갇혀 생각에 잠겨 있다. 존재는 기억 속에 살아남아 어디서나 의식의 수면 위로 불쑥불쑥 떠올라 왔다. 과거가 바뀔 순 없다. 그냥 고스란히 기억 자체의 흔적으로 남아 있을 것이었다. 최소한 나에게 그 기억의 의미는 돌아가는 과정이면서 동시에 잃어버린 세계에 대한 긍정의 의식 행위였다.

갑자기 해를 가리는 먹구름 떼가 몰려와 바다 위로 내려앉고, 바람은 나를 휘감는다. 비가 오려는 징조인가. 소금 냄새 섞인 눅눅한 해풍이 초여름의 끈끈한 더위를 씻어내며 나의 관자놀이를 시원케 해주었다. 날이면 날마다 빤한 일상의 지난 세월이, 간절한 욕망의 먼 길을 돌아온 오늘처럼, 헛되고 아득하다.

지금도 어느 낯선 거리의 지붕 밑을 전전하고 있을 조시우, 여전히 정착지를 찾지 못해 고단한 방랑길을 헤매던 그가 어느 날 낯모를 사람들 틈에서 쓸쓸히 혼자 숨을 거두고, 예측도 못한 경로를 통해 날아든 갑작스런 그의 부음을 내가 접한다 해도, 결코 놀라진 않을 것이다. 인간의 한 생애가 덧없이 스러져 사시장철 윤회의 바람결로 떠돌지라도, 바람은 숲으로 가서 숲을 흔드는 고향의 노래가 되고, 바다를 만나면 물결을 일렁이게 하여 이 섬 기슭에까지 와서는 철썩대며 부서지는 그리움의 노래로 떠돌 테니까…….

그때, 바람이 문뜩 나를 일깨웠다. 세상의 중심은 오직 자기의 의식 안에 있을 뿐이라고. 그리고 기억은 오성悟性의 범주에 속한 것이며, 망각되지 않는 한 누구의 죽음도 진정 이뤄진 것은 아니라고……. 갑판에 기대선 내 온몸을 휘감는 해풍이 나의 의식 속을 스쳐가며 그렇게 속삭인다. 나는 그 바람의 소리에 귀를 기울인다. 모든 인간사는 신이 주재主宰하는 것이 아니라 저 무심한 자연의 끊임없는 변전 속에 생멸하는 이치에 따를 뿐인 것이다. 신은 감성의 대상이 될 수 없는 초감각계超感覺界의 존재이기에 나는 인식하지 못한다. 시공의 제약을 벗어난 하나의 독립적 존재, 그런 본체가 존재한다는 것은 허구이다. 내가 보고 듣거나, 또한 느끼는 감성의 대상이 내게는 단지 구체적 사물로서 오감五感으로 인지認知 가능한 것에 한限할 뿐이었다. 현상 속에 본체가 숨어있고 본체가 현상으로 비쳐보이는 경우란 내게는 고작 '기억'과 관련된 것이었다. 그렇게 상식적 인간인 나로서도 설명이 안 되는 예감은 있었다. 시간의 흐름에 한 줄기 희미한 빛의 결을 새겨 넣듯 전날 밤 기억 속에 바다로 진 유성流星을 이때 나는 얼핏 떠올렸다.

이윽고, 카페리호가 둔덕 선창에 닿는다.

나는 갑판의 계단을 내려갔다.

이물 쪽이 열리며 쇠널다리가 내려진다.

나는 차에 올라 운전대를 잡고는 비로소 세상 밖으로 나오는 아이처럼 배 밑바닥으로부터 천천히 빠져나왔다.

막상 바다를 건너고서도 고향 같은 그 섬을 돌아보면 마음은 늘 애틋해진다. 과거에도 그랬고, 지금도 그렇다. 가까이 있는 듯해도 다시는 갈 수 없는, 우리가 지나온 유년 시절의 순수한 영혼이 서린 섬. 오직 기억만이 우리의 마음이 이어지는 희미한 길이었다. 나는 아득한 그때의 추억만큼 멀고도 경이로운 모습으로 바다 위에 신비롭게 떠 있는 그 섬을 한 번 더 돌아보았다.

이제 차의 엑셀을 밟고 나는 서서히 속력을 내기 시작한다. 룸미러를 통해 멀어져 갈수록 있는 듯 없는 듯 차츰 구름 뒤에 숨는 그 작은 섬의 존재도 이윽고 사라졌다. 새로이 가야 할 길이 앞으로 한참 멀었다. 문제는 시간이 아니라, 마음이었다.

……이후에도, 기억은 나를 손쉽게 과거로 데려가 주었다. 그런 때는 시간이 정지되고, 사라진 존재들이 기억 속에서 부활했다.

언제 어디서든 기억을 통한 시간여행은 가능하다. 그러나 기억 속에 가 닿은 과거의 공간은 대체로 안개에 싸인 것처럼 구체적 배경 대신 불투명한 빛깔로 채색돼 있기 마련이었다. 그 때문에 그 시간여행은 왠지 즐거움

보다는 쓸쓸한 느낌을 동반하기 일쑤여서 현실로 되돌아올 때마다 안타까운 여운만 남긴다. 그래도 나는 종종 꿈을 꾸듯 현실에서 뭔가를 그리워하며 살아간다. 책상머리에 앉아 책을 읽다가도, 일에 지쳐 잠깐 쉬는 틈에도, 심지어 길을 가다가도 문득 돌아보면, 항시 구름에 가려진 듯 작은 섬 하나가 어렴풋이 마음에 떠오른다. 아득한 기억 저편의 원형적 공간 — 그 남녘 바다의 피안彼岸에 쏟아지는 눈부신 햇살은, 해변에 즐비한 황금 종려수棕櫚樹를 닮은 반야般若 나무의 갈라진 손바닥 같은 잎사귀들 위에서, 늘 '바라밀다'를 중얼대며 나부끼는 듯했다. 아슴푸레하게, 마치 바람의 끝자락인 양.